QUE FIM LEVARAM TODAS AS FLORES

coordenação editorial: sálvio nienkötter
editor executivo: raul k. souza
editora adjunta : isadora castro
revisão: silvana seffrin
projeto gráfico e editoração: bárbara tanaka
foto do autor: joão debs
produção: cristiane nienkötter

Dados Internacionais de Catalogação na Publicação (CIP). Angélica Ilacqua CRB-8/7057

Winck, Otto Leopoldo
Que fim levaram todas as flores / Otto Leopoldo Winck. -- Curitiba : Kotter Editorial, 2019.
296 p.

ISBN 978-65-80103-52-2
ISBN 978-85-8297-841-2
1. Ficção brasileira I. Título

CDD B869.3

19-1574

Kotter Editorial
Rua das Cerejeiras, 194
82700-510 | Curitiba/PR
+55 41 3585-5161
www.kotter.com.br | contato@kotter.com.br

Editora Patuá
Rua Luís Murat, 40
05436-050 | São Paulo/SP
+55 11 96548-0190
www.editorapatua.com.br | editorapatua@gmail.com

Feito o depósito legal
1ª edição
2019

QUE FIM LEVARAM TODAS AS FLORES

OTTO LEOPOLDO WINCK

– A melhor frase de um romance deve ser a primeira. A segunda melhor, a última. O primeiro parágrafo deve ser o mais elaborado, pois é ele que cria a atmosfera – mais realista, menos realista, mais lírica, menos lírica – do romance.

Era um sábado à tarde e estávamos no mezanino de um café que se chama justamente Mezanino, na Carlos de Carvalho, perto da Praça da Espanha. Entediado com minha vida em que não acontecia nada, eu me inscrevera numa oficina de escrita criativa para encher um pouco que fosse os meus dias vazios. Não que eu acreditasse naquela balela. Pode-se ensinar a escrever literatura? Redação, artigo de opinião, carta de apresentação, vá lá, ainda dá para ensinar. Mas literatura? Como que antevendo minhas ressalvas, o professor afirmara que boa parte da prevenção a essas oficinas se deve a nossa herança romântica. Como nossa literatura atingiu a maturidade somente no fim do romantismo, o romantismo como que imprimiu sua marca em nossa sensibilidade artística. Na verdade, somos todos românticos. Acreditamos em inspiração, missão, autenticidade. Nosso maior parnasiano, Bilac, é no fundo um romântico enrustido. Nossos modernistas são quase todos românticos, até no pretenso antirromantismo de alguns. Se é assim, acho que sou mesmo romântico, não apenas por ser brasileiro mas sobretudo por ser filho de meu tempo, um tempo de sonhos, ilusões e grandes esperanças – malogradas. Um romântico sem romantismo, é verdade, sem aura, sem alma, sem palmas, mas romântico.

– Vejam o começo, por exemplo, de *Memórias póstumas de Brás Cubas*.

E ele abriu um dos vários volumes que trouxera e leu:

– "Algum tempo hesitei se devia abrir estas memórias pelo princípio ou pelo fim, isto é, se poria em primeiro lugar o meu nascimento ou a minha morte." Genial, não é? Aqui já se esboça o clima desse livro, a sua ironia, o seu tom. Aliás, nada realista, já que escrito por um defunto-autor, o que não deixa de ser paradoxal, já que esse romance é considerado o marco inicial do realismo no Brasil – e no realismo não se espera que um defunto escreva, não é mesmo?

Minutos antes, na abertura daquele que era o primeiro encontro, eu chegara a me arrepender de haver me inscrito, principalmente quando os participantes – cerca de uma dúzia – começaram a se apresentar e eu vi que poucos ali estavam de fato familiarizados com literatura. Mas o professor não parecia ruim. Meio pedante, é verdade, citando autores e obras a torto e a direito, como se aquela metralhadora de referências fosse uma credencial que justificasse o valor da oficina. No entanto, mal ou bem, era melhor do que passar as tardes de sábado vegetando em meu bolorento apartamento, tendo por companhia apenas Lennon, meu camarada felino. Pelos basculantes do mezanino, divisavam-se pedaços da tarde gris. Reunidos em torno a uma grande mesa de cerejeira, com nossos cadernos ou notebooks abertos em meio a xícaras de café e garrafas de água mineral, acompanhávamos a exposição do professor: de cavanhaque e cabelos grisalhos nas têmporas que se abriam, estava longe de ser jovem como alguns ali presentes, mas também não era velho como eu e mais duas ou três senhoras. Isso me fez pensar que literatura, atualmente, ou é coisa de adolescente, cheio de acnes e ilusões, ou de idoso, que não tem nada melhor para fazer.

Confesso que não tenho nada melhor para fazer e que, quando imberbe, acreditei também na literatura, como acreditei em tantas outras coisas, como a racionalidade do ser humano, a função libertadora da arte e o avanço irremediável da história. Tolices. Se há alguma verdade neste mundo, é que não há verdades – pelo menos não verdades autoevidentes. Todavia, ao contrário de muitos de minha geração, não me tornei um cínico (não no sentido original de adepto da escola de Antístenes e Diógenes, mas no atual sentido de "aquele que tem atitude de descaso"). Sei que não vivemos no melhor dos mundos – e que ainda por cima, este pequeno planeta azul, que já andava mal, tem piorado muito a olhos vistos. Talvez não tenha mais conserto – ou tenha, e *eles* querem que você pense que não. Sei lá... No mais, primeiro por gosto, depois por ofício, o ato da escrita sempre me acompanhou. Na adolescência, como sói acontecer, escrevinhei alguns contos e poemas, felizmente todos perdidos, sem nenhum prejuízo para a literatura. Conheci e convivi com muitos escritores; na juventude, de cada três amigos, dois eram ou se achavam escritores, quase todos sem livros mas com muitas histórias e bravatas para contar. Piores ainda eram os poetas, fundamentalistas da palavra, capazes de anatematizarem amigos não por causa de um poema mas de uma teoria sobre o poema. O verso está vivo? O verso está morto? O poema é um objeto útil? Um organismo vivo? Um artefato neutro de palavras? Uma Kalashnikov semiótica? Ora bolas! Um pé no saco tudo aquilo. No entanto, quando não davam de dedo, eram agradáveis figuras. Sobretudo um, de quem privei da amizade por três anos, na adolescência, também fanático à sua maneira. Mas quem não era naqueles tempos de paixões à flor da pele? Paixões estas que o arrastariam, a ele e a tantos outros, no torvelinho de poeira e sangue daqueles dias. Adrian Steiner, o seu nome. É sobre ele este livro que inicio agora: qualquer semelhança com a realidade não é mera ficção. E quem sabe esta oficina sirva não para me ensinar a escrever – não acredito nisso, reitero – mas para me dar forças de ir até o fim, pois ao falar de Adrian eu sou obrigado a falar de mim, e a abrir e revirar velhos baús há muito tempo aferrolhados...

– E vejam como termina o romance: "Não tive filhos, não transmiti a nenhuma criatura o legado da nossa miséria." Todo o pessimismo de Machado concentrado aqui! Vejam que frase perfeita em sua concisão – prosseguia o professor.

O garçom chegou, trazendo o meu ristretto. Olhei para fora e constatei que garoava. Ao contrário de Brás Cubas, eu tive filhos. Um só. Uma filha. Está na Espanha. Casou com um catalão e teve um rebento por lá. Não pretende ter mais filhos, pois o filho, aliás, uma filha também, nasceu com uma grave deficiência. Quando minha neta morrer, meu registro genético sobre a Terra terá se extinguido.

– Primeira tarefa: escrevam a frase inicial de um romance, qualquer romance. De repente, o romance que vocês vão escrever este ano.

Peguei minha caderneta, beberiquei meu café, pensei um minuto e garatujei em minha letra miúda: "A melhor frase de um romance deve ser a primeira." Não gostei. Estiquei o braço e apanhei um dos livros que o professor trouxera, aliás, um clássico. Sem pejo (a gente aprende emulando os grandes, dissera o professor), copiei e adaptei a primeira frase: "Estávamos em aula quando entrou o diretor, seguido de um novato, vestido de maneira simples mas elegante." Também não gostei, muito "clássico", embora possa utilizar essa frase mais adiante. Depois de muito elucubrar – o professor dera uma hora para a lição –, aludindo tanto a T. E Lawrence quanto a Raul Seixas, logrei algo que começou a me agradar: "Sonho que se sonha dormindo é só um sonho. Sonho que se sonha acordado é devaneio." Sei lá. Pode ser. Não estou decidido. Talvez seja melhor ficar com a primeira ideia, abrindo minha história com a oficina de criação literária como uma espécie de exórdio ou moldura, e dispor essa especulação sobre o sonho lá no final, à maneira de síntese, antes de encerrar novamente com a oficina. Ou não. Poderia também colocá-la tanto lá quanto cá, como uma espécie de tema que retorna numa variação. Não sei. Veremos...

QUE FIM LEVARAM TODAS AS FLORES

Em memória de
Fernando A. Lessa,
mestre e amigo.

Nascemos, por assim dizer, duas vezes: uma para existir, outra para viver.

Jean-Jacques Rousseau

Aquele foi o melhor dos tempos, foi o pior dos tempos, foi a idade da razão, a idade da insensatez, a época da crença, a época da incredulidade, a estação da Luz, a estação das Trevas, a primavera da esperança, o inverno do desespero, tínhamos tudo diante de nós, não tínhamos nada diante de nós, todos iríamos direto ao Paraíso, todos iríamos direto no sentido oposto.

Charles Dickens

Todos os homens sonham, mas não da mesma forma. Os que sonham de noite, nos recessos poeirentos das suas mentes, acordam de manhã para verem que tudo, afinal, não passava de vaidade. Mas os que sonham acordados, esses são homens perigosos, pois realizam os seus sonhos de olhos abertos, tornando-os possíveis.

T. E. Lawrence

Minha Curitiba é um cão ladrando para a lua da memória. E o único bonde que temos está parado. Não vai a lugar nenhum.

Jamil Snege

Sumário

I. TERRITÓRIO PERDIDO

"Adeus sobretudo ao quintal. Se adolescência é rua, liberdade, voltar tarde para a casa, infância é quintal (...)

Sonho que se sonha dormindo é só um sonho. Sonho que se sonha acordado é devaneio. E agora, quando são muitos que sonham acordados? Alucinação coletiva? Universo paralelo? Utopia real? O problema é quando esse sonho acordado acaba ou soçobra. Como voltar a sonhar sozinho? Como voltar para a cama, se você nem estava deitado? Depois do sonho não veio a vigília, mas o pesadelo, que para muitos foi um pesadelo refrigerado. Para mim também. Mas fui despertando aos poucos e voltando à realidade. Depois que se torna adulto, a realidade até que não é tão terrível. Dá para engolir – é apenas um remédio amargo. Chegou um tempo em que até duvidamos que tínhamos sonhado. Aquelas fotos eram nossas, aqueles gestos, aquela petulância, aquela urgência toda? Parecia difícil inclusive acreditar que um dia tínhamos sido jovens. Mas fomos. E sonhamos acordados – ah, muitos de nós sonhamos.

* * *

Estávamos em aula quando entrou o diretor, seguido de um novato, vestido de maneira simples mas elegante. Os que cochilavam despertaram e todos nos pusemos de pé, atabalhoadamente. O diretor fez sinal para que nos sentássemos. Depois, voltando-se para o professor:

– Bom dia, professor Ermelino. Eis um aluno que acaba de vir de Rolândia, com ótimas notas e excelentes recomendações.

– Ora, que bom! Com certeza vai saber honrar o Colégio Duque de Caxias.

– Não tenho dúvidas disso.

Virou-se para a classe, apresentou o rapaz – Adrian Felipe Steiner – e acrescentou:

– Eu não gostaria que o novo colega se queixasse de uma recepção fria. Ao contrário, que ele se sinta muito bem-vindo em nosso meio.

Não falamos nada. Apenas, muito de leve, sacudimos afirmativamente a cabeça.

– Bom, pessoal, boa aula. Obrigado, professor.

Em seguida, muito empertigado, cônscio de que era o alvo de cerca de trinta pares de olhos, o garoto se esgueirou rumo a uma das carteiras vagas, justo ao meu lado. Ele não estava com o uniforme da escola: vestia uma calça de sarja e uma camisa banlon azul-clara. Nos pés, sapatos pretos bem engraxados. O que me chamou a atenção foram os cabelos, mais compridos que os nossos, que o usávamos quase à escovinha. Estávamos no primeiro ano do colegial e já sentíamos a infância como um território abandonado, mas ou nossos pais ou o atavismo dos barbeiros não nos permitiam que usássemos o corte da moda: as franjas do conjunto britânico que estourara recentemente nas paradas de sucesso. Fora isso, naqueles tempos de rija disciplina, nosso uniforme (dentro do qual Adrian entraria vestido no dia seguinte) compunha-se de calça azul-marinho, sapatos pretos clássicos, camisa de gola branca e gravata também azul. As meninas usavam os mesmos sapatos, meias brancas três-quartos e, se suas saias plissadas estivessem três dedos acima dos joelhos, eram barradas inapelavelmente na portaria. O que elas faziam, naquele tempo de lançamento da minissaia, era, depois de entrar, enrolar o cós na cintura, fazendo subir assim a barra da saia.

Aparentemente sem olhar para ninguém, Adrian acomodou-se na carteira de madeira maciça, e a aula prosseguiu na sua costumeira monotonia.

– O negro brasileiro é geralmente forte – recitava o professor Ermelino Sotto Maior, andando de um lado para o outro do tablado, o livro do Aroldo de Azevedo em punho, o nariz de proporções consideráveis metido entre as páginas. – Seu gênio é pouco expansivo, sua índole é pacífica e propícia à submissão. Supersticioso, aprecia a prática de ritos fetichistas. O negro vive num certo isolamento, embora não existam entre nós preconceitos de cor. Dedica-se a profissões braçais ou aos serviços domésticos...

Olhei de esguelha o Alex, o único negro da sala que, distraído, os olhos perdidos na janela, mais parecia esperar o toque da sineta anunciando o intervalo. O professor, parece, me flagrou nesse gesto.

– Ruy Dalla Costa – disse ele –, o senhor tem alguma consideração a fazer sobre esse tema?

– Não, professor, nada.

No dia seguinte, por conta de um breve comentário feito na aula de português, descobri que Adrian gostava de ler. Somente três dias depois conseguimos trocar mais do que duas ou três palavras. Seu pai era funcionário do Banco do Brasil, explicou, e fora transferido para aquela cidade.

– Bem-vindo ao fim do mundo – eu disse. – Aqui quase não há vida inteligente.

– Vamos dar um jeito nisso. A escola tem grêmio? Tem centro literário?

– Você vai dar murro em ponta de faca.

– Então vamos começar por nós mesmos – ele falou, me encarando de um modo significativo. – O que você está lendo?

Envergonhei-me de dizer que estava lendo Shell Scott e os gibis do Fantasma. Desconversei, citei Balzac, pois havia alguns livros lá em casa com o nome dele nas lombadas, além, é claro, dos volumes do *Tesouro da juventude* – que eu, de bruços horas inteiras na cama, adorava percorrer.

– Você tem que ler Sartre.

Eu nunca tinha ouvido falar de Sartre.

* * *

No dia seguinte, inaugurando uma nova etapa no meu universo de leituras, abri *Esplendores e misérias das cortesãs*. Os clássicos, até então, eu conhecia somente de nome ou de resumos, por conta sobretudo do *Tesouro da juventude: reunião de conhecimentos essenciais, oferecidos em forma adequada ao proveito e entretenimento das crianças e adolescentes*. Não me recordo uma única vez de ter visto meu pai com algum livro na mão, salvo os livros-caixa da firma. Mas um belo dia, movido sabe-se lá por um arroubo iluminista, ele entrou em casa sobraçando uma grande caixa com os tomos do *Tesouro da juventude*, edição de 1961.

– Filho, eu mal estudei, você sabe. Desde cedo tive que pegar na enxada e ajudar meus pais na roça. Mas você não. Você tem as oportunidades que eu nunca tive. Em breve vai terminar o ginásio e entrar no colegial. Se Deus quiser, ainda vai fazer faculdade. Por isso, não pensei em custos quando seu Bonifácio passou lá na venda.

Abriu a caixa e foi enfileirando, uma a uma, as encadernações escuras sobre a mesa. Em seguida, piscou o olho – o que era raro nele – e ajuntou:

– Depois de ler tudo isso, meu filho, eu te dou a *Barsa*.

Primeiro por curiosidade, depois por desfastio, comecei a folhear a enciclopédia, admirar suas ilustrações e eventualmente ler seus verbetes. A coleção era composta por dezoito volumes com quinze seções cada um: "O livro da Terra", "O livro da nossa vida", "O livro dos porquês", "O velho mundo", "O novo mundo", "Animais e plantas", "Coisas que devemos saber", "O livro dos contos", "O livro das belas ações", "O livro das belas artes", "Homens e mulheres célebres", "O que podemos fazer", "Poesia", "Livros famosos" e "Lições atraentes". Eu que não lia nada fui pegando gosto, particularmente pelo "Livro dos porquês": um conjunto de perguntas e respostas de índole científica cujos enunciados não deixavam de ter um tom pitoresco. Nas longas tardes hibernais, sobretudo quando estava de cama por conta dos muitos resfriados que então me abatiam, ao som do tiquetaque invariável do relógio de pêndulo da sala, debruçava-me sobre esses saborosos porquês: Por que não vemos na escuridão? Atrai a lua as águas do mar? Onde está o vento quando não sopra? Por que nossa sombra fica, às vezes, maior que nós mesmos? Por que a fervura amolece as batatas e endurece os ovos? Poderemos transportar-nos um dia a outro planeta? Por que é que nem todas as flores cheiram bem? Sim, por que cargas d'água nem todas as flores cheiram bem? Fui lá conferir: "As plantas sem cheiro e as que exalam aromas desagradáveis são, de ordinário, as que prescindem das funções intermediárias do inseto para sua procriação."

Não me tornei um brilhante aluno, como Adrian e Elisa, mas creio que o *Tesouro da juventude* exerceu sobre minhas notas e minha redação um papel similar ao que o Biotônico Fontoura exerceu sobre o meu físico. Ademais, eu tinha entendido o "não pensei em custos" de meu pai como uma advertência a que eu não desperdiçasse aquele investimento no seu único filho varão. Depois de dois anos, eu tinha lido praticamente tudo – claro, tirando a partes chatas, como alguns capítulos das "Belas ações". Conhecia os grandes escritores (sem nunca lhes ter passado os olhos nas obras), os grandes homens, as grandes mulheres, os grandes feitos... Soube, entre outras coisas, que um trem expresso, correndo a 1600 km por minuto, poderia dar a volta ao mundo em menos de vinte dias, mas levaria 177 anos para chegar ao sol, e que Charles Darwin, o pai da Teoria da Evolução, andava fora de moda na Inglaterra. Mas esse tal de Sartre eu nunca tinha visto por lá.

Acho que meu pai se esqueceu ou então perdeu suas veleidades ilustradas, de tal modo que a *Enciclopédia Barsa* nunca aportou nas modestas prateleiras lá de casa – nem mesmo a *Conhecer*, muito mais acessível, que podia ser adquirida por módicas parcelas colecionando e encadernando os fascículos que chegavam nas bancas de jornal todas as terças-feiras. Uma ou outra já teria sido extremamente útil no colegial. Ao invés disso, ele assinou por um ano a *Reader's Digest*. Vá lá! Menos mau. Em que pese o preconceito ideológico que adquiri mais tarde com respeito a essa revista, ela teve o seu papel, junto com o *Tesouro*, no meu apreço por livros.

* * *

Deixar o ginásio era tomar consciência de que, irrevogavelmente, nos tornávamos adultos. Amargo aprendizado, nunca de todo concluído. Adeus, brincadeiras no quintal, empinar raia, trepar em árvores, jogar búrica, mãe-cola, mãe se esconde, mãe-baleia, polícia e ladrão, morto-vivo, pique-esconde, queimada, pula-sela, bom-barqueiro, futebol de botão – com as forminhas de empadas da mãe e o campo marcado a giz na laje... Adeus, marcha soldado cabeça de papel, montado num cabo de vassoura transformado em cavalo – se chovesse era só virar o chapéu que ele se tornava um barquinho levado pelas águas da enxurrada... Adeus, carrinho de rolimã, joquempô, telefone sem fio, bandeirinha-arriou, cinco-marias, diabolô, lenço-atrás, guenta-chumbo, peteca, betes, berlinda, passa-anel, pula-elástico, cabra-cega, gato-mia, bilboquê, casamento atrás da porta, escravos de jó jogavam caxangá... Adeus, disputa de figurinhas, principalmente as das balas Zequinha, no bafo ou no tique: Zequinha gaiteiro, Zequinha no chopps, Zequinha suicidando-se, Zequinha em viagem... Adeus sobretudo ao quintal. Se adolescência é rua, liberdade, voltar tarde para a casa, infância é quintal: terra, caco de vidro, pneu velho, lata enferrujada, minhoca se contorcendo, mandorovás, fieiras de formigas de fogo... E mais: uma laranjeira, um abacateiro, uma parreira carregada no verão, uma horta e um galinheiro com meia dúzia de galinhas-carijós e um galo bravo de crista vermelha. É verdade que o quintal continuou lá, com suas uvas-pretas e seus abacates maduros, seus frangos espavoridos e seus ovos frescos, mas já não era a mesma coisa, tinha perdido o enlevo e até suas dimensões físicas agora me pareciam menores.

Primeira consequência: perder a mansuetude das tardes. (*Mansuetude*: mansidão; qualidade ou condição do que é manso...) Depois das aulas, depois do almoço, nada de brisa, nada de cama, nada de rua. Era a hora de ajudar o pai na pequena mercearia que nos sustentava, a duas quadras de casa. Afinal, não éramos ricos, não tínhamos patrimônio, bens de raiz – e para todas as pessoas nessas condições está lá a maldição bíblica de comprar o pão com o suor do próprio rosto. Suor é força de expressão. A mim cabia ficar atrás do balcão e atender os clientes. Se às vezes entravam dois ou três ao mesmo tempo, tinha horas que o estabelecimento ficava às moscas. Era nesses momentos que as peripécias do detetive Scott e as aventuras do herói de Lee Falk me distraíam, além das *Seleções*. Mesmo com essas companhias, era duro ter de abandonar a doce ociosidade da infância. A manhã na escola, a tarde na venda, não sobrava muito tempo para me divertir. Com duas irmãs menores e, agora, um irmão ainda neném, à noite era aguentar choro de criança e pai e mãe mal-humorados, um por conta do dinheiro sempre curto, outra por causa da canseira sem fim da casa. Pobres, não tínhamos empregada. Os piás que no ano anterior me ajudavam a encher as tardes, por força da nova disposição de meu tempo, se afastaram. Como eu não era bom de bola, na escola tinha poucos amigos. Havia uma espécie de hierarquia tácita entre os meninos, estabelecida pela conjunção da habilidade no futebol com sua capacidade de briga. Se você era valente e jogava bem, sua cotação ia lá para cima. Se era cagão e perna de pau, seu valor de face despancava. Era o meu caso. Um novo colega – que também não era lá muito fã de esporte nem apreciava pugilatos inúteis, mas nem por isso era um bocomoco – era a promessa de escapar quem sabe um pouco da sina de minha precoce casmurrice.

* * *

Aula de geografia. O professor Ermelino Sotto Maior discorre, com seu nariz avantajado e sua natural empáfia, sobre o estado do Paraná:

– No dia 29 de agosto de 1853, Dom Pedro II sancionou a lei que elevava a Quinta Comarca de São Paulo à condição de Província do Paraná, tendo como capital provisória, depois confirmada, a cidade de Curitiba. No dia 20 do mesmo mês, a Assembleia Geral do Império já havia aprovado o projeto. Mas é em 19 de dezembro que a província é efetivamente criada, com a posse em Curitiba de seu primeiro presidente, Zacarias de Góis e Vasconcelos...

Alguns comentários em voz sussurrada obrigam o professor a levantar os olhos do caderno e a lançá-los com severidade sobre a turma, pigarreando com ênfase.

– E qual seriam as características, as peculiaridades dessa nova província? – pergunta, provavelmente uma pergunta retórica, sem expectativa de resposta.

Mas para surpresa sua e de toda a sala, uma voz se ouve:

– O complexo de inferioridade por ter deixado de ser São Paulo?

Era o novo aluno.

– Ora! – retrucou o professor, com visível mau humor. – O Paraná não sofre de nenhum complexo por não pertencer a São Paulo. Em pouco tempo, a nova província assumiu caraterísticas próprias. Olhem aqui o que diz um autor sobre essa questão.

Apanhou um livro que jazia sobre a mesa, ajeitou os óculos de aros de tartaruga, folheou algumas páginas e leu:

– Assim é o Paraná. Território que, do ponto de vista sociológico, acrescentou ao Brasil uma nova dimensão, a de uma civilização original construída com pedaços de todas as outras. Sem escravidão, sem negro, sem português e sem índio, dir-se-ia que a sua definição humana não é brasileira...

No intervalo, Adrian se aproximou de mim e murmurou:

– De que planeta é esse cara? Um estado sem negros, sem índios, sem portugueses! De onde ele pensa que é o sobrenome dele?

* * *

Passamos a conversar regularmente no recreio. Depois, ao final das aulas, nos demorávamos um pouco mais no portão da escola. Semanas depois já voltávamos juntos por um caminho intermediário entre as nossas casas, que, numa cidade pequena como aquela, não eram muito longe uma da outra.

– Almoça lá em casa amanhã e eu te mostro meus livros.

Assim, no dia seguinte, tendo prevenido minha mãe, nos dirigimos juntos para a casa dele. Depois de vinte minutos, num bairro novo, com ruas ainda de chão batido, entramos numa casinha de material com um lindo jardim de hibiscos e roseiras na frente. Marx – um vira-lata que devia ter um beagle em sua árvore genealógica – nos recebeu com efusivas manifestações de apreço. Entramos. Depois de um diminuto vestíbulo, com um espelho oblongo e um cabideiro, passamos pela sala onde sua mãe veio nos receber.

– Ah, então você que é o Ruy! Meu filho fala muito de você. Não repare, a casa é simples. Em quinze minutos o almoço está pronto.

Por sob os trajes de dona de casa moderna – calças de helanca em vez das saias de tergal da minha mãe –, deu para perceber que era uma mulher muito bonita, de quem o filho, agora eu via, herdara a discreta elegância: cabelos castanhos escuros presos num meio rabo de cavalo, olhos cinzentos mergulhados nas órbitas. Fomos para o quarto do Adrian, onde jogamos nossas mochilas: uma cama turca com grandes gavetões, coberta com uma colcha de crochê lilás, um armário de duas portas com uma escrivaninha ao meio e duas prateleiras abarrotadas de livros. Olhei as lombadas: *Angústia*, *Jubiabá*, *A rosa do povo* entre os brasileiros; Malraux, Dostoiévski e o famigerado Sartre entre os estrangeiros. Na parede, uma coleção de flâmulas. Flâmulas de efemérides: Éder Jofre, campeão mundial de peso galo; Juscelino Kubitschek e a inauguração de Brasília; Ray Charles e sua visita ao Brasil. Flâmulas de futebol: o bicampeonato da seleção brasileira no Chile; times do Rio e São Paulo; times locais como o Londrina e o Iraty. Sobre a escrivaninha, uma pilha de discos, long-plays embaixo e compactos em cima. Mexi nas capas: dois ou três de bossa nova, o primeiro do Vandré e o último dos Beatles: *Help!*, de que eu só conhecia a canção título e "Yesterday", das rádios. Foi este que ele colocou na pequena vitrola, me chamando a atenção para a terceira faixa.

– Veja se não parece Bob Dylan.

Eu nunca tinha ouvido falar em Bob Dylan.

Nesse ínterim sua mãe nos chamou e eu avistei, de repente, na sala, uma versão mais velha do Adrian e uma mais nova e feminina: seu pai e sua irmã, Clarinha, uma pirralha de doze anos cujos seios já apontavam sob a blusa ginasial. Adrian tinha ainda um irmão mais velho, que morava havia algum tempo em Curitiba, de quem obtinha as últimas novidades literárias e fonográficas – e quem eu só viria a conhecer mais tarde. Depois das costumeiras apresentações, nas quais me sentia sempre meio idiota, nos sentamos em torno à mesa. A toalha de algodão com motivos florais logo se cobriu de travessas recendentes: arroz branco, feijão-carioca com charque, farinha de mandioca, carne refogada com batata-inglesa e um vívido toque de páprica, salada de rabanete vermelho e almeirão. Para beber, Grapette. (Lá em casa, refrigerante era só nos dias de festa, ainda que meu pai o vendesse na mercearia.) Para minha surpresa, a empregada, típica descendente de poloneses, sentou-se e comeu com a gente, embora muda e de pestanas baixas. Descobri mais tarde que seu Steiner, bancário sindicalizado, nutria nítidas simpatias socialistas. Suas promoções travaram desde o golpe militar de 1964 e ele, que àquela altura já era para ser gerente em Curitiba ou pelo menos em cidades de porte médio, errava por pequenas e inexpressivas cidades do interior. Adrian também tinha muito de seu pai: um rosto bem proporcionado, nariz reto, levemente adunco, olhos que expressavam ao mesmo tempo firmeza e afeto.

– E então, já decidiu que faculdade vai fazer? – perguntou ele. – Seu amigo diz que quer fazer Letras ou Filosofia. Eu tento convencê-lo a fazer Direito. Ou, quem sabe, Engenharia.

– Ai, ainda é cedo pro menino decidir – interveio a esposa.

– Ah, não sei. Eu penso em Direito, quando estou com juízo – eu disse, tentando ser ao mesmo tempo diplomático e jocoso.

– E quando não está?

Depois de uma pausa, para aumentar o efeito, respondi:

– Filosofia.

Rimos. Até Clarinha, que vinha comendo quieta sob as tranças, levantou os olhos risonhos. Com certeza o visitante não seria um bom partido. (Só a empregada não riu.)

– Não importa o curso. O que importa é fazer o que a gente gosta – sentenciou seu Steiner. – Eu, por exemplo, fiz Contabilidade. Mas, se der, ainda quero fazer Filosofia. Aí vamos nós três, os sem-juízo, filosofar.

Invejei aquela família. Em casa eu jamais podia brincar com a possibilidade de não fazer um curso sério. Uma vez em que insinuei algo parecido, meu pai disse que era preferível eu não me formar – e trabalhar na mercearia da família – a fazer uma faculdade inútil. O rádio – ainda não havia televisão na cidade – e as revistas ilustradas davam a entender que o mundo passava por profundas transformações lá fora. Mas só lá fora, porque na cidade, na escola e sobretudo na minha casa parecíamos estacionados no século XIX. Aquele lar, onde se lia Sartre e se ouvia Beatles, era uma ilha naquela pasmaceira.

Depois da sobremesa – pudim de leite com calda de caramelo – e do café recém-coado, nos enfiamos de novo no quarto de Adrian, ouvindo discos, folheando livros, traçando planos mirabolantes para a escola. Adrian mostrou-me sua coleção de selos: cinco álbuns com selos de todo o mundo. Cuba, Československo, Polska, Luxenbourg, Magyar Posta, Sarjah, Deutsche Bundespost, Mongolia, Poste Vaticane, Maroc – fui lendo nas estampas. Entre os brasileiros, muitos do tempo em que a moeda era réis e Brasil se escrevia com "z". O fato de seu pai ser gerente de uma instituição que com certeza recebia muita correpondência ajudava – mas, não satisfeito, Adrian fora ainda a filatelistas de Londrina e Curitiba garimpar espécimes raros. O Olho de Cabra ali era um de seus troféus.

– Você também coleciona?

– Não, mas já pensei – menti: eu devia ter alguns (quarenta?) guardados numa caixa de camisa à espera do álbum que meu pai me prometera.

– Toma aqui – e Adrian me passou um envelope grande cheio de selos.

– Hã?

– São repetidos. E não vou conseguir trocar aqui. Fica pro começo da sua coleção. Olha, alguns são bons, como esses aqui do padre Anchieta. É de 34.

Pelas quatro e meia, a senhora Steiner nos chamou para o lanche da tarde – uma fatia de strudel com um copo de Toddy – e saímos para a rua, andando ao léu, a tempo de testemunhar o crepúsculo abrasando as nuvens da cidade. Já era noite fechada quando cheguei em casa e levei um pito da minha mãe.

* * *

O primeiro amor a gente nunca esquece. Nem tem como esquecer: a mãe da gente. Mas isso só vale para quem tem mãe jovem, bonita e carinhosa. Não era o meu caso. Eu só me lembro de ver minha mãe de cara amarrada, rosto baixo, vassoura de piaçaba na mão, metida na faina diária desde o cocoricar dos galos até o chirriar das corujas. De manhã ela zanzava entre o tanque e o galinheiro, a horta e o fogão à lenha. De tarde, depois de lavada, enxugada e guardada a louça, enfiava-se no quartinho de serviço – e o som monocórdio do pedal da velha máquina de costura Singer enchia a tarde modorrenta. À noite, mais canseira ainda, fazendo a janta, passando a roupa, conferindo as lições da escola com os filhos arrelientos. E era assim – cosendo, cerzindo, lavando, batendo, quarando, passando, engomando, varrendo, esfregando, encerando, espanando, escovando, polindo, engraxando, fervendo, cozendo (agora com "z"), fritando, assando – que ela transcorria os dias curtos e os anos longos. E tudo isso, ao contrário das outras mães, sem cantarolar, sem um assobio sequer, num mutismo hirto só cortado ocasionalmente por resmungos incompreensíveis ou suspiros comedidos quando acompanhava suas lacrimosas radionovelas: "Nas sombras da noite", "O direito de nascer", "Homem sem passado", "Terra de ninguém"... As filhas, logo que cresciam, eram engolfadas na mesma lida – sobretudo depois que o nascimento de um temporão, Robson, aumentou as demandas domésticas. Então, se era possível admirar minha mãe, sentir piedade dela, comiseração, não dava de maneira alguma para idealizá-la. O que me consolava é que a maioria das mães de meus colegas não ficava muito atrás.

Do mesmo modo, minhas irmãs não podiam ser objeto de minhas disposições edipianas: muito novas. O remédio eram as professoras no primário, uma que outra tia, uma que outra prima, uma que outra vizinha, e as atrizes, logo que comecei a frequentar as matinês na cidade vizinha. Assim, minhas primeiras e secretas paixões foram pelos olhos de Elizabeth Taylor, as coxas de Silvana Mangano, os lábios de Brigitte Bardot, os ombros de Claudia Cardinalle, os peitos de Sophia Loren... Mais tarde, as atrizes disputariam minha atenção com as colegas da escola que começavam a adolescer: Ana Flávia, Roberta, Maria da Conceição, Elisa... Não tardou para que essa atração tão casta se conspurcasse em meio a aguadas ejaculações. Todavia, a arte do vício solitário – aparentemente tão instintiva – só foi adquirida plenamente depois de anos e a custo de muito e desajeitado adestramento.

* * *

Depois das manhãs de tédio na escola, só contrabalançadas pelas conversas com Adrian, vinham as tardes de tédio na mercearia, igualmente contrabalançadas pelos livros que Adrian me emprestava. Situada numa esquina, a três quadras da praça, era um velho casarão de madeira em forma de galpão, com quatro portas de postigos, duas para cada rua, um assoalho de tábuas carunchadas e o pé direito muito alto – tudo isso encimado por uma cobertura de telha vã que expunha as grossas vigas de pinho em forma de tesoura, de onde uma vez me caiu uma lagartixa na cabeça. (*Telha-vã*: telhado sem forro, disposto apenas sobre ripas ou caniços, ficando exposto pela parte interior.) Sobre um balcão de madeira maciça, três itens que não podiam faltar num estabelecimento como aquele: a caixa registradora Sweda, a balança Filizola e o baleiro giratório de vidro, com suas balas coloridas e barras de doce: de amendoim, de abóbora, de leite. Na entrada, uma série de sacos abertos de linhagem, com as bordas enroladas e um caneco de alumínio dentro, com arroz, feijão-preto, feijão-carioca, feijão-roxinho, fubá, milho, canjiquinha, farinha de trigo, farinha de milho, farinha de mandioca, açúcar cristal, açúcar mascavo, canela em pau, batata-inglesa, erva-mate, café em grão e café moído recém-torrado. Na calçada, outros sacos, com alfafa, azevém, alpiste e ração para galinha poedeira, além de caixas com legumes e frutas. Pendentes de arames descidos das goivas, de um lado, mantas de charque, linguiças, salames e toucinhos; do outro, fumos de rolo untados de mel, cachos de banana e réstias de cebola e alho. Num dos braços do balcão, latas com banha de porco, óleo de coco e queijos de vários tamanhos, cores e texturas; no outro, vidros de conserva, gamelas com carne suína e, na Semana Santa, bacalhau à salga. Nas prateleiras, forradas com papel-fantasia, aviamentos e armarinhos, goma-arábica, goma-laca, querosene, máquina de flit, sabão em barra, creolina, cera, graxa, pedra de isqueiro, mechas de lampião, agulha para fogareiro, óleo de peroba, óleo de linhaça, cuias, bombas de chimarrão, ratoeiras, bolinhas de búrica, louça, urinóis. No canto das ferramentas e utensílios, encostados à parede ou dependurados das vigas, martelos, machados, machadinhas, foices, serrotes, enxadas, pás, ancinhos, escovões, vassouras, facões. E mais: aqui arreios, selas, anzóis e gaiolas; ali panelas, tachos de cobre e caçarolas; acolá botinas de couro cru, alpargatas e tamancos coloniais. Finalmente, na estante de vidro, os materiais de papelaria: cadernos de espiral, papel almaço, papel-manteiga, papel crepom, tinteiros, mata-borrões, lápis de cor, borrachas, canetas, giz de cera, apontadores, estiletes, esquadros e réguas. Enfim, tinha de tudo, ou quase tudo: à exceção de bebida alcoólica, pois meu pai dizia que aquilo era um armazém sério e não uma bodega de desocupados. João, um polaco da roça, banguela e magro feito um caniço, era seu braço direito: atendia no balcão, fazia as entregas na sua desmantelada bicicleta – uma Hércules aro 28 de 1950 – e era pau pra toda obra.

Nos fundos ficava o pequeno escritório de meu pai. Se a loja já era sombria, aquele acanhado compartimento mais ainda. Lá ele passava horas, sentado a uma velha escrivaninha com tampo de correr e gavetas laterais, fazendo e refazendo cálculos, recebendo os fornecedores ou alguns raros amigos. Na estante atrás, pilhas de papéis, cadernos amarrotados e os livros de contabilidade, com as entradas e saídas minuciosamente anotadas – sobretudo os débitos dos fregueses que compravam fiado.

Meu pai era severo, como costumavam ser os pais daquele tempo, sobretudo do interior. Severo, reservado, recluso. Falava pouco, resmungava muito, principalmente quando lia os jornais ou ouvia o Repórter Esso, balançando a cabeça em sinal de desaprovação ante os cambalachos dos políticos ou os descalabros do mundo. Em casa, bastava um olhar seu para que nos calássemos ou nos recolhêssemos. Quando ele chegava da rua, toda eventual descontração evolava-se. Eu e minhas irmãs parávamos o que estávamos fazendo ou o fazíamos de modo a emitir o mínimo de ruído possível. A mãe, já quieta por natureza, não produzia mais nenhum som, salvo aqueles que atestavam sua azáfama doméstica: torneira ligada, faca picando salsinha, panela sendo posta sobre a chapa do fogão. Até o neném parava de chorar. Antes mesmo de abrir o portão, já sentíamos sua presença: seus passos sobre a calçada, o portão rangendo, novamente seus passos, agora sobre o saibro, o barulho metálico da chave na fechadura, a porta se abrindo, outra vez seus passos, agora sobre o madeirame do piso. Ele se instalava em casa e imediatamente o ar se tornava pesado, opresso. Se minha infância foi marcada por minha mãe, sempre cabisbaixa e muda, na penumbra do lar, minha adolescência o foi por meu pai, ali ao lado, no escritório da mercearia, num silêncio igualmente impenetrável. Minha primeira – e talvez no fundo única – razão para me rebelar foi meu pai. E foi de certa forma mais difícil enfrentá-lo do que combater a ditadura. Quando ele morreu, não chorei no velório nem no cemitério. Nem nos dias que se seguiram. (Choro agora).

Engraçada a passagem do tempo. Depois dos vinte anos, tudo voa. Mas naqueles tempos os anos se arrastavam longos, os meses, as semanas, os dias – e cada tarde me parecia interminável. Eu conseguia atender os clientes, fazer as lições da escola, trocar duas ou três palavras com o João, cochilar e ainda ler, sorrateiro – o livro aberto sobre os joelhos. Era um ou dois romances por semana, que tinham o condão de me transplantar daquela vendinha adormecida para as estepes geladas da Rússia ou para as tórridas plantações de cacau na Bahia. Uma bela tarde, aliás, uma tarde enfadonha, em que um chuvisco intermitente tornava as horas ainda mais lentas, cabeceando atrás do balcão, quem que eu vejo entrar, sorridente, debaixo de uma capa de chuva? Isso mesmo: Adrian. Apresentei-o ao meu pai, que só o conhecia de nome e fama: ainda que eu cuidasse, não lograva não falar dele quando o assunto era a escola. Depois de uma compra eclética – sabão de coco, creme dental, salame, goiabada e feijão-cavalo – enveredamos por uma conversa igualmente eclética (existencialismo, Vietnã, os Sputniks, a recente imposição do bipartidarismo, os professores mais xaropes da escola) em que até o meu pai meteu o bedelho.

– Muito inteligente esse seu amigo, hein! – comentou ele, depois que o Adrian se fora. – Pena é esse cabelo de transviado. É por isso que você não quer mais cortar o cabelo?

– Está todo mundo usando, pai.

– Não vejo ninguém assim na cidade. Só vocês.

– Também, nessa aldeia do fim do mundo! Mas no Rio e São Paulo...

– E eu quero lá saber o que se passa no Rio e São Paulo! Mal consigo dar conta desta venda. E ele é comunista também? Olha, filho, cuidado, o país não tem mais paciência com comunistas.

* * *

Comunistas. Até então eu nunca me importara com comunistas. Aliás, nem sabia direito quem eram. Associava-os vagamente a assassinatos, violência, fome, Cuba, China... Pelo que o meu pai falava, eles deviam estar a ponto de dominar o país. Aí então iriam fechar as igrejas, dividir nossas casas com vagabundos, implantar uma feroz disciplina. Não me agradava sobretudo este último aspecto. Dividir a casa com vagabundos? O único vagabundo que eu conhecia – e o único da cidade inteira – era seu Melquides, o homem do saco de minha infância, que dormia de favor nos sítios das redondezas, nos fundos da olaria, na porta da igreja, debaixo da marquise do cartório, que carpia terrenos ou varria calçadas em troca de um prato de comida, que dispunha de um arsenal incrível de causos absurdos com os quais fazia gargalhar a piazada na praça da cidade, agora que eu, crescido, via que ele não era nenhum bicho-papão. Se ele tomasse um bom banho e tirasse aquela craca do corpo, eu até que não me importaria em dividir a casa com ele. E quanto a fechar igrejas, eu até achava bom. Aborrecia-me na missa aos domingos e não adiantara nada, por conta do Concílio Vaticano II, a liturgia ter passado a ser em vernáculo. Enfim, os comunistas não eram uma grande ameaça para mim. Mas o mesmo não se podia falar de meu pai, que vira as reformas de base propostas pelo presidente João Goulart como a porta de entrada do bolchevismo. Na cidade, graças a Deus, não houve nenhuma Marcha da Família com Deus pela Liberdade, mas se realizaram algumas fastidiosas vigílias na igreja matriz às quais o meu pai me levara arrastado. De ouvido grudado no velho rádio valvulado, ele acompanhava os sermões do padre Peyton e os programas do Instituto Brasileiro de Ação Democrática (IBAD). Assim, foi um alívio para ele quando, no dia 31 de março, ouviu que as tropas do general Olympio Mourão Filho marchavam de Juiz de Fora rumo ao Rio de Janeiro. Chegou a se emocionar com as marchas e dobrados militares que infestaram as rádios por um tempo. Para mim até que não foi mal: três dias de recesso escolar. Tirando um ou outro professor desligado da escola, nem minha rotina nem a da cidade sofreram alteração relevante. Agora, conversando com Adrian, meus olhos se abriam: descobria que o mundo, para além dos estreitos limites daquela cidadezinha, estava dividido entre progressistas e reacionários, oprimidos e opressores, aqueles que lutavam pelo avanço da humanidade e aqueles que se serviam de todos os estratagemas para detê-lo – e os milicos não estavam entre os primeiros.

* * *

Chovia. A umidade subia da terra, atravessava o piso, entrava pelos sapatos adentro, galgava as pernas, enregelava as mãos, as orelhas, o nariz, do qual teimava em fazer escorrer um filete transparente de ranho. Rangendo o giz na lousa, o professor Ermelino Sotto Maior escrevia há pelo menos meia hora, e nós não tínhamos outro remédio a não ser copiar em nossos cadernos, pois ele cobrava o conteúdo da matéria *ipsis litteris*:

> O Brasil constitui um dos mais vastos países da terra, capaz de conter toda a população nela existente. Reúne imensas vantagens a essa grandeza territorial, quais a situação geográfica, a homogeneidade material e moral, o progresso constante. É belíssimo – encerrando maravilhas sem êmulas no universo, como o Amazonas, a cachoeira de Paulo Afonso, a floresta virgem, a baía do Rio de Janeiro. Goza de perpétua primavera, sem jamais conhecer temperaturas extremas. Não sofre as calamidades que costumam afligir a humanidade: – vulcões, terremotos, ciclones, inundações, abundância de animais ferozes. Resulta a sua população da fusão de três dignas e valorosas raças. Nunca sofreu humilhações, nunca fez mal, nunca perdeu uma polegada do seu solo, nunca foi vencido, antes tem vencido poderosas nações.

Sentou-se, acendeu um cigarro e ficou olhando pela janela a "perpétua primavera". Nossas mãos, azuladas pelo frio, doíam de tanto escrever. Na sala, nenhum pio. Às vezes apenas um olhar significativo trocado entre mim e o Adrian. E o ruído quase surdo de trinta e poucas canetas garatujando trinta e poucos cadernos, que se misturava ao gorgolejar da água escorrendo pelos beirais do telhado janela afora. Depois de findo o cigarro, o professor levantou-se, ajeitou os óculos sobre o protuberante nariz e, provavelmente também cansado de escrever, passou a ditar, com o livro na mão:

– Anotem o restante, por favor. – Empostou a voz: – Nestas condições, o Brasil é um país privilegiado, reunindo elementos que lhe conferem primazia sobre todos os mais. Importa ingratidão para com a Providência invejar outras nações, não nutrir a ufania de ter nascido brasileiro. Foi belo o quinhão que nos coube. Outros povos apenas se avantajam ao nosso naquilo que a idade secular lhes conquistou. O Brasil poderá tornar-se o que eles são. Eles nunca serão o que é o Brasil.

– Que maravilha o nosso quinhão, não é? – comentei depois, quando voltávamos para casa, desviando-nos das poças d'água que conferiam às ruas uma aparência lunar.

– Olha, o professor não está muito longe da verdade não – asseverou Adrian. – Tirando um ou outro aspecto. Nunca fez mal a ninguém? Ah, basta lembrar do Paraguai! E nunca sofreu humilhações? Acabou de abrir as pernas pros ianques, sem que eles precisassem disparar um tiro.

– Qual deve ser a posição dele?

– Um patriota ingênuo. Um órfão do Getúlio, que achou que o Jango se aproximou demais dos comunistas... Tem gente que tem tanto horror do comunismo que aceita qualquer coisa. E o pior é que é gente pobre, como o Ermelino, que tem que fazer meia-sola pra aumentar a vida útil do sapato.

* * *

Enfim, depois de muito francês, inglês, latim, português, matemática, estudos sociais, ciências físicas e biológicas, história, geografia, filosofia, educação física e religião, o ano letivo finalmente acabou. Adrian, longe de encarnar o tradicional cê-dê-efe, terminou como o segundo melhor aluno da sala e eu como o décimo primeiro (uma pequena melhora em relação ao ano anterior, quando fiquei em décimo quarto). O primeiro lugar foi de uma aluna: Elisa Bittencourt. Com certeza, a segunda pessoa mais brilhante da escola (o primeiro, claro, era Adrian). E como duas pessoas brilhantes se atraem, era natural que o dois se aproximassem. Elisa não era só inteligente. Era bonita, muito bonita. Coxas rijas, seios altivos. Olhos castanhos, tendentes ao mel, mas que em alguns dias particularmente luminosos esplendiam verdes. Cabelos negros, ora presos num rabo de cavalo, ora em duas tranças. Pele clara, em que os sinais de acne eram raros, bem menos que os meus, pois minha testa começava a virar uma lixa – daí a necessidade, que meu pai jamais compreenderia, de cultivar uma franja *beatle*.

No final do ano, Elisa já se juntara às nossas conversas do recreio – inclusive ampliando o assunto para questões como a emancipação da mulher. Agora, com o fim das aulas, marcávamos ponto ou na pracinha, ou na única sorveteria da cidade, ou – aos sábados – nas matinês do cinema mais próximo, isto é, na cidade vizinha, a quinze longínquos quilômetros. Adrian era o mais literário, Elisa a mais politizada. Ao contrário dos pais dele, os seus não tinham nada a ver com política. Eram mais parecidos com os meus: papa-hóstias que vibraram com o golpe militar. Talvez por isso, por conta de uma índole naturalmente rebelde (batera o pé para fazer o curso clássico em vez da escola normal), ela se inclinara por um caminho mais sinuoso: de democrata, convertera-se em socialista, a favor da reforma agrária na lei ou na marra, e em breve já estava se autointitulando comunista e defendendo a Revolução Cubana e a China de Mao Tsé-tung.

– Gente, a ditadura cai em um ou dois anos – afirmava Adrian.

– Não – retrucava Elisa. – Do jeito que está vai levar muito tempo ainda. Tem que ter resistência.

– Já está tendo.

– Que resistência? Esses protestozinhos mequetrefes? Só com isso não cai não. É preciso aumentar a pressão: greve geral, passeatas, boicote...

Para não ficar sem falar nada, aventei, com um ar grave:

– Olha, dura ainda uns cinco anos.

Os dois me olharam, curiosos.

– É o tempo de amadurecer e ficar podre.

Em termos musicais, a divergência aumentava. Elisa só gostava de música popular brasileira. Mas até da bossa nova tinha reservas. Muito americanizada. Tom Jobim, Johnny Alf, Dick Farney – isso é nome de brasileiro? Por outro lado, era fã de Nara Leão, sobretudo do álbum *Opinião*. Adrian já gostava de rock, mas o rock internacional. Os dois concordavam em detestar a recém-lançada Jovem Guarda, só que Elisa detestava mais. Na literatura, os gostos convergiam: Drummond, Bandeira, o Jorge Amado mais antigo, o Vinicius mais recente, Graciliano Ramos, Gide, Kafka, Camus, Tolstói – e, claro, o indefectível Sartre, agora acompanhado de Simone de Beauvoir. Preferiam Eça de Queirós a Machado de Assis. Odiavam os parnasianos, como era de praxe, mas nem por isso liam os simbolistas. Cruz e Souza ganhava pontos porque era negro. Acho que Lima Barreto conheciam só de nome. Dos recentes João Cabral de Melo Neto e Ferreira Gullar, apenas um poema ou outro. O concretismo, do qual só tiveram ligeiras notícias, era abominado. Formalismo pequeno-burguês. Como não havia livraria na cidade e a biblioteca da escola estacionara em Coelho Neto, tínhamos que explorar os respectivos (e modestos, salvo o dos Steiner) acervos familiares, mais um ou outro livro emprestado pelo Lessa, o jovem professor de português, o mais arrojado da escola, um sujeito magricela, um tanto quanto corcunda, com um nariz extremamente adunco e um pomo-de-adão saliente. Seu Bonifácio, brizolista empedernido, também nos fornecia livros, embora tentasse nos enfiar os clássicos portugueses – mas na época não estávamos muito interessados em amores de perdição ou salvação, exceto Eça, mais inclinado para a perdição, nem tínhamos noção do contundente neorrealismo lusitano. Além disso, Elisa assinara a novíssima Revista Civilização Brasileira, que fazia chegar até nós, ali naquele fim de mundo, as discussões mais candentes do momento. Eu só podia colaborar com dois ou três Balzacs e um Zola estropiado que eu não sei por que cargas d'água foram parar lá em casa. *Tesouro da juventude* nem pensar. O mesmo valia para Monteiro Lobato. Era leitura de criança. E a infância era um território abandonado.

Os primeiros livros de política e filosofia, creio, apareceram naquele verão. O super-homem, que para mim era só um herói dos quadrinhos, foi-me apresentado por Elisa. Impressionou-me muito o *Ecce Homo*. Eta cara metido! Capítulos como "Porque sou tão sábio", "Porque sou tão sagaz", pareciam a descrição perfeita de meus modestos amigos. De Marx ficamos só no *Manifesto*. Mas foi o suficiente. "As armas que a burguesia utilizou para abater o feudalismo voltam-se hoje contra a própria burguesia. A burguesia, porém, não forjou somente as armas que lhe darão morte; produziu também os homens que manejarão essas armas – os operários modernos, os proletários." De Lênin, parece que circulou por nossas mãos, emprestado não sei de quem, *O que fazer?* O nosso objeto de desejo era *A guerra de guerrilhas*, do Che. Mas onde encontrá-lo? Quem porventura tinha um livro que pudesse, ainda que de leve, ser associado ao esquerdismo – como o *Vermelho e o negro* de Stendhal – tratava logo de livrar-se dele.

– Vai ficar podre não. Já está. Só que ninguém sabe.

– E ninguém vai saber se não se fizer nada.

– Se *a gente* não fizer nada.

E então nos propúnhamos a fazer alguma coisa, qualquer coisa, ainda que à socapa. Chegávamos nos conhecidos e, depois de arrodear muito, cheios de dedos, soltávamos, como quem não quer nada:

– O problema é que estamos numa ditadura...

– Ditadura?

– Sim, ditadura, falta de liberdades...

Alguns replicavam:

– Mas que papo de comuna é este, cara?

Ou então:

– Pelo menos nos livramos daquele corrupto do Jango!

Pelo visto, o caminho da conscientização não seria nada mole.

* * *

Não era só de política que nós vivíamos. Aliás, a política era *ainda* apenas uma pose. Como todo adolescente recém-saído das barras da infância, os temas metafísicos ainda nos assombravam, sobretudo quando o papo avançava noite adentro e sobre nós, esborrachados sobre a grama orvalhada da praça, o céu abria o seu pálio de estrelas frias – algumas das quais a milhões de anos-luz, provavelmente mortas.

– O que será que existe além do universo?

– Nada, seu mocorongo, só o vazio – retorquia Elisa.

– Ou será que tem um outro universo? – sugeria Adrian.

– Isso só em ficção científica.

Ainda que eu não tivesse mais saco para as longas missas de domingo e achasse absurda, além de sádica, a existência do inferno, não abandonara de todo a ideia de Deus. Não aquele Deus da catequese, xereta e rancoroso, mas um Deus mais discreto, que não se importava tanto com o que fazíamos dentro do banheiro. Certa feita, um frei que viera pregar uma missão na paróquia visitou nossa família. De mau humor no começo, acompanhei o jantar, e aos poucos, empolgado pelos vapores do vinho (só nessas ocasiões meu pai permitia que bebesse), fui expondo, com cautela, minhas críticas com respeito àquela velha figura de Deus. Para minha surpresa – citando Teilhard de Chardin e Thomas Merton, que só vim a conhecer mais tarde –, o religioso concordou comigo e asseverou que Deus era muito maior que a imagem mesquinha que muitas vezes nossas fantasias projetavam dele. Meu pai franziu o cenho.

Adrian, por sua vez, se dizia *agnóstico*. E explicou a palavra:

– Agnóstico é aquele que não pode afirmar nem negar a existência de Deus. Pra mim tanto faz quanto tanto fez. Agora, se Deus existe, não é aquele Deus vingativo da Bíblia.

Para ele, no entanto, não era difícil ser agnóstico. Eu não vira em sua casa nenhum crucifixo ou objeto de cunho sacro. Crucifixo, aliás, nem era possível: seus pais não eram cristãos. Eram judeus, embora não pisassem numa sinagoga, ao que parece, desde o dia do bar-mitzvá do Adrian.

Elisa, de família católica (até há pouco tempo rezava o terço em família e quando pequena desejara ser freira), era ainda mais franca: simplesmente não cria. Era ateia.

– E quem fez tudo isso? O universo, o vazio, o homem?

– Ninguém. Deus é uma hipótese inútil – respondia Elisa.

– Ah, mas tem tanta coisa que a gente não explica...

– Não explica *ainda* – e frisava a palavra, prolongando-a. – Um dia a ciência vai explicar tudo, como hoje explica os trovões e relâmpagos, por exemplo.

– Será?

– Olha, não existe nada além da matéria. O espírito é uma ilusão da matéria. Uma projeção *mental* da matéria.

– Então, pra você, a gente morre e desaparece?

– Sim, a gente morre e desaparece. Que mal há nisso? É o ciclo da vida. Melhor do que ficar se entediando no céu ou queimando no inferno, não concorda?

– Melhor que no inferno sim – eu ri.

– A vantagem de ser judeu é que nós não acreditamos no inferno.

– Olha aí um detalhe que compensa a circuncisão – brinquei. – Mas me diga uma coisa: pra vocês, quem foi Jesus Cristo?

– Um judeu praticante, que ia à sinagoga todos os sábados. Um rabino liberal. No máximo, um profeta. Agora, pra mim, ele foi mesmo um revolucionário. Taí porque mataram ele.

– E seus seguidores não entenderam nada – acrescentou Elisa. – E começaram com esse papo de que era o Filho de Deus... Em vez da revolução, fizeram uma religião. Mais uma pra oprimir o povo.

– É, mas tem um tal de Teilhard de Chardin que tem umas ideias diferentes...

Eu, de minha parte, pelo sim, pelo não, ainda tentava manter uma via de comunicação com o sagrado. Vai que Deus não fosse o Deus de Chardin! Olhei o céu. Alto, inacessível, estupendo. Ventava de leve. Um cheiro de mato e flor agreste me enchia as narinas. As estrelas, a milhões de anos-luz... Achei difícil descrer. Ou crer. Pronto, eu era agnóstico.

– Será que o homem um dia ainda vai pisar na lua? – perguntei, depois de longos minutos de silêncio.

– Duvido muito – disse Adrian.

– Se chegar, com certeza vão ser os russos – afirmou Elisa.

* * *

Algumas coisas são únicas na vida. O primeiro beijo, o primeiro amor, o primeiro porre. Inspirados pelo livro que descobríramos naquele verão – *O encontro marcado*, de Fernando Sabino, nosso *On the road*, embora muito mais comportado – resolvêramos tirar o atraso. Beber muito e perder a virgindade, não necessariamente nessa ordem. Claro que quem decidira isso era eu e Adrian. Mantínhamos Elisa longe desses assuntos. Naqueles tempos as meninas não davam. Algumas até davam, sim, mas no Rio de Janeiro, em São Paulo, quem sabe também em Curitiba. A revolução sexual ainda não engrenara, levaria mais alguns anos para as pessoas dançarem peladas em Woodstock. Então tínhamos que nos aventurar na zona – a tradicional iniciação do macho branco, junto com as empregadinhas domésticas. E de preferência bem longe de casa para não corrermos o risco de toparmos com algum conhecido. Elisa também não podia beber, não numa cidade minúscula e tacanha como aquela. O pileque e a perda do cabaço teriam que ser sem ela, e, no segundo caso, sem ela saber. Não que não falássemos de sexo. Uma vez ela própria, a propósito de Simone e Sartre, mencionara o amor livre. Mas era como se falássemos das dicotiledôneas, algo que não tivesse nada a ver com a gente.

De minha parte, eu era praticamente virgem de tudo – e isso, para um homem, era uma vergonha, quase uma ignomínia. Tirando a imaginação e um beijo furtado numa festa de igreja aos doze anos, não constava mais nada em meu *curriculum sexualis*. Por isso, quando o assunto chegava nesse território, eu tinha que dar asas à invenção: "Peguei nos peitos de uma prima, de uma tia, da vizinha de uma tia de Ivaiporã..." Na verdade eu nunca tinha visto um mamilo feminino, tirante os de minhas irmãs quando pirralhas. E buceta, durante muito tempo, nem mesmo em foto. Fiquei pasmo quando descobri, numa revista de sacanagem sueca, que eram cabeludas. Na minha cabeça, elas eram como na estatuária grega. Confesso que na hora senti certo nojo. Adrian, por sua vez, já tinha mais expertise, graças sobretudo à liberalidade de sua empregada que, pelo jeito, era tímida só à mesa. "Vou te contar, cara" – ele começava. E me contava suas bolinações com ela descendo a detalhes tão ínfimos que me deixavam entre excitado e constrangido. Todavia, ele nunca passara dos prolegômenos: a polaca queria casar virgem.

Devido às dificuldades logísticas e estruturais do segundo item, resolvemos iniciar pelo porre. Não é que não bebêssemos. Já tomávamos um gole de cerveja nos encontros familiares, longe dos olhos paternos, um ou dois canecos de quentão nas festas juninas, cuba-libre nas reuniõezinhas dançantes que começávamos a frequentar, e agora, que um buço já se delineava no lábio superior e fiapos de barba já apontavam no queixo, ousávamos adentrar os dois ou três botecos da cidade. Vez ou outra minha mãe já me flagrara com bafo de pinga (e sempre o ocultava de meu pai); uma noite, inclusive, eu ficara verdadeiramente tonto e com a voz pastosa – mas pileque, pileque mesmo, nada.

Nem precisamos combinar o Dia D. A ocasião fez o ladrão. Adrian e Elisa passaram alguns dias na praia, cada um com sua família, mas no final de janeiro já estavam de volta, quando Pedrão, do terceiro ano, aproveitando a ausência dos pais, organizou uma festa de arromba. Elisa, valendo-se do bronzeado, estreou uma nova minissaia. Mas de cara implicou com a música: Jerry Adriani, Os Incríveis, Golden Boys, Renato e seus Blue Caps, Moacyr Franco e, é claro, o novo rei das paradas de sucesso, Roberto Carlos:

> De que vale a minha boa vida de playboy,
> se entro no meu carro e a solidão me dói.
> Onde quer que eu ande tudo é tão triste,
> não me interessa o que de mais existe...

Além disso, tinha o pop italiano, cafonérrimo: Rita Pavone, Gianni Morandi, Bobby Solo, Nico Fidenco, Emilio Pericoli et caterva.

Mas no prato da vitrola também rolavam Beatles, The Temptations, Beach Boys, The Supremes, The Righteous Brothers:

You've lost that loving feeling,
that loving feeling,
you've lost that loving feeling.
Now it's gone, gone, gone...

O que não aliviava muita coisa para o lado de Elisa, que detestava música americana (mesmo quando inglesa), mas já agradava ao Adrian, bem menos ortodoxo nesse quesito, que inclusive colaborara trazendo alguns de seus elepês.

Obviamente, não pretendíamos encher o caco na frente de Elisa. Mas a festa não saiu como pretendíamos simplesmente porque, a partir de determinado momento, Elisa começou a dar muita trela para o anfitrião que, com dezoito anos completos e uma lambreta, balançava o coração dos brotinhos mais tolos da cidade. Mas justo Elisa? Então, de cuba-libre em cuba-libre, de batida em batida, de Antártica em Antártica, sem admitir que estávamos enciumados, fomos atravessando todas as etapas da bebedeira, como mais tarde ficaríamos craques.

Primeiro, a fossa poética: na varanda, conversávamos sobre o absurdo da vida. Aquela turma sacudindo os ossos ali ao lado e as estrelas, que nada sabiam dos homens, das dores dos homens, lá em cima, impassíveis. Emulando os heróis de *O encontro marcado*, recitávamos:

– "Perdi o bonde e a esperança."

– "Passei a vida à toa, à toa!"

– "De repente do riso fez-se o pranto."

– "Não sou nada. Nunca serei nada. Não posso querer ser nada."

– "Minha alma é um sulco aberto no universo."

– De quem é esse?

– Meu – disse Adrian. – E é um decassílabo perfeito.

Depois, a euforia. E por que não dançar? Entramos de volta na sala. A festa comportadinha do começo já virara uma barafunda. Nos cantos mais escuros, casalzinhos numa esfregação cerrada. No meio, outros dançando de rosto colado, não importa se música lenta ou rápida. Copos e garrafas espalhados por todo canto. Apesar da advertência da letra – é proibido fumar! –, muitos adolescentes imberbes ostentavam seus Continental ou Minister. Elisa não estava em lugar algum. Girando os braços, saracoteando os quadris, chutando o ar, parecíamos dois bonecos de engonço. Eu sempre fora tímido para dançar e mais ainda para tirar para dançar. Que coisa maravilhosa o álcool, que me insuflava a coragem para a abordagem e ao mesmo tempo me arrancava a vergonha caso levasse mala! Tomei três foras, um deles da Ana Flávia, mas não dei a mínima, e dancei com a Roberta e a Conceição, entre outras, que pareciam se divertir às pampas comigo, cada uma delas com sua minissaia e seu par de coxas que não deviam nada aos da Elisa. Ah, e por falar na ordinária, ela reaparecera e ria-se da gente. Então, de repente, minhas pernas ficaram pesadas, meus braços pareciam de chumbo e tudo aquilo me soou estúpido.

Aí vem a terceira fase, a fossa parte dois. Novamente lá fora, depois de beber tudo que conseguíramos, nos estendemos, não mais nas cadeiras da varanda, mas no gramado do jardim. Não tínhamos mais versos para dizer. Ainda que quiséssemos, não lembraríamos de nenhum. Era a hora de "puxar angústia", para imitar novamente os personagens do livro de Sabino.

– É tudo tão vazio.

– Nada faz sentido.

– E as pessoas, todas idiotas.

– Todas, inclusive a gente, que está aqui no meio delas.

– Vamos cair fora, cara.

– Sim, vamos dar um rolê pela cidade.

A quarta fase, de euforia também, é efêmera. Saímos, chutando os postes, atirando pedras nas lâmpadas da iluminação pública, mijando nos portões das casas das gurias da escola. Alcançamos o único boteco ainda aberto e cometemos a imprudência de beber mais. (Mais tarde, com vários porres no currículo, saberíamos o ponto exato de parar.) Diante do balcão, topamos com seu Melquides, o folclórico mendigo da cidade, que nos vendo naquele estado aconselhou:

– Maneirem, amiguinhos. Vocês vão ver que bela ressaca amanhã.

– Que ressaca, seu Melquides, que ressaca?

Aproveitei e confessei que na infância eu tinha medo dele. Ele riu.

– Todos têm. Como as mães dessa cidade vão ameaçar os filhos sem um autêntico homem do saco?

– Você é uma figurinha, seu Melquides, uma figurinha. Sou seu fã – tartamudeou Adrian.

– O que o senhor leva aí dentro desse saco, seu Melquides?

– O pinto das crianças que não quiseram rezar antes de dormir.

Gargalhamos.

– Minhas coisas, ora. Travesseiro, escova de dentes, uma muda de roupa. Afinal, este saco é a minha casa.

– Então o senhor vai gostar do comunismo, seu Melquides. No comunismo todo mundo vai ter casa. Até você pode morar lá com a gente. O duro vai ser aguentar meu pai. Ele vai querer te levar todo dia na missa.

Gargalhamos novamente.

Aí vem a quinta e derradeira fase, o *grand finale*, magnífico, formidável, majestoso. A cabeça gira, as pernas bambeiam, as entranhas se retorcem e tudo o que você bebeu e comeu nas últimas doze horas é projetado para fora, em golfadas abruptas, do alto do coreto da pracinha da cidade.

A rebordosa do dia seguinte é antológica, seu Melquides tinha razão.

* * *

– Vocês sumiram ontem!

– A festa estava um purgante.

– E depois, você desapareceu com o Pedrão.

– Que desapareci! Eu só fui bater um plá com ele.

– Logo ele? Aquele boçal.

– Não é boçal não! E depois não combinamos que temos que abrir a cuca dessa gente? Falei pra ele que estamos numa ditadura. Que na verdade, não foi revolução, foi golpe. E que tem muita gente por aí que está sendo presa só porque pensa diferente.

– Ele concordou?

– Sim, concordou. Disse até que devíamos pegar em armas como em Cuba.

– Duvide-o-dó.

– Mas vocês ontem, hein, estavam bem alegrinhos! Nem sabia que o Ruy dançava.

– Pois é, tomamos um porrete histórico.

– E nem pra convidar a amiga, né!

– Você estava bem ocupada...

– Corta esse papo. Era só me chamar que eu ia com vocês.

– Não ia pegar bem pra você.

– Como não ia pegar bem?

– Uma guria, assim, bebendo...

– E eu com isso? Pois saibam que pra vocês não pegou nada bem.

– Como assim?

– Estão todos falando na cidade que vocês estavam bêbados que nem dois gambás na praça.

– Sério?

– Sério. Mancada, hein! Da próxima vez me chamem que eu cuido pra vocês não darem na vista – arrematou Elisa, piscando o olho.

* * *

Recuperados da bebedeira, começamos a urdir o segundo ponto de nosso plano. Depois de avaliar prós e contras, decidimos pela Casa da Filó, perdida numa das curvas da estradinha que nos separava da cidade vizinha. Seria mais difícil encontrar um conhecido por lá. Resolvemos ir de bicicleta, porque depois das dez da noite não circulavam mais ônibus e até lá eram quase dez quilômetros de chão batido. Eu, na minha Monark, Adrian na sua Ralleig preta, com frisos dourados e raios niquelados, importada da Inglaterra. Primeiro, um aquecimento no bar da praça. Tínhamos que beber o suficiente para nos desinibirmos, mas não a ponto de ficarmos grogues e corrermos o risco de falharmos na hora H. Era uma calibragem delicada para quem não tinha experiência nem em beber e muito menos em foder. Achamos que o ponto foi atingido com uma Brahma e uma dose de Tatuzinho para cada um. Mas o esforço da bicicleta – mais a natural ansiedade – nos deixou novamente sóbrios quando, depois de ainda nos perdermos pelo caminho, suados e exaustos, chegamos ao destino. Enfim, após mais alguns minutos de hesitação, ocultando nossas bicicletas atrás de umas moitas, nos achamos diante de um decrépito casarão de madeira com lambrequins eslavos e um luminoso escarlate sobre a porta escrito *Boite*. Tentando aparentar naturalidade, cumprimentamos o leão de chácara, um mulato alto, de chapéu de palha e alpagartas, e entramos. A visão de mulheres seminuas, sentadas junto a campônios de mãos grossas e barbichas ralas, num ambiente esfumaçado de cigarro barato, não foi muito estimulante. Chegamos no balcão e nos encarapitamos sobre os tamboretes, enfunando o peito para parecer mais velhos. Erguemos o dedo e, simulando um ar casual, chamamos o garçom. Quem veio tomar nossos pedidos foi a dona Filó em pessoa. Gorda, cheia de pelancas, com os peitos alvos e imensos transbordando sobre o balcão, era uma espécie de Mãe d'Água gigantesca. Carregando nos "erres" do leste europeu, assim como estava carregada de rouge e batom vermelho, perguntou o que nós queríamos. Atrapalhados, pedimos o cardápio. Não tinha cardápio.

– Uísque? Vodca? Vinho?

– Hum... Que você acha, Ruy?

– Que tal Crush com Gin Booth's? – sugeriu ela.

O preço não era nem um pouco atrativo – mas fazer o quê? E dá-lhe mais Crush, mais gim, que depois virou pinga por sair mais em conta. Na radiola, rangiam velhos e doridos boleros:

Amor es el pan de la vida,
amor es la copa divina,
amor es un algo sin nombre
que obsesiona al hombre por una mujer...

Com efeito, estava longe de ser o rendez-vous de nossos sonhos, nem as putas eram assim tão apetecíveis: um grupo de polacas visivelmente jogadas no comércio da própria carne pela fome ou por gravidezes precoces. Mas era o que tínhamos para o momento. E não dava mais para recuar. Eu, de minha parte, permaneceria virgem por mais alguns meses ou até mesmo anos, mas não tinha a coragem de propor ao meu parceiro uma retirada estratégica. Logo se aproximaram duas donas e sentaram-se ao nosso lado. Claro que a mais bonita ficou com Adrian. Nos vimos obrigados a lhes pagar alguns aperitivos. (Meu Deus, eu precisaria de ajuda para pagar a conta!) Conversa vai, conversa vem – o álcool fazendo efeito outra vez –, a guria do meu lado foi ficando atraente e eu cada vez com mais dificuldade de despregar os olhos dos seios que lhe estouravam o decote. Então ela pousou a mão branca na minha coxa. Estremeci. Sua mão, não satisfeita com a coxa, veio subindo em direção à virilha. Um fluxo de sangue, súbito, enrijeceu-me o membro. Olhei em volta, como que a pedir socorro, e não vi mais o Adrian. Não tive outro remédio senão me dirigir aos cômodos do andar de cima e aí, no interior de um quarto pobre como a maioria dos quartos pobres de milhares de lupanares pobres do mundo, esporrei-me todo em menos de cinco minutos. Não me lembro de ter sentido prazer. Acho apenas que pensei, como quase todo mundo em circunstâncias similares: então é só isso?

– Você estava ansioso, não é? – ela perguntou, acariciando-me os cabelos, minha cabeça nos seus seios nus.

(Ah, olhe como são os mamilos: nada de extraordinário...)

– Pois é...

– Venha aqui outras vezes. Com o tempo você aprende a se controlar.

– Sim, virei. Agora sei o caminho – tentei ser engraçado.

– Você não tem nem quinze anos, não é?

– Não, já fiz dezessete! – menti.

– Qual! Você não tem nem barba!

Senti-me mal com aquela preocupação toda, com aqueles cuidados todos da parte dela – que devia ter bem mais que trinta anos. Pedi licença e me vesti correndo, sem nem mesmo me lavar. O cúmulo foi, na saída, ela me dar um beijo na testa.

Lá embaixo afundei-me na poltrona mais escura do salão, enquanto esperava Adrian aparecer.

Mujer, si puedes tu con Dios hablar,
preguntale si yo alguna vez
te he dejado de adorar.

Y al mar, espejo de mi corazón,
las veces que me ha visto llorar
la perfidia de tu amor...

Quanto tempo passou? Dez, quinze, vinte minutos? Cem anos? *Mujer, corazón, perfidia...* A fumaça dos palheiros dos fregueses, o cheiro de mofo, de sexo e de colônia barata, somados ao álcool (agora na quinta fase), me enjoaram. Vi tudo girar e o desejo de estar em casa, na minha cama, debaixo das minhas cobertas, me estrangulou a garganta. De repente, em meio à névoa, avisto Adrian, entretido numa acalorada conversa com um polaco sorridente. Meu Deus! É o João! Só saímos depois de fazê-lo jurar por Deus e por meio mundo que não contaria a ninguém que dera com a gente ali.

– Tu acha que eu sou louco, guri? – e ele ria com sua boca sem dentes.

– Com a miséria que meu pai te paga você vem ainda gastar com putas!

Eu já estava mais descontraído.

Apanhamos as bicicletas e nos primeiros dois quilômetros fomos compartilhando nossas façanhas.

– Cara, enrabei ela – eu disse.

– Ah, duvido! Elas não dão o cu. Só pagando muito.

– Ah, mas no meu caso ela deixou...

Na cama, apesar do corpo moído e da alma vazia, ainda custei a adormecer. Sem perceber, fiquei aspirando meus dedos impregnados do cheiro do sexo dela.

* * *

Ainda bem que para todas as coisas sem explicação – o amor, a morte, a vida – havia a literatura. Mas não só: há determinadas obras, que lemos então, como *A educação sentimental*, *Adeus às armas* e *A idade da razão*, que causam o seu maior impacto somente se forem lidas na idade certa, isto é, entre os dezesseis e os dezessete anos, e em condições apropriadas de pressão e temperatura, isto é, certa dose de angústia, um desejo indefinido de abarcar o mundo, aliado a um sentimento incurável de solidão e destino. De nada adianta ler *A morte de Ivan Ilich* quando você estiver morrendo. Mas se você lê-la na adolescência, e se você for sobretudo um adolescente inquieto e solitário, você pode imaginar que não morrerá vazio como Ivan Ilich. Sua vida terá sentido (isto é, *direção*), e mesmo que não tenha (pois nenhuma vida de fato tem), adquirir consciência disso é uma forma de sobranceria viril sobre o não sentido do mundo. Pelo menos era isso o que pensávamos, ou melhor, o que sentíamos, naquele deserto de almas em que sufocávamos. Além disso, fomos aquinhoados pelos deuses: éramos contemporâneos dos últimos grandes literatos do século: anões sobre os ombros de gigantes como Guimarães Rosa, Otto Maria Carpeaux, Érico Veríssimo, John Steinbeck, Jorge Luis Borges e Vladimir Nabokov, todos ainda vivos e atuantes.

Aliás, a literatura, como nós a conhecemos, nasceu no século XVIII e morreu no século XX. Antes, era exclusividade de uma minúscula elite de eruditos. Hoje, substituída gradualmente por outros meios e formas de expressão, não passa de um artigo exótico de um reduto de saudosistas. A minha geração, que sofreu também o forte influxo do cinema e da música popular, foi provavelmente a última geração literária. Ou, pelo menos, a última geração *poética*: a última em que para uma parcela significativa de seus membros a poesia nunca se reduziu a mera matéria escolar. Se nossos pais rezavam ao se levantar, nós salmodiávamos odes e elegias. Se nossos avós balbuciavam orações ao anoitecer, nós bradávamos versos de fogo nas noites de bruma e breu da cidade.

Como quase todo mundo de nossa época, começamos, adolescentes em crise, por Manuel Bandeira e Cecília Meireles:

– "Eu faço versos com quem chora de desalento... de desencanto... Fecha o meu livro, se por agora não tens motivo nenhum de pranto."

– "És precária e veloz, Felicidade. Custas a vir e, quando vens, não te demoras. Foste tu que ensinaste aos homens que havia tempo, e, para te medir, se inventaram as horas."

Apaixonados, mergulhamos em Vinicius e recuamos até Bocage e Camões em busca dos arcanos do amor:

– "Distante o meu amor, se me afigura o amor como um patético tormento. Pensar nele é morrer de desventura, não pensar é matar meu pensamento."

– "Razão, de que me serve o teu socorro? Mandas-me não amar, eu ardo, eu amo; dizes-me que sossegue: eu peno, eu morro."

– "Quando lerdes num breve livro casos tão diversos, verdades puras são e não defeitos... E sabei que, segundo o amor tiverdes, tereis o entendimento de meus versos."

Recuperados, voltamos à realidade com Ferreira Gullar, Moacyr Félix, Thiago de Mello e outros que praticavam a literatura *engajé*:

– "Estou aqui e não estarei, um dia, em parte alguma. Que importa, pois? A luta comum me acende o sangue e me bate no peito como o coice de uma lembrança."

– "Não faz mal que amanheça devagar, as flores não têm pressa nem os frutos: sabem que a vagareza dos minutos adoça mais o outono por chegar."

– "Teu nome em minha pátria é uma palavra que amanhece de luto nas paredes. Deixa eu cantar teu nome, liberdade, que estou cantando em nome do meu povo."

Nosso repertório, não muito extenso, também compreendia poetas de outras línguas, a maioria lidos em tradução, salvos quando em espanhol. Éramos futuristas e revolucionários com Maiakóvski, revolucionários e líricos com Neruda, ou apenas líricos com García Lorca:

– "Para o júbilo o planeta está imaturo. É preciso arrancar alegria ao futuro. Nesta vida morrer não é difícil. O difícil é a vida e seu ofício."

– "Amor mío, en la hora más oscura desgrana tu risa, y si de pronto ves que mi sangre mancha las piedras de la calle, rie, porque tu risa será para mis manos como una espada fresca."

– "¿Y si la muerte es la muerte, qué será de los poetas y de las cosas dormidas que ya nadie las recuerda?"

Mas o principal santo de nossa devoção era Carlos Drummond de Andrade, sobretudo o Drummond de *O sentimento do mundo* e *A rosa do povo*. Sua poesia, repisada como mantra, sussurrada como senha, entoada como hino, era uma espécie de categoria kantiana através da qual apreendíamos e compreendíamos a realidade:

– "Tenho apenas duas mãos e o sentimento do mundo."

– "Chega um tempo em que não se diz mais: meu Deus. Tempo de absoluta depuração."

– "Meu nome é tumulto, e escreve-se na pedra."

– "Aceitas a chuva, a guerra, o desemprego e a injusta distribuição porque não podes, sozinho, dinamitar a ilha de Manhattan."

– "Olhos sujos no relógio da torre: não, o tempo não chegou de completa justiça" – declarava Adrian, apontando para a torre da igreja. – "O tempo é ainda de fezes, maus poemas, alucinações e espera."

Sobretudo espera.

* * *

O ano letivo começou como de praxe: animado por dois ou três dias – uma aluna nova, três alunos a menos –, e fastidioso daí por diante. Mas então Adrian resolveu pôr em prática as ideias do ano anterior.

– Vamos botar pra quebrar, meu chapa! Vamos sacudir essa escola e o quadradismo da cidade!

Primeira ideia: organizar um concurso literário, com premiação e tudo. As modalidades: conto e poesia. Não foi difícil convencer o diretor. Estabelecido o regulamento, três professores foram escalados para a comissão julgadora, entre eles o Sotto Maior e o Lessa, este último talvez o único ali que entendesse de literatura. Os organizadores – eu, Adrian e Conceição, aquela com quem dancei na festa do Pedrão – não poderíamos participar, para não se questionar a idoneidade do certame. Estranhamente, Elisa ficou de fora. Trinta dias para inscrição. Com doações de alguns pais (o meu não), patrocínio de alguns comerciantes (meu pai outra vez não), foi levantado algum dinheiro para organizar a cerimônia de premiação e pagar os prêmios: um toca-discos portátil Philips, uma máquina de escrever Remington, livros, discos, bibelôs. Encerradas as inscrições, decorreram dez dias para a leitura e deliberação da comissão. Chegou o grande dia: o prefeito, o delegado, o juiz e o padre, além de vários pais e quase todos os alunos do segundo ciclo, acotovelam-se no salão nobre do Duque de Caxias. O cerimonial foi bastante pomposo, com homenagens e firulas mil. Ao final, o diretor abriu os envelopes lacrados e declinou o nome dos três primeiros colocados de cada categoria e mais as menções honrosas. Na prosa, ganhou um rapaz do terceiro ano, um cara que também se achava intelectual, o Maneco. Aplausos, muitos aplausos. Ana Flávia – para minha surpresa – ficou em segundo e um piá sardento do primeiro ano em terceiro. Mais aplausos. Na poesia, venceu Elisa, com um longo poema em versos livres. Aplausos, assobios. Algumas vaias e gritos de "marmelada". Bobagem. A comissão julgou as obras sob pseudônimos. Para surpresa de todos, o segundo lugar foi para o nosso Cruz e Sousa, o Alex, com um soneto em heroicos decassílabos, e já não me lembro mais quem ficou em terceiro. Aplausos, aplausos e um pouco de vaias.

A segunda ideia: organizar o grêmio estudantil. Aí a coisa não foi fácil. Para argumentar com o diretor, Adrian se serviu de todo o capital acumulado com o sucesso do concurso. Todavia, no meio desse imbróglio, as férias chegaram. Veio a Copa do Mundo – e, como é natural, a cidade e o Brasil pararam na esperança do tri. Em vão. Com nosso escrete já eliminado na primeira fase (Pelé foi implacavelmente caçado pelos adversários), só restou assistir à seleção da casa, Inglaterra, levantar a taça Jules Rimet. De volta às aulas, ao custo de muita reunião, obstinação, cobrança e abaixo-assinados, inclusive de alguns pais (o meu não, naturalmente), o diretor acedeu. Visitamos todas as turmas, explicamos a importância do grêmio, de os estudantes terem o seu próprio órgão de representação, discutimos, insistimos, reiteramos, e ao final tinha-se duas chapas montadas para concorrer à direção. A nossa, de esquerda – digamos. E a outra, de esquerda também, *pero no mucho*. Na nossa, o Adrian de presidente, Elisa de primeira-secretária, eu de primeiro-tesoureiro (eu trabalhava na venda – não é? –, devia manjar de cálculo). O segundo-secretário era o Pedrão. Na outra chapa, o presidente era – adivinhem quem? – o Maneco. A campanha foi dura, com golpes muitas vezes abaixo da linha da cintura. Espalharam que a Elisa tinha sido pega no banheiro, aos amassos, com nós dois. Disseram também que quebrávamos a munheca, eu e o Adrian. Era só ele passar que cantarolavam: "Olha a cabeleira do Zezé, será que ele é, será que ele é..." De nossa parte, insinuamos que a chapa deles tinha o apoio da Tradição, Família e Propriedade – e recebia dinheiro dos fazendeiros mais retrógrados da cidade.

Todavia, na véspera da votação chegou o bochicho de que as eleições tinham sido suspensas. Corremos à sala do diretor. Era isso mesmo, o clima não estava propício para aventuras, ele explicou.

– Mas professor, não é aventura! É sério.

– Eu entendo, para vocês não é brincadeira. Mas a situação do país está delicada. Não se deve provocar o regime. E, cá entre nós, vamos convir, antes da revolução este país estava um pardieiro...

– Revolução não, golpe – corrigiu Adrian.

– Não é hora de discutir nomenclaturas. De toda forma eles estão aí, vitoriosos.

A conversa estendeu-se por mais de uma hora, mas foi inútil. Desacorçoados, marcamos uma reunião para o final da tarde na pracinha, à qual compareceram também alguns membros da chapa rival, agora irmanados conosco pela mesma frustração.

– E agora, moçada?

– Pois é, partir pra outra.

– Que partir pra outra! Vamos reagir!

– Reagir como? Criando também uma "frente ampla" por acaso?

– E por que não? Só que na nossa frente não vai ter nenhum calhorda como o Lacerda – disse Elisa. – Podemos criar um grêmio clandestino, um grêmio "livre".

– Como?

– Não precisamos da autorização de ninguém pra abrir um grêmio. Para todos os efeitos, vamos criar um grupo de representação dos estudantes, independente. E pra evitar problemas, ninguém precisa ficar sabendo. Sacaram?

Sacamos. E dá-lhe reuniões "clandestinas" para elaborarmos e redigirmos, na Remington de Elisa, os estatutos do grêmio, que recebeu o nome de Grêmio Estudantil Ivan Rocha Aguiar, em homenagem a um dos dois estudantes assassinados em Pernambuco no primeiro dia do golpe. Éramos, a princípio, eu, Adrian, Elisa, Maneco, Pedrão, Alex, Roberta, mais duas ou três gurias, entre elas Clarinha, a irmã do Adrian, representando os ginasianos. Maneco, em sinal de nossa magnanimidade, foi eleito o presidente. Adrian, o vice.

Como a clandestinidade não nos dava muito raio de ação, iniciamos um grupo de estudos, que teve como primeiro objeto *Dez dias que abalaram o mundo*, de John Reed. Debatíamos o livro na praça, na sorveteria, na casa de alguém, claro que com os devidos cuidados para que ninguém nos flagrasse. Depois, prosseguimos com *A miséria da filosofia*, de Marx, *Dialética da natureza*, de Engels, *Materialismo e empirocriticismo*, de Lênin, e fechamos o ano com *Reforma e revolução*, da Rosa Luxemburgo. No ano seguinte, mergulharíamos na *Ideologia alemã* e *Dezoito de brumário*, de Marx, *O imperialismo, fase superior do capitalismo*, de Lênin, *A concepção materialista da história*, de Plekhanov, *Marxismo e alienação*, de Leandro Konder, e o recém-lançado *A revolução brasileira*, de Caio Prado Júnior. Os livros, ou eram mandados pelo irmão do Adrian, que costumava visitar a cidade a cada três meses, ou então era a própria Elisa que os encomendava do Rio e de São Paulo. Alguém o lia em casa e depois o expunha aos demais, com todos os senões previsíveis das dificuldades de interpretação. Quem se encarregava disso era geralmente eu, Adrian, Elisa e o Maneco, o núcleo pensante da agremiação.

No entanto, cedo nos cansamos dessa militância reduzida à prática intelectual. A teoria, afinal, não tinha que vir acompanhada da práxis? Além disso, depois do baque inicial com o golpe e a repressão que se seguiu, o movimento estudantil levantava-se em todo o país, sobretudo com as "setembradas", uma série de manifestações de rua contra a ditadura, que no Rio culminaram com a ocupação da Faculdade de Medicina pelas forças policiais.

– Precisamos fazer algo mais incisivo – queixava-se Elisa.

– Doutrinação? – perguntou Pedrão.

– Não é doutrinação. É conscientização. Mas isso a gente já está fazendo, devagarinho.

– O que então? – indagou Clarinha.

– Por que não uma pichação? – propôs Maneco.

– Uma pichação?

– Sim, uma pichação. Encher de palavras de ordem os muros da cidade.

– Sim, por que não? – empolgou-se Elisa. – A gente picha de madrugada. Como todo mundo dorme cedo nesta cidade, inclusive o delegado, ninguém vai ver.

Três dias depois, com o pretexto de estudarmos para a escola, eu, Adrian e Pedrão reunimo-nos na casa de Elisa. Com uma fórmula ensinada pelo irmão de Adrian, produzimos alguns bastões para pichação: cera de carnaúba, carvão vegetal finamente pulverizado e anilina. Leva-se a cera ao fogo, com o pó de carvão, até derreter. Depois, coloca-se a pasta resultante num tubo e deixa-se esfriar. Fizemos testes, até atingirmos o ponto. De posse desses bastões, na semana seguinte, com o álibi de estudar novamente, passamos a noite, em duplas ou trios, nas casas dos colegas – menos a Clarinha, por ser muito nova. Depois da meia-noite, quando somente os cachorros e as aves noturnas quebravam o silêncio das calçadas, saímos sorrateiramente – com bonés, capuzes e gorros de lã – pelas janelas e portas dos fundos. No primeiro muro, tascamos: "Pelo fim da Lei Suplicy." Em seguida, mais adiante: "Não aos Acordos MEC-USAID." E assim fomos pelas ruas enevoadas da cidade – poupando, por prudência, os muros residenciais: "Abaixo o imperialismo", "Fora Yankees", "Contra a reforma universitária", "Pelo ensino público gratuito", e sobretudo: "Abaixo a ditadura". Finalmente, às três da manhã, retornamos, sentindo-nos os heróis da resistência.

A cidade acordou em polvorosa. Na escola não se falava em outra coisa, os colegas sem deixar de nos lançar olhares e sorrisos desconfiados. Na praça, nas vendas, nos bares não havia outro assunto.

– Que absurdo! – exclamava o barbeiro.

– Há subversivos entre nós! – declarava o leiteiro.

– E pior: nas nossas barbas! – acrescentava o padeiro.

– Não, isso não é coisa de gente da cidade não – retrucava o verdureiro. – Tem cara de armação vinda de fora!

No entanto, havia quem defendesse as pichações:

– Sabem de uma coisa? Seja lá quem fez isso, fez muito bem! Tem mais que botar a boca no trombone! – opinava seu Melquides.

Claro, só podia ser ele. Mas alguns de seus interlocutores no bar também concordavam.

– Alguém tem mesmo que dizer algumas verdades – murmurava seu Bonifácio, o vendedor de enciclopédias. – Brizola bem que alertou...

– As coisas não estão às mil maravilhas como o governo diz. Olha essa inflação! – resmungava um operário da Olaria.

– Pois eu até que gostava do Jango. O problema é que não deixaram ele governar – asseverava João. – Que seu pai não nos ouça!

No dia seguinte, alguns membros do grêmio fomos convocados ao gabinete do diretor. Intimados, negamos veementemente a autoria. No domingo seguinte, a aventura foi o tema do sermão da missa. O padre foi até condescendente: criticou a atitude mas pediu compreensão, pois aquilo com certeza era coisa de jovens e a juventude andava desorientada.

– Eu não sei quem foi, mas que foi bem feito, foi! – declarou, na semana seguinte, em sala, o professor Lessa.

O professor Ermelino Sotto Maior, entretanto, era de opinião contrária:

– A choldra que fez essa provocação devia levar uma coça. Eles não falam que estamos numa ditadura? Pois se o governo agisse como ditadura eles iam ver o que é bom pra tosse.

Com os dias, contudo, o bafafá foi esfriando – e, com os muros lavados ou repintados, parece que ninguém se lembrava mais do incidente. Aí, numa tarde abafada do verão que se aproximava, em que somente as varejeiras se moviam no ar parado, eu vejo seu Zagalo, o braço direito do delegado, entrar na mercearia. Ele entra e, como quem não quer nada, movendo o bigodão para cima e para baixo, põe-se a olhar e sopesar as mercadorias: o fumo de rolo, os arreios, as alpargatas, as rapaduras... Meu pai estava nos fundos da loja e João havia saído para fazer uma entrega.

– Rapaz, quanto está esse cabresto aqui?

– Esse cabresto? Dezoito cruzeiros.

– Tudo isso?

– Ah, dá pra ver um descontinho. Dezesseis.

– Hum... Tá caro ainda. E carvão, você tem?

– Sim, temos. Saco de quantos quilos?

– E cera?

– Que tipo de cera?

– Carnaúba.

Tremi.

– É que eu queria fazer umas pichaçõezinhas por aí. Que tal "morte aos comunistas"?

Acho que fiquei branco.

– Moleque, vá chamar o seu pai.

Uma hora depois estávamos na delegacia, eu, Adrian, Elisa, Maneco, Roberta, Pedrão e Alex, acompanhados de nossos pais – algumas mães choravam, lenços na mão (a minha entre elas).

– O que me impressiona é que todos vocês são filhos de boa família – discursava o delegado, com um bigode semelhante ao de seu Zagalo, que estava ao lado, imóvel, empertigado. – Vocês têm titica na cabeça? Não sabem que podem ser fichados, processados e até presos pela Lei de Segurança Nacional? A revolução não está de brincadeira. E não se enganem, ela veio pra ficar!

Nossos pais balançavam a cabeça, em assentimento, e lançavam sobre nós, de eguelha, olhares com um misto de espanto e repreensão, com exceção de seu Steiner.

– Olha, em consideração aos pais de vocês, eu não vou fichar ninguém. Mas se voltarem a incidir em práticas dessa natureza, não terei outra escolha. – E voltando-se aos nossos pais: – Me desculpem toda essa chateação, mas era necessário. Eu só peço aos senhores que, pelo bem de nossa cidade, fiquem de olho nessas crianças. O comunismo é muito insidioso e quer estragar o melhor de nossa mocidade.

Resmungos e suspiros de anuência. Dirigiu-se novamente a nós:

– Todos vocês são muito inteligentes. Alguns estão entre os melhores da escola, eu verifiquei – disse olhando especialmente para Adrian e Elisa, e evitando Alex. – Espero que ponham a mão na consciência e deixem dessas bobagens. Não é hora de bancar o idiota. Não estraguem o futuro de vocês.

Aquela noite terminou para mim pior ainda. Meu pai guardava em cima do armário do quarto de casal uma vara de marmelo para ocasiões especiais. Aquela era uma ocasião especial. E eu, apesar de minha idade, terminei com vergões nas costas, nas nádegas e nas coxas. Dormi remoendo um ódio surdo contra a burguesia, a polícia e a instituição familiar.

Na manhã seguinte ficamos sabendo que fôramos suspensos por três dias da escola.

* * *

O final do ano foi melancólico. O verão também foi triste, o que salvou foi a semana que passei na praia com a família do Adrian. Muito rock n' roll, muito jacaré, alguns pileques e momentos extremamente agradáveis com Adrian, Clarinha e Saul, o irmão mais velho – além de Joana, a esposa dele, que finalmente eu conhecia, uma mulher verdadeiramente "prafrentex", com os biquínis e as minissaias mais ousados que eu já tinha visto...

Fiquei muito amigo do Marx, o vira-lata do Adrian. Era eu que saía bem cedo para dar longas voltas com ele na areia. Danado, ele não podia sentir o cheiro de uma cadela que já começava a ganir. Uma vez ele escapou e eu fui tirá-lo com muito custo de cima de uma poodle. Por que uma coisa tão simples e natural para os animais tinha que ser fonte de angústia e tormento para os primatas evoluídos que nos tornamos? Eu via aqueles corpos na praia e tinha vontade de ganir também.

De volta à velha rotina, o ano foi de muito estudo, tanto em nossa "célula" clandestina, só que então com mais cuidado, quanto sobretudo na escola, já que agora estávamos no último ano do colegial – e, se quiséssemos entrar na faculdade e escapar daquela cidade, precisaríamos de muito empenho. Tivemos duas baixas: o Lessa foi exonerado e Elisa começou a namorar o Pedrão, golpe duro para o antigo triunvirato. Não que ela tenha se afastado da gente, mas o namoro, qualquer namoro, tem das suas exigências.

* * *

Foi por aqueles dias que Adrian apareceu com a primeira calça jeans da cidade – ou calça Lee, como se dizia, embora nem sempre fosse Lee –, obtida de contrabando por meio de seu irmão. Hoje ninguém faz ideia do que representava naquela época uma calça jeans, ou um cabelo um pouco mais comprido, chegando às sobrancelhas, cobrindo as orelhas e o alto da nuca. Mais de uma vez fomos barrados na porta da escola, só conseguindo entrar depois de reiteradas promessas ao diretor de que compareceríamos ao barbeiro na primeira oportunidade.

– Veja bem, o iê-iê-iê é coisa de americano!

– Mas de americano bicha!

A invenção de Lévi-Strauss – para atender à demanda de calças mais resistentes por parte dos garimpeiros que acorriam à Califórnia durante a corrida do ouro – acabou se transformando, um século depois, num símbolo de equidade e rebeldia. De equidade porque, desde o operário de chão de fábrica até o executivo do mais alto escalão, qualquer um podia usá-la. De rebeldia porque foi o uniforme usual dos beatniks, dos hippies e dos protestos contra a Guerra do Vietnã. Mas até os anos 60 o blue-jeans ainda era um artigo relativamente raro, visto apenas num ou outro astro jovem do show business norte-americano, como James Dean ou Elvis Presley. Por exemplo, você não vê os Beatles com jeans, a não ser no final da década: nas fotos encartadas do *Álbum branco*, John Lennon aparece com uma jaqueta jeans; na capa do *Abbey Road*, George Harrison é o único com uma calça jeans. Além do mais, naqueles tempos o jeans consistia num brim mais rijo, robusto, com rebites mais fortes e de tom anil escuro – o famoso *indigo blue*. Uma calça velha, azul e desbotada (e não raro remendada) significava anos de uso e era ostentada nas ruas como um troféu. Mais tarde até eu descolei uma calça jeans, claro que um sucedâneo barato: as calças Topeka, molengas, sem o ar rústico e másculo das originais – mas era o que estava ao meu alcance. Hoje os jeans são feitos, quase todos, de tecido mais fino, maleável, e já vêm desbotados e até rasgados de fábrica. Ora, calças duráveis diminuem os lucros da indústria da moda: até a rebeldia, no capitalismo, tem sua obsolescência programada.

De jeans e cabelo grande, Adrian era sucesso garantido na praça, na lanchonete, nas festas da cidade. Todos os brotinhos queriam conversar com ele, dançar com ele, *ficar* com ele – não, o verbo ainda não era usado nesse sentido, mas a prática já estava se popularizando, mesmo em cidadezinhas retrógradas como a nossa. Aprendemos a beber, deixando de passar vexame. As incursões à zona, com melhores resultados para mim, foram poucas, devido sobretudo à minha crônica insuficiência pecuniária. No mais, quanto a namoros e flertes, eu continuava verde, ao contrário de Adrian, que volta e meia pintava com uma namoradinha efêmera – embora, eu imagine, ele não fosse muito além dos beijos e de uma ou outra mão-boba. Os reflexos do *Summer of love* passaram longe da gente. Mas não o choque de gerações – que este sim chegava até nós, principalmente lá em casa, onde eu praticamente não conversava com meu pai.

* * *

Novidades musicais: o som da pesada dos Rolling Stones e o álbum *Sgt. Pepper's Lonely Hearts Club Band*, dos Beatles, sinalizando que o rock, até então música de entretenimento juvenil, abria suas asas para novos e inusitados céus. Dos Stones admiramos a sonoridade suja e a postura desbragada: presos por porte de drogas, exibiam os pulsos algemados – como vimos numa edição da revista *Fatos & Fotos*.

O *Sgt. Pepper's* – do qual conhecíamos a princípio somente algumas faixas do rádio – nos deslumbrou por inteiro: os arranjos, as letras, a capa, quando a pudemos contemplar pessoalmente, numa das vindas de Saul com o disco. Até o Marx (não o cão, mas o Karl) estava lá!

> I read the news today, oh boy,
> four thousand holes in Blackburn, Lancashire,
> and though the holes were rather small
> They had to count them all.
> Now they know how many holes it takes
> to fill the Albert Hall...

Do caralho, não? "E embora os buracos fossem um tanto pequenos, eles tiveram que contá-los todos..." Admitindo ou não, todos nós éramos beatlemaníacos – até Elisa, a mais purista. Lembro-me da primeira vez que os ouvi. Eu tinha entre treze e quatorze anos, fazia as lições de casa numa sonolenta tarde, até que no rádio disparou "I want to hold your hand." Senti uma súbita descarga de eletricidade atravessar-me a espinha de alto a baixo. Meu Deus, o que era aquilo? Ao final da música, o locutor anunciou um nome que até então eu nunca ouvira falar: *The Beatles*. A partir daquele dia passei a acompanhar tudo quanto saía deles nas rádios, nas revistas, no cinema. Não foi fácil, pois, sem dinheiro para comprar os discos, tinha que esperar as canções no rádio ou então ouvi-las na casa dos amigos – sobretudo Adrian, que veio a adquirir quase todos. De certa forma, crescemos ao som dos Beatles. Mais: amadurecemos e nos tornamos adultos embalados por John, Paul, George & Ringo. Quando ainda éramos pirralhos, explodindo de hormônios e espinhas, eles cantavam coisas como "eu nunca percebi o que um beijo podia ser", ou "estou tão feliz por ela ser minha garota". No entanto, em pouquíssimo tempo suas letras tinham evoluído para "ele é realmente o homem de lugar nenhum", "desligue sua mente, relaxe e flutue correnteza abaixo", ou ainda "dia após dia, sozinho na colina, o homem do sorriso tolo permanece totalmente imóvel". Mas não eram só as letras que tinham mudado. Os arranjos e as melodias também: mais complexos, mais rebuscados, com novos instrumentos (cítara, oboé, mellotron, cordas, metais), distorção, colagens, *backmasking* e *overdubs*... Nem tínhamos atentado para o fato de que no começo de "I feel fine" havia um efeito de microfonia, mas sacamos de cara a abertura inusitada de "Taxman": "*One, two, three, four* (tosse)*, one, two...*" Agora estávamos diante do fruto de toda essa evolução – e sabíamos que aquilo *já era* história.

Essa guinada, que na verdade não foi uma guinada mas uma transição, deixou os grupos nacionais de iê-iê-iê com a broxa na mão, por assim dizer. Não souberam ou não quiseram, salvo uma ou outra exceção, acompanhar a transformação. E se antes eram apenas veículos de um rock ingênuo ("se você pensa que meu coração é de papel, não vá pensando, pois não é..."), agora simplesmente migravam para a canção cafona que locupletaria as rádios nos anos 70 ("fui o seu primeiro namorado, tive tanto, tanto cuidado pra você confiar em mim...”). Na verdade, viria de outro lado, justamente da MPB, que até passeata fizera contra a guitarra elétrica, quem soubesse emular essa tendência. Gilberto Gil e Caetano Veloso, acompanhados de conjuntos eletrificados – Os Mutantes e os Beat Boys, respectivamente –, foram a grande novidade no Terceiro Festival de Música Popular da TV Record. Fomos arrebatados pela novidade, não obstante a letra um tanto quanto alienada de “Alegria, alegria”, segundo a avaliação sempre severa de Elisa:

> Em caras de presidentes,
> em grandes beijos de amor,
> em dentes, pernas, bandeiras,
> bomba e Brigitte Bardot...

Era na verdade uma espécie de colagem pop com as manchetes que se viam nas bancas de revistas. Mas por que tomar justo uma Coca-Cola? Não podia ser uma Crush?

Aliás, fazia dois anos que os festivais galvanizavam mentes e corações – e se convertiam também, para além da disputa musical, em uma arena de embates ideológicos. No ano passado Elisa se apaixonara por “Disparada”, de Geraldo Vandré e Théo de Barros; este ano caíra de amores por “Roda-viva”, da nova unanimidade nacional, Chico Buarque. Por sinal, nesse meio tempo, Adrian começara a arranhar alguns acordes no violão – e agora podíamos passar as noites de sexta e sábado, num bar ou na praça, cantando nossas canções favoritas.

* * *

– “Não tem amigos, nem vê garotas, só gente morta caindo ao chão. Ao seu país não voltará, pois está morto no Vietnã. Stop com Rolling Stones. Stop com Beatles songs. No peito, um coração não há, mas duas medalhas sim...”

Era sábado e já cantáramos, roucos, mais de uma vez, as doze músicas do repertório de Adrian. Elisa e Pedrão, para variar, não estavam. No alto, uma lua muito redonda e branca, nos ignorava. Violão deixado agora de lado, entrávamos no quarto estágio da bebedeira, sentados uns num banco, outros no chão, na velha pracinha da cidade. Falávamos todos juntos e atabalhoados. Tínhamos solução para tudo: para a fome do Nordeste, para as guerras na África, para o movimento estudantil, para os destinos de nossa insignificante cidade. Só não tínhamos para as nossas vidas, pois já penetrávamos os portais sombrios da última etapa do porre. Ainda bem que seu Melquides apareceu para nos livrar da fossa. Sentou no meio da roda, contou seus causos, as fofocas dos bambambans da cidade, quem tinha amante, quem era corneado, quem dormia com o padre, quem desmunhecava, quem era suspeito de subversão.

– Vocês não. Vocês são todos uns cagões de merda. Na primeira bordoada já arriaram. Como vou poder dividir a casa do Ruy um dia se vocês não começam nunca essa maldita revolução? Desse jeito vou morrer na rua – brincou. – Mas vocês têm que tomar cuidado com uma coisa, amiguinhos: alcaguetas. Há um Judas entre vocês.

– Hã?

– Sim, um Iscariotes.

– Como assim? Explica pra gente!

– Como vocês sabem, eu passei esses dias uma noite no xadrez. Quando a noite está fria, eu até gosto. Como não tem ladrão aqui, fora os vereadores, o delegado vez ou outra quer mostrar serviço e me prende por vadiagem.

– Sim, um babaquara ele – disse Adrian.

– Como todo tira – ajuntou Maneco.

– Aí, eu passei a noite toda tomando uns gorós com o Zagalão.

– E aí?

– E aí que ele me contou como descobriram quem tinha pichado os muros.

– Como foi?

– Uma vez um piá foi até ele e disse que queria conversar com o delegado. Que é que tu tem pra falar, perguntou o Zagalo. Eu sei quem foi que fez aquelas pichações, disse o rapaz. Então o delegado recebeu ele e ele entregou vocês.

– Filho-da-puta!

– Tem mais. Ele continua passando informações pro delegado. Tudo que vocês fazem, tudo que vocês dizem, ele vai lá e conta pro homem.

– E quem é esse lazarento?

– Aquele menino que está sempre com a Elisa.

– O Pedrão?

– Sim, o Pedrão.

* * *

– O que fazer? – repetíamos a velha pergunta de Lênin.

Seu Melquides já se fora, cheio de recomendações. A embriaguês, num átimo, desaparecera. Só sobrara a lua ignorante, a praça deserta e a solidão da cidade.

– Podíamos encher o Pedrão de porrada – disse Alex.

– Ele é parrudo.

– Mas é um só.

– E o que a gente ganha com isso? Ele alcagueta pro delegado e nós sifu de novo.

– Primeira coisa, avisar Elisa – disse Adrian.

– Exato – eu concordei. – Vai ser duro mas necessário.

– E depois?

– Tenho uma ideia – disse Maneco, que estivera em silêncio até agora.

– Conta.

– Vamos fazer uma assembleia. Nessa assembleia propomos a extinção do grêmio. Todos concordam e extinguimos o grupo.

– Mas de que isso vai adiantar? – eu perguntei.

– Olha, isso vai ser só encenação. Vamos *simular* uma assembleia. Assim, o Pedrão, iludido, vai contar pro delegado que a organização se dissolveu. E o delegado deixa de ficar na nossa cola, sacaram? O grêmio vai continuar, claro. Só que sem o safado saber.

Três dias depois, comprimidos no quarto do Adrian, dávamos início à assembleia geral ordinária: além dos donos da casa, estávamos eu, Maneco, Elisa, Pedrão, Alex, Roberta e mais um rapaz (os outros tinham deixado a agremiação). Ah, e o Marx, que depois de fazer festa no meu colo, mergulhou num sono profundo sacudido por breves tremeliques.

– Bom, como presidente do Grêmio Ivan Rocha Aguiar, declaro aberta esta assembleia geral extraordinária – proferiu Maneco, teatralmente – Peço à secretária que leia a ata da última assembleia.

Não é só a criança que leva a sério suas brincadeiras: o adolescente também. Elisa sacou o caderno de espiral que trazia, ajeitou-se sobre a cama, com as coxas aparecendo sob a saia colegial, e começou a ler. O mais difícil fora, dois dias antes, conversarmos com ela. Eu e Adrian fomos os encarregados da delicada tarefa. Primeiro, ela não acreditou. "Isso é uma acusação muito grave", disse. "Como vamos dar crédito à palavra que um mendigo atribuiu a um policial? Ele pode estar mentindo, o policial pode estar mentindo..." "Olha o preconceito!", cortou Adrian, "Seu Melquides é gente boa!" Mas ela não estava de todo errada: podia ser mesmo uma cilada, uma armadilha para nos dividir. Todavia, levamos em conta outras evidências também, principalmente o fato de Pedrão ter demonstrado uma estranha calma quando fomos intimados. Ao fim, enxugando os olhos (que luziam cor de mel), ela se convenceu. Só podia ter sido ele. Aliás, ele andava meio estranho ultimamente.

– Ao dia três de outubro do ano de 1967, às vinte e uma horas, na praça central da cidade...

Depois da leitura, Maneco apresentou a única ordem do dia:

– Proponho a autodissolução do nosso grêmio. Primeiro, por ser clandestino, ele não pode representar os alunos do colégio. Segundo, não é hora de brincar de clandestinidade. Terceiro, não é essa a melhor forma de resistir à ditadura.

Todos, um a um, fomos concordando com o presidente, num roteiro previamente ajustado. Pedrão parecia embasbacado, sem entender nada.

– Mas, gente, até ontem vocês eram comunistas, queriam fazer a revolução!

– Pedrão, olha pra nossa cara: alguém pode fazer revolução aqui neste cu do mundo? – disse Maneco. – A brincadeira acabou.

– E você, Pedrão, nem está mais na escola! – ajuntou Adrian.

Assim, para todos os efeitos, o grêmio foi dissolvido. Para não dar na cara, Elisa só desmanchou o namoro alguns dias depois. Fizemos ainda uma ou outra reunião do grêmio, agora mais clandestino ainda. Mas de toda forma ele estava condenado a acabar. Formados, deixaríamos a escola (e, quase todos, a cidade), e Clarinha não poderia tocá-lo sozinha, ainda mais que, por excesso de prudência, não fizéramos novos adeptos. Minha primeira – e única – experiência de “clandestinidade” terminava por aqui. Não posso dizer o mesmo do Adrian.

* * *

Acho que foi a única vez que vi Adrian chorando. Não eram necessariamente lágrimas, mas os olhos estavam vermelhos, como de quem chorara. Clarinha passara na mercearia e dissera que Adrian queria me ver. Estava me esperando lá no velho pontilhão de madeira. Achei estranhos o recado e o local. O que teria acontecido? Inventei uma desculpa e saí mais cedo. Apanhei minha Monark em casa e parti em disparada até o córrego que formava uma das divisas do município. A certa altura, havia uma velha ponte de tábuas podres onde só passava uma carroça de cada vez. Diziam que era dos tempos do Afonso Camargo, o avô. Lá encontrei o Adrian, recostado num tronco, com a cara mais desolada desse mundo.

– Que houve, Adri? – perguntei, saltando da bicicleta.

– Mataram ele...

– Quê? Matararam quem?

– O Che. Na Bolívia. Ouvi hoje no rádio...

Demorei um ou dois segundos para entender. Que Che? Ah, o Che Guevara – que, por sinal, diziam estar incógnito na Bolívia.

– Puta merda – foi só o que eu consegui dizer.

* * *

Concluir o colegial, mudar de cidade ou ver os seus amigos mudando – dois marcos que assinalam de maneira nítida o fim da adolescência. No último dia de aula, no portão da escola, combinamos que, acontecesse o que acontecesse, nos reuniríamos ali quinze anos depois, como os personagens de *O encontro marcado*. O verão foi quente, seco e chato. Adrian e Elisa tinham passado no vestibular de Ciências Sociais da Universidade do Paraná. Não houve jeito de fazer meu pai aceitar que eu tentasse o mesmo curso ou algum outro na área de humanidades: letras, filosofia, história... O mais próximo foi direito. Pois bem, atingi a média mas fiquei nas vagas excedentes – em outras palavras, rodei.

Numa tarde abafada de fevereiro, estava eu sentado num banco da praça, fumando um cigarro ordinário. Tinha marcado com Adrian e Elisa para daí a meia hora. Antes, para matar o tempo, dera uma volta pela cidade, depois de mais uma discussão inútil com meu pai.

As ruas – de paralelepípedos ou de chão batido – estavam desertas àquela hora e o sol, caindo de chapa, faiscava nas pedras e muros caiados. Dos poucos automóveis da cidade, nenhum estava em movimento. Só cruzei, no caminho, com a carroça de um triste verdureiro. Sem um itinerário definido, passei pelo casarão da prefeitura, pela igreja, pelo cartório, pela casa dos Steiner, cuidando para manter sempre uma distância segura da mercearia. Depois do pontilhão, cheguei até a olaria, na extremidade sul da cidade – não muito mais que trinta minutos de marcha. No trajeto de volta me deparei com João, que vinha de uma entrega, deslizando em sua vetusta Hércules.

– E então, guri, não apareceu mais na Filó?

– Qual, cara! Muita correria, exames finais, vestibular...

– E daí, deixou mesmo o trabalho?

– Dei um tempo. Tá difícil a relação com o velho.

– Coisa da idade. Também já fui assim.

– Que isso, João! Você mal fez vinte! Bom, como meu pai não me pagava nada mesmo, não vai fazer muita diferença.

– Há, há. Até, guri!

– Até.

Voltei, chutando uma pinha pelo caminho. Vi Pedrão ao longe, troquei umas palavras com Maneco, que estava no portão da casa de um amigo. Passei pela residência de Ana Flávia, espiando por cima da cerca-viva – e o que eu vi? A própria, de biquíni, tomando banho de sol. Ela me viu também e, para meu espanto, sorriu para mim. Mais adiante, encontrei a mãe do Alex, que foi igualmente simpática comigo, abrindo um branco sorriso em seu rosto negro. Em seguida, cruzei com o vendedor de livros, o qual, esfalfado do calor, com seu paletó puído e seu chapéu de feltro, me perguntou se eu não ia querer alguma nova coleção. E baixando a voz, como um conspirador:

– Sabe aquele comunista baiano?

– Quem?

– O Jorge Amado...

– Sim, claro.

– Tenho as obras completas dele.

– Ah, eu até gostaria, seu Bonifácio, eu até gostaria. Mas vá convencer meu pai... Ainda mais o Jorge Amado! Nem as *Seleções* ele quis assinar de volta.

– Mas onde ele enfia o dinheiro que ganha naquela mercearia?

– Olha, seu Bonifácio, não faço a mínima ideia.

Despedi-me e, ao virar a esquina, estremeci: o delegado, todo gabola, vinha em minha direção, com seus volumosos bigodes besuntados de Glostora.

– Olá, seu Ruy, como vão as coisas?

– Vão indo, seu delegado.

– Já arrumando as malas pra Curitiba?

– Que nada. Nem sei se vou.

– Pelo seu bem, menino, você devia sair desta cidade. Aqui não tem futuro.

– Eu sei. Mas estou tentando convencer meu pai.

– Pode deixar que vou falar com ele sobre o assunto.

– Obrigado.

– Ah, uma coisa.

– Oi?

– Fico feliz que tenham acabado com aquela história.

– Que história? – me fiz de desentendido.

– Aquela do grêmio.

– Ah, sim. Acabamos mesmo. Pra que dar murro em ponta de faca, seu delegado?

– Exatamente! Na sua idade também fui idealista. Participei até da campanha "O petróleo é nosso". Mas o tempo passa e a gente vê que não pode mudar o mundo. Ademais, creio que o Brasil está agora em boas mãos. Ainda há alguns ajustes, alguns consertos a serem feitos, mas em linhas gerais está no caminho certo. Manda um abraço lá pros seus pais!

– Pode deixar. Mandarei.

Acho que no fim das contas o delegado ficou meio desapontado com o término do grêmio. Numa cidade onde não acontecia nada, monitorar um grupo de estudantes "subversivos" dava certo ar de importância.

Na praça, topei com seu Melquides.

– Ué, tu virou informante da polícia também?

– Há, há. Não, o delegado é que veio trocar umas palavras comigo. Me parabenizar por ter deixado aquelas ideias...

– Parabéns também. Agora vocês são homens sérios.

– Não exagera, seu Melquides. E o senhor, quando foi que se tornou um homem sério?

– Nunca. Quando eu ia me tornar um, o destino fez das suas.

– Como foi isso?

– Briguei com minha noiva.

– E aí?

– E aí que ela se matou.

Fiquei alguns instantes em silêncio fitando aquele vagabundo de cabeleira basta e suja, com o rosto escuro marcado por vincos profundos como valetas abertas num campo depois da chuva.

– Puxa, seu Melquides, que barra!

E agora estava eu ali, sentado no banco, fumando e pensando nas palavras do delegado, no sorriso de Ana Flávia e na sina de seu Melquides. Levantei-me. Joguei fora a bituca. Dei uma volta pela praça, onde, a um canto erguia-se, impassível, o busto do Marechal de Ferro – talvez o primeiro culpado pela nossa sucessão de quarteladas. Ao chegar perto do coreto, cinco minutos depois, vi uma cena que me fez estacar: Adrian e Elisa se beijavam.

II. QUEM SABE FAZ A HORA

*"Foi o último abraço – dentro daquela década,
dentro da adolescência, dentro daquele mundo."*

Comparada a São Paulo e Rio de Janeiro, Curitiba era um ovo. Quinhentos mil habitantes, uma população pacata, ordeira, reservada – e extremamente conservadora. Mas para quem vinha de uma minúscula cidade do interior, aquilo semelhava o paraíso: mais de dez salas de cinema, inúmeras livrarias, teatros, cafés, boates, bares e uma boemia cultural inquieta e efervescente. Fui morar numa pensão barata na Praça Carlos Gomes. Depois de muita discussão, logrei convencer meu pai de que, para entrar na faculdade, eu devia fazer um cursinho pré-vestibular. Por conta do custo, a Universidade Católica estava, obviamente, fora de cogitação. Acertamos uma mesada até que eu arranjasse um emprego: trezentos cruzeiros novos, que mal davam para pagar o curso e a pensão.

Adrian conseguira uma vaga na Casa do Estudante Universitário. Elisa hospedara-se no apartamento de uma velha tia, no Água Verde. Fui encontrá-los pouco depois que cheguei. Marcamos na cantina da Faculdade de Filosofia, no prédio da Reitoria. Apareci cedo, com medo de me atrasar. Já tinha estado lá duas vezes, na inscrição do vestibular e na publicação do resultado. Mas mal entrara na cantina. Olhei os doces e salgados nos expositores, o quadro de preços, os cartazes nas paredes anunciando assembleias e quartos para alugar. Pedi uma média e uma empadinha, e sentei-me a um canto, num banco almofadado encostado à parede. Girei os olhos em volta: quatro ou cinco moças, três rapazes, um dos quais dormitando, bolsas e cadernos sobre uma das mesinhas de fórmica, leve fumaça de cigarro, moscas voejando no calor de quase duas da tarde.

– Olá, velho, como está?

Virei-me. Era Adrian. Com sua calça jeans cada vez mais desbotada, uma camisa estampada, a franja comprida jogada para o lado, já parecia perfeitamente ambientado aos ares da capital. Ao lado, uma moça num vestido justo, um palmo ou mais acima dos joelhos: Elisa.

– Opa! Como é que vocês estão?

Levantei-me. Abracei-os.

– Estamos bem. Já agitando na cidade – disse Adrian, sorridente.

– E você, está bem instalado? – quis saber Elisa.

– Numa pensão não muito longe. Não tem pulgas – menti. – Já está bom.

Riram.

– Mas tarde temos que resolver esse problema. Procurar uma república, sei lá – comentou Adrian.

– Sentem-se.

– Não, vamos num local melhor. Esse calor pede uma cerveja.

– Você já comeu? – perguntou Elisa.

Ia mentir que sim, mas minha fome me obrigou a ser sincero.

– Na verdade estou no meu café da manhã.

Viemos descendo pela Rua das Flores (Adrian e Elisa de mãos dadas), conversando, olhando as lojas, os passantes, os carros – na época não era ainda um calçadão. Fazia mais de mês que não nos víamos. Para quem antes se encontrava todo dia, aquele intervalo parecia demasiado longo: Adrian perdia os traços de garoto, Elisa já era uma mulher feita. E nós ainda nem tínhamos dezoito anos! Passamos sob as araucárias e o grande guapuruvu da Praça Santos Andrade, contemplamos a fachada neoclássica do prédio histórico da universidade, atravessamos a Presidente Faria, a Barão do Rio Branco, cruzamos a Monsenhor Celso, a Marechal Floriano e a Doutor Muricy, ruas e nomes que logo me seriam familiares. Chegamos ao Bar Triângulo e nos instalamos numa das mesas próximas à calçada. Pedimos a um simpático garçom, também vindo do interior, uma rodada de chope e, para mim, um sanduíche de pernil. Aprovei o petisco: pão d'água crocante, fatias de pernil ao molho, mostarda escura, tudo coberto com uma miríade de rodelas de cebolinha-verde. Faminto, pedi mais um.

– Como está o cursinho? – perguntou Adrian.

– Não sei, ainda nem apareci.

– E se teu pai sabe?

– Não tem por que saber.

– Olha, te cuida, hein.

– Não esquenta. Como vamos derrubar a ditadura se não temos nem coragem de enfrentar a família?

– Há, há. Tá certo.

– Você não tem esse grilo, cara. Seus pais são gente boa.

– Não é tão simples assim...

– Corta essa, Adri – interveio Elisa. – Seus pais são superbacanas.

– Só o fato de eles não serem reaças já está ótimo – ajuntei.

Adrian não teve como não concordar. Bebericamos o chope. Passei os olhos pela multidão que formigava em torno. Aquela atmosfera de metrópole – nova para mim – me enlevava: pessoas indo e vindo, apressadas, com pacotes, com bolsas, com valises, engraxates anunciando seus serviços, jornaleiros apregoando as manchetes. (Só mais tarde, numa temporada em São Paulo, eu vi o quanto aquilo tudo ainda era provinciano.) O trânsito se arrastava, lento, pesado: Decavês, Gordinis, Kombis, Aero Willys, um Puma, um Opala e sobretudo fuscas, muitos fuscas. Só naquele trecho de rua havia mais automóveis do que em toda a nossa antiga cidade. Mas se por um lado o capitalismo exibia os seus trunfos, por outro os mendigos – nenhum deles, porém, com a verve de seu Melquides – deixavam claro que suas benesses não eram equitativamente distribuídas. De toda forma, ali, naquele instante – lépido, fagueiro, solar – nada indicava que vivíamos sob o tacão de uma ditadura. Comentei isso.

– Se você não incomoda ninguém, ninguém vai incomodar você.

– A melhor prisão é aquela que não tem muros – acrescentou Elisa. – Mas olha ali: dois samangos pra gente não esquecer quem que manda no pedaço. Basta gritar "abaixo a ditaduta" que eles vêm direto pra cá.

O garçom voltou. Pedimos mais uma rodada. As mãos de Adrian e Elisa se tocavam por debaixo da mesa. Mas os dois não se beijavam – reparei.

– E vocês, que andam tramando? – perguntei, quando sobre nós já se insinuava, suave, o poente.

– Entrar numa chapa pra disputar o centro acadêmico.

– Vocês não têm jeito, hein!

– Agora a coisa é séria, bicho. "Esse é tempo de partido, tempo de homens partidos" – arrematou Adrian.

* * *

Juventude transviada, poder jovem, nova geração... Era a época em que se inventou a juventude. Antes disso só se era jovem até casar-se: os homens casavam-se aos vinte anos e as mulheres, aos dezoito, já eram respeitáveis senhoras. Daí por diante, porém, a juventude começou a se estender para além de seus marcos cronológicos originais, avançando pouco a pouco pela maturidade adentro. Mick Jagger, aos vinte e poucos anos, não conseguia imaginar-se aos quarenta rebolando. Hoje, com mais de setenta, parece a coisa mais natural do mundo que continue a fazê-lo. Você consegue imaginar, por exemplo, Frank Sinatra requebrando os quadris? Até então parecer jovem era até contraproducente para a carreira: daí então que as cãs e uma calva precoce eram sempre bem-vindas. Hoje, se você, mais do que velho, tem cara de velho, tem jeito de velho, corre o risco de ser descartado como peça obsoleta. Vitalidade conta bem mais que experiência. Então, dá-lhe tintura, dá-lhe implante de cabelo, esteroides, brincos, tatuagens e uma Harley Davidson reluzente na garagem. Quem mais lucrou com a invenção da juventude foi a indústria cultural e a indústria da moda: agora não havia só produtos para homens e mulheres, mas produtos para homens e mulheres maduros e produtos para homens e mulheres jovens – e essa última categoria só crescia desde o *baby boom*. (É verdade que, de certa forma, ainda nos vestíamos como velhos. Mais os homens que as mulheres, pois elas já tinham a minissaia. Mas até o final da década esse processo estaria concluído.)

O cinema americano tem muita culpa nisso. Sobretudo James Dean. Aos 22 anos James Byron Dean era um ilustre desconhecido, aos 23 um astro em plena ascensão, mas aos 24 o tempo de sua vida já estava completo: seu Porshe Spider prateado chocara-se contra um caminhão a mais de 130 quilômetros por hora. Vimos Marlon Brando, outro astro jovem surgido na mesma época, envelhecer e engordar implacavelmente. Ao contrário, a imagem que guardamos de James Dean é a imagem da sua juventude: a camiseta branca, a jaqueta vermelha, o topete alto, o cigarro baixo, o olhar triste – o arquétipo por excelência do Jovem Rebelde, como disse alguém. Uma década depois esse arquétipo trágico reencarnaria, com algumas mutações, em uma série de músicos mortos aos 27 anos de idade: Brian Jones, Jimi Hendrix, Janis Joplin, Jim Morrison.

No entanto, o Jovem Rebelde, produto típico do século XX, tem origens bem mais remotas. Podemos detectá-lo já no romantismo, o primeiro movimento artístico a valorizar o novo em detrimento do velho, ainda que muitas vezes fosse buscar o novo no antigo. Nele, a primeira grande aparição do Jovem Rebelde foi aliás outro Byron, o poeta Lord Byron, morto aos 36 anos, depois de uma vida repleta de excessos e aventuras. (Ou, sob outro aspecto, o jovem Werther, o mais célebre suicida da literatura.) Aqui no Brasil, Byron deixou seus herdeiros numa plêaide de mortos precoces. Se Gonçalves Dias faleceu aos 41 anos, quase um ancião para a época, Fagundes Varela morreu com 33, Castro Alves com 24, Junqueira Freire com 22, Casimiro de Abreu com 21 e Álvares de Azevedo bateu todos os recordes morrendo aos vinte anos e sete meses de idade. Eles encarnaram o que Roger Daltrey cantaria cem anos depois: *"I hope I die before I get old."*

Contudo quem melhor consolidaria e representaria o paradigma do Jovem Rebelde seria Jean-Arthur Rimbaud, não tanto por ter morrido (também) aos 36 anos mas sobretudo por ter vivido intensamente, dos dezesseis aos dezenove anos, sua meteórica carreira de poeta. Aos dezesseis ele já sabia o seu destino, como declarou numa carta que viria a se tornar famosa: "O poeta se faz vidente por meio de um longo, imenso e estudado desregramento de todos os sentidos. Todas as formas de amor, de sofrimento, de loucura..." E ele cumpriu à risca esse traçado: pileques homéricos, haxixe, vagabundagem, escândalos sexuais... Ninguém é sério aos dezessete anos, disse ele em outra ocasião. Ah, mas nós não. Eu, Adrian e Elisa éramos sérios. Sim, pateticamente sérios.

* * *

Pensei que seria mais fácil sair de debaixo das saias da mãe e do totalitarismo paterno. Ledo engano. Não por conta dos laços de sangue, que no meu caso não significavam tanto. Mas pelo rude contraste entre uma casa familiar, ainda que modesta, e uma pensão "familiar", localizada no núcleo do *basfond* curitibano. Alojei-me – ou melhor, homiziei-me – debaixo da escada, num quartinho infecto e sem janela: com um enxergão de palha num catre de solteiro, um guarda-roupa desconjuntado de duas portas, onde dependurei meu par de calças e meia dúzia de camisas, e um criado mudo, sobre o qual empilhei meus vinte e poucos livros. Ao me levantar, corria o risco de dar com a cabeça no forro da escada – o que me ocorreu mais de uma vez. A vantagem é que, de tão estreito, eu não precisava dividi-lo com ninguém. O difícil era atravessar o longo e sombrio corredor para ir ao banheiro coletivo. As tábuas rangiam e, ainda antes de alcançar o sanitário, éramos atingidos pela fedentina de urina e fezes. Nos outros cômodos, ao lado de cafetões, caixeiros, engraxates, prostitutas de olheiras antiquíssimas e homens de rosto duro e profissão incerta, chegavam a viver famílias inteiras, com velhos tuberculosos, crianças amarelentas, cachorros, gatos e periquitos. Manchas de catarro no chão, baganas de cigarro com marcas de batom, centopeias, carrapatos e ratazanas monstruosas ajudavam a compor a atmosfera dostoievskiana que não se reduzia à pensão mas se estendia às redondezas: a Praça Carlos Gomes e seu entorno, com seus armazéns, baiúcas, cabarés, barbearias, bazares, açougues, panificadoras e hotéis de alta rotatividade... Nos balcões de bares pé-sujo como Paris, Carequinha e Espeto de Ouro acotovelava-se toda uma amostra do lumpemproletariado local: vagabundos, gigolôs, vigaristas, traficantes e receptadores de mercadorias roubadas, à qual vinham se somar os jornalistas das redações ali perto – a Gazeta do Povo na própria praça, o Diário do Paraná na José Loureiro, a Tribuna e O Estado do Paraná na Barão do Rio Branco – e os cantores e locutores das rádios também próximas, como a Clube Paranaense, a Tingui e a Guairacá. Uma pensão como aquela era um vigoroso estímulo não só para produzir literatura naturalista como também para permanecer a maior parte do tempo possível longe dela.

* * *

– Que estaremos fazendo no ano 2000? A fome vai ter acabado? Teremos colônias na lua? Os carros voarão?

– Que nada! Não vai sobrar ninguém pra contar a história. A próxima guerra vai exterminar a raça humana e outra espécie vai dominar a Terra. Os camundongos. Ou as baratas.

– Acho que não dá guerra não. Na hora H ninguém vai ter coragem de apertar o botão. Vai ser como em 62.

– Veremos. É só esperar até lá. Trinta e dois anos.

– Há, há. É muita coisa. Eu morro antes.

– Que nada. Você só não estará vivo como será um sólido burguês, cheio de filhos e netos.

– Deus me livre! Prefiro imaginar que todo o mundo foi modificado. O Vietnã venceu a guerra, o que provocou uma revolta geral nos Estados Unidos, dos estudantes, dos negros, dos pobres... Da revolta brotou uma revolução que se espalhou por todo o mundo. Aqui no Brasil não vai ter mais fome, não vai ter mais analfabeto, não vai ter mais gente na rua...

– Mesmo com uma revolução lá em cima, nossa elite não vai largar o osso tão fácil. Vai ter derramamento de sangue.

– Por isso precisamos nos preparar pra esse momento, bicho. Você sabe mexer com arma?

– Eu? Nunca toquei num troço desses. E você?

– Dei uns tiros uma vez na pistola de um tio. Acho que não é o suficiente...

– Há, há. Com certeza. Pistola não vai fazer nem cócegas num tanque.

– Pistola não. Mas uns coquetéis molotov talvez.

– Será?

– Claro. Precisamos treinar um dia desses, explodindo uns coquetéis num terreno baldio.

– De preferência bem longe da civilização. Não quero ser fichado.

– O tio de um colega meu tem uma chácara lá para os lados do Boqueirão. Poderíamos treinar lá.

– Mas não é perigoso? O tio dele...

– Sem ele saber, claro. A chácara é grande, tem um bosque.

– É, pode ser... Mas acho que é cedo pra se pensar nisso.

– Meu irmão, independente da hora, um revolucionário tem que estar sempre pronto. Me passa o garrafão aí.

* * *

As grandes transformações sociais são precedidas, na astrologia, pelos movimentos cíclicos dos planetas Urano, Netuno e Plutão. Tais planetas, considerados coletivos, atuam num tempo de longa duração, abarcando gerações inteiras. No começo do ano, Urano e Plutão encontravam-se muito próximos um do outro. Quando Plutão, o planeta das grandes mutações, se conjuga com Urano, o planeta das rupturas, é sinal de que abalos profundos são iminentes. Essa confluência só acontece a cada duzentos anos. No século XX, ocorreu sob o signo de Virgem, mais um sinal de que a velha ordem estava condenada e que o novo não irromperia sem grandes turbulências. Ao mesmo tempo, Netuno, o senhor dos sonhos, passava pelo signo de Escorpião, imprimindo um ar de fascínio às mudanças mais abruptas. Além do mais, o planeta regente era Júpiter, o astro da abastança, o que inspirava um forte espírito de aventura. Como se vê, a depender dos astros, o ano prometia. Por outro lado, no horóscopo chinês, era o ano do macaco: uma criatura bastante buliçosa, para dizer o mínimo.

* * *

– Toma.

– Eta vinho porreta! Nada como um vinho colonial, feito ainda à maneira bíblica: macerando as uvas com os pés.

– Será que ainda é feito assim?

– O bom vinho ainda é, bicho. Em tanques de granito chamado lagares. Daí aquela expressão do Apocalipse: "o grande lagar da cólera de Deus". Há, há. Forte essa imagem, não é? Deus esmagando os condenados e o sangue esguichando pra tudo quanto é lado.

– Tétrico. Prefiro o Deus do Teilhard de Chardin.

– Melhor mesmo é Deus nenhum.

Pausa.

– Daí, como está a faculdade?

– Ah, velho, assim, assim. Os professores são muito conservadores. Marxista mesmo não tem nenhum. E você, vai fazer mesmo direito?

– E eu tenho escolha? Meu pai, que nem o ginásio tem, só vê a faculdade como carreira, meio de ganhar dinheiro.

– Fazer algo que não se gosta... Ainda mais por quatro anos. É barra, bicho.

– Mas vamos ver. Tem muita água pra rolar debaixo dessa ponte.

– Pois é. Por outro lado, direito é um curso interessante também. Quantos revolucionários não foram advogados? Lênin, Gandhi, Fidel... O Centro Acadêmico Hugo Simas, por exemplo, é um dos mais combativos.

– Ouvi falar.

Outra pausa.

– E então, vai pra casa na Páscoa?

– Vou, né. Minha mãe, minhas irmãs morrem de saudades. Não dá pra romper esse cordão umbilical de uma hora pra outra.

– Há, há. Não dá mesmo.

– Você vai também?

– Sim, vou. Ó. Pega aí, toma mais, que esse vinho, que essa lua botam a gente comovido como o diabo.

* * *

O ano começara quente – e não só na temperatura. Em janeiro ocorrera, no Vietnã, uma forte ofensiva da guerrilha, culminando num ataque à embaixada norte-americana em Saigon. Aqui no Brasil, em vinte de março, uma bomba estourou no consulado dos Estados Unidos, em São Paulo, e oito dias depois, no restaurante Calabouço, no centro do Rio, o estudante secundarista Edson Luís de Lima Souto, de dezoito anos, foi morto pela Polícia Militar, com um tiro no peito. Então, com medo de que as forças da ordem se apoderem do corpo, os estudantes o carregam em procissão pelas ruas da cidade até o prédio da Assembleia Legislativa, na Cinelândia. Sob o cerco da polícia e de agentes do Departamento de Ordem Política e Social (Dops), a autópsia é feita no mesmo local. Uma multidão aflui ao saguão onde o jovem é velado. Discursos inflamados se sucedem a noite toda, muitos dos oradores brandindo a camisa ensanguentada do morto. No dia seguinte, cerca de cinquenta mil pessoas acompanham o cortejo fúnebre, com faixas e cartazes estampando: "Os velhos no poder, os jovens no caixão." "Bala mata fome?" "Mataram um estudante. Podia ser seu filho." Manifestações irrompem em outras capitais e são violentamente reprimidas, com mais um estudante assassinado em Brasília. A quatro de abril, na Igreja da Candelária, é celebrada a missa de sétimo dia de Edson Luís. Após o término, as pessoas que saem do templo são cercadas e atacadas por cargas de cavalaria. Dezenas de feridos. Outra missa é realizada à noite. Do lado de fora, três fileiras de cavalarianos com os sabres desembainhados. Mais atrás, o Corpo dos Fuzileiros Navais. Temendo um novo massacre, os clérigos, de mãos dadas, formam uma corrente para que os fiéis possam chegar à Avenida Rio Branco. Em vão: a cavalaria os encurrala nas ruas da Candelária.

* * *

O cursinho que eu frequentava era o Camões, localizado à época na Rua Barão do Rio Branco. Não era um Dom Bosco da vida, onde lecionavam os famosos professores Oriovisto e Samuel Lago. Nem o Leminski dava mais aula lá. Mas não era mau. Pelo contrário: docentes jovens, dinâmicos, atualizados. Nada a ver com as múmias paralíticas da minha antiga escola. (Como andará o professor Ermelino Sotto Maior?) Qual não foi minha surpresa quando, na aula de literatura, eu vejo entrar um varapau de nariz adunco: o Lessa!

– Aqui é outra coisa, Ruy. Mais arejado. Você pode ter ideias próprias.

– Não entendo como você aguentava dar aula naquele colégio.

– Pois é, nem eu. Há, há. Mas vem cá, me conta as novidades.

– Tentei direito ano passado. Fiquei nas vagas excedentes. Por isso estou aqui.

– Direito? Você não tem cara de advogado.

– Aí que está o X da questão.

– O nó górdio, eu diria.

Lessa me dá dicas de livros, me empresta outros: Hermann Hesse, Truman Capote, Norman Mailer... Autores pequeno-burgueses, é verdade, mas diante do fascínio do primeiro nem Adrian resistia. Como todo mundo naquele ano, li *Eros e civilização*, de Marcuse, e o *Diário de Che Guevara na Bolívia*, sem os quais você não tinha entrada nas rodinhas mais quentes do movimento estudantil. Li ainda o assombroso livro *Os condenados de terra*, de Frantz Fanon, com o famoso prefácio de Sartre: "No primeiro tempo da revolta, é preciso matar; abater um europeu é matar dois coelhos de uma só cajadada, é suprimir ao mesmo tempo um opressor e um oprimido: restam um homem morto e um homem livre." Não é à toa que os Black Panthers tomaram Fanon como o seu patrono. Mas li também *A função do orgasmo*, de Wilhelm Reich, outro lançamento daquele ano: "Potência orgástica é a capacidade de abandonar-se, livre de quaisquer inibições, ao fluxo de energia biológica; a capacidade de descarregar completamente a excitação sexual reprimida, por meio de involuntárias e agradáveis convulsões do corpo." Uau! Aliás, o sexo estava na moda aquele ano: na lista dos mais vendidos você encontrava tanto o *Kama Sutra* quanto o Marquês de Sade. Excitado, faminto, onívoro, eu devorava tudo o que me caía nas mãos: de Freud aos gibis do Mandrake (sem Adrian saber, é claro), dos "catecismos" de Zéfiro às análises de Celso Furtado. E mais: Gorki, Aguinaldo Silva, Nelson Rodrigues, Carlos Heitor Cony, Faulkner, Clarice Lispector, Genet, Stanislaw Ponte Preta, Henry Miller... Nem sempre eu entendia o que lia. Mas o importante era ler. Ou tentar. Com *Ulisses*, na tradução do Houaiss, não teve jeito. Não passei do episódio em que Stephen conta a vitória de Pirro. Um livro disputado a tapa, e que eu li emprestado não sei de quem, era *7 de amor e violência*, uma coletânea local de contos cuja primeira edição, três anos antes, esgotara num piscar de olhos e a segunda fora apreendida pela polícia: era o primeiro livro de resistência ao golpe militar lançado no país. A Livraria Ghignone, na Rua Quinze, a Livraria do Povo, na Ermelino de Leão, a Livraria do Chaim, defronte à Reitoria, e um estupendo sebo na Emiliano Perneta, eram não somente pontos de abastecimento (ou de cobiça, pois quase sempre eu andava duro) como de encontros e apaixonados debates. Você queria topar com a *intelligentsia* da cidade? Era só marcar ponto na Ghignone ou na livraria do Dude, na Ermelino. Lá você podia esbarrar com Dalton Trevisan, ainda não tão misantropo quanto viria a ser tornar mais tarde, ou com um barbudo Leminski, sempre loquaz e gesticulante, bem antes da fama. E não só: desde os mais novos Nelson Padrella, Manoel Carlos Karam, Hélio Puglielli, que viria a ser meu professor alguns anos depois, e Jamil Snege, que recém-lançara *Tempo sujo*, uma novela desbocada que estava dando o que falar; até os mais velhos: Temístocles Linhares, Guido Viaro, Erasmo Pilotto... Entre uns e outros, como elo de ligação entre a velha e a nova guarda, Walmor Marcelino, Valêncio Xavier e Sylvio Back, que estava rodando naquele mesmo ano seu primeiro longa--metragem, *Lance maior*, ambientado em Curitiba. Claro que eu não ousava me aproxinar ainda de nenhum – mas gostava de lhes ouvir as conversas, as imprecações, observar os livros que folheavam, que sobraçavam. E havia também uma piazada da minha idade, enxameando em torno deles, alguns dos quais viriam a ganhar renome mais tarde, como Wilson Bueno, que partiria em breve para o Rio, e Cristovão Tezza.

Quanto ao cinema, pude enfim assistir a diretores de que até então só ouvira falar, sobretudo dois ícones da nova filmografia, Jean-Luc Godard e Glauber Rocha, de quem vi tudo que podia nos cineclubes locais. Mas também assisti a lançamentos, como *O bandido da luz vermelha*, de Rogério Sganzerla, *2001: uma odisseia no espaço*, de Stanley Kubrick, e *A primeira noite de um homem*, de Mike Nichols, nas salas da nossa "Cinelândia", na minúscula Avenida Luiz Xavier, ainda conhecida como João Pessoa: o Cine Palácio, no Edifício Garcez, o Cine Avenida, no Palácio Avenida, e o Cine Ópera, no Edifício Eloísa. Além desses, dispúnhamos, na época, do Ritz, na Quinze de Novembro, do Luz, na Praça Zacarias, do Rívoli, na Emiliano Perneta, e do São João, na Desembargador Westphalen, para não falarmos do colossal Cine Vitória, com seus 1800 lugares, na Barão do Rio Branco. Já não me lembro em qual dessas salas – ou se foi em outra – eu assistiria no final do ano, de um diretor ainda obscuro, *O estranho mundo de Zé do Caixão*. Antes das sessões, sobretudo se acompanhado, munia-me nas *bombonières* de balas azedinhas, confeitos Life Savers ou dos famosos drops Dulcora, "a delícia que o paladar adora." Entretanto, quantas matinês e quantas noites não passei sozinho na escuridão feérica dessas salas, ora absorto ora alheio, ora satisfeito ora desesperado...

E os teatros? Se o Guairão ainda estava em eterna construção, já tínhamos, entre outros, o Guairinha, os auditórios do Colégio Estadual e da Reitoria, além do simpático Teatro de Bolso, na Praça Rui Barbosa, onde assisti à estreia de uma moça que não tinha mais que a minha idade, Denise Stoklos, com *Círculo na lua, lama na rua*. Recordo também de outras duas peças que me encantaram esse ano: *Auto da fé ocidental*, com textos de Shakespeare, Salomão (o rei bíblico), Millôr Fernandes, Gianfrancesco Guarnieri e Cecília Meireles, dirigido por Oraci Gemba, e *A morte do caixeiro viajante*, do Arthur Miller, encenada pelo grupo do Colégio Estadual.

Na música, se 66 foi o ano do folk e 67 o da psicodelia, 68 foi o da distorção. E naquele tempo distorção, dissonância, barulho significavam rebeldia. Pela primeira vez, a guitarra, a princípio um mero violão eletrificado, revelava todo o seu potencial, não apenas sonoro, mas também performático: sendo quebrada, jogada, incendiada, lambida, tocada de costas, com os dentes... Claro que isso vinha de longe, passava por Les Paul e Chuck Berry, mas foi em 68 que atingiu a sua máxima expressão. Todavia, no degredo onde eu vivera até então, o furacão Jimi Hendrix (e sua contraparte Janis Joplin) passara completamente despercebido. Agora eu me atualizava com *Purple Haze* (*Summertime* eu conheceria só mais tarde) e tomava contato com outros, até anteriores, que me passaram igualmente incólumes: Jefferson Airplane, Cream, The Animals, The Doors... Fruto dessa linha evolutiva, no final do ano surgiria Led Zeppelin – mas este eu só viria a conhecer nos anos 70.

Outra evolução que se completava nessa quadra: a transição das bolachinhas pelos bolachões, isso é, dos discos compactos, onde só cabia uma faixa de cada lado, pelos long-plays, com uma média de seis faixas cada lado. Antes praticamente só se adquiriam compactos. Elepês eram mais comprados pelos adultos para ouvirem suas óperas e sinfonias. Agora, um álbum como *Sgt. Pepper's* tinha que ser curtido de cabo a rabo, e de preferência puxando fumo. O *Álbum branco*, dos Beatles, e a ópera-rock *Tommy*, do The Who, dois long-plays duplos, são rebentos de 68 (ainda que o último tenha sido só lançado no ano seguinte) e sinal do quanto o rock ficara maduro, quando não pretensioso. Agora, éramos melômanos como os mais velhos, mas melômanos de vanguarda, carregando debaixo do braço, como insígnias, nossos vinis de rock e, logo mais, também, de Stravinsky, de Miles Davis, de Rogério Duprat.

Por falar em Duprat, meia-oito também foi o ano da Tropicália, que revelou os frutos do movimento surgido no ano anterior: um autêntico liquidificador antropofágico que misturava bossa nova com mulata, palhoça com Carmen Miranda, Iracema com Bahia, bumba-meu-boi com iê-iê-iê... A capa do álbum homônimo já era um índice dessa geleia geral: um músico erudito (com um penico na mão), um trio de rock, cantoras populares, compositores, poetas. O texto da contracapa, à maneira de um roteiro de filme e enigmático como um manifesto, afirmava: "Sabem vocês o risco que correm? Terão mesmo coragem de saber que só desvencilhando-se do conhecimento atual que tem das formas puras do passado é que poderão reencontrá-las na sua verdade mais profunda?"

Aliás, foi no quarto de Adrian – e depois na casa de Saul – que eu ouvi a maioria desses discos.

* * *

Chovia. Chovia muito. Chovia sem cessar. Às vezes acho que não fazia outra coisa em Curitiba a não ser chover. E eu me lembrava das intermináveis tardes de chuva na mercearia. A água pingando lá fora; dentro, algumas goteiras recalcitrantes que levavam meu pai a praguejar contra o último pedreiro que concertara o telhado. Mas não era de tarde. Era de manhã – e bem cedo. E em vez da mercearia, uma sala de aula com uns cinquenta alunos sonolentos. No lugar das pragas surdas de meu pai, um professor quase tão sacal como o Ermelino Sotto Maior. Só que em vez de geografia, era matemática. Creio que trigonometria – ou outra coisa tão inútil e hermética quanto. Quando não havia aula com o Lessa, ou com o professor de história, o que me segurava no cursinho era Vera: loira, franja espessa e assimétrica, olhos de água-marinha, pequenas sardas nos zigomas proeminentes – e seios, ah, seios igualmente proeminentes, apontados para frente com a determinação dos vietcongues. Às vezes vinha com ousadas minissaias e botas de vinil branco até as coxas. Outras, com calças saint-tropez, camisa Lacoste e sandálias de dedo. Eu me sentava em diagonal, atrás dela, só para poder contemplá-la – sem que ela percebesse, é claro. Tinha plena consciência de que ela me ignorava até o dia (dia de chuva: chovia, chovia muito, chovia sem cessar) em que, no intervalo, veio até a mim:

– Então você que é o comunista da turma?

– Eu, comunista?

– É o que falam.

– Você por acaso é do Dops ou da CIA?

– Sou uma agente cubana.

– Há, há. Você está mais pra alguém a soldo de Moscou.

– Eu?

– Os cabelos, os olhos...

Eu ia dizer os zigomas, mas temi que ela não entendesse. (*Zigoma*: cada um dos dois ossos salientes da face, abaixo dos olhos, que forma a zona da bochecha e parte da órbita ocular; malar, osso zigomático.) Vera, que queria fazer medicina, estava no segundo ano de cursinho. Ano passado fizera no Barddal. Cansada dos professores de lá, experimentava agora o Camões.

* * *

Quatro pessoas choraram por mim no dia em que eu vim embora: minha mãe e minhas irmãs, naturalmente – e Clarinha. Mas eu só soube disso depois. Um belo dia eu estou entrando na pensão e o senhorio, sempre de cara amarrada, me entrega a correspondência. Além da tradicional carta de mamãe, há outra: de Clarinha. Assim começa uma correspondência que vai durar o ano inteiro e se tornar fonte de entretenimento e de consolo para mim. É verdade que eu custo a responder suas cartas, que chegam tão logo eu remeto as minhas. Clarinha se queixa da escola, da vida tacanha da cidade, do reacionarismo geral. Diz que sente saudades de nossas discussões, de nossos planos. Pergunta quando eu vou visitá-los, o que eu estou fazendo. Eu lhe conto do cursinho, dos vizinhos da pensão, dos lugares de Curitiba que estou conhecendo, o belvedere art nouveau da Praça João Cândido, a Rua Quinze de Novembro, que todo mundo chama de Rua das Flores, a Boca Maldita, a Catedral Metropolitana, o Mercado Municipal, as praças, as panificadoras, os cafés, as pastelarias que frequento. Ou seja, eu não tenho nada de especial para contar.

* * *

Mas, por incrível que pareça, esse nada lhe interessa. No feriado de Páscoa, quando estive lá, caminhamos muito pela cidade. Meu Deus, como a cidade me parecia ainda menor!

– Você emagreceu, sabia? – ela observou.

– Pois é, lá eu bato muito mais perna. Qualquer distância é maior. Essa cidade cabe inteira dentro do Passeio Público, o único parque de Curitiba.

Circulávamos pela praça, passávamos pela prefeitura, pela igreja, pelo cartório; íamos até a olaria e o pontilhão de madeira, onde ficávamos olhando os peixes na água entre os seixos. Voltávamos. Sentávamos num banco ou mesmo na grama. E quando não tínhamos mais assunto ela tornava a me fazer as mesmas perguntas que já fizera antes, pessoalmente ou por carta, a que eu tornava a responder, magnânimo, apenas alterando as palavras ou a ordem dos fatores, o que naturalmente não alterava o produto: os cafés que eu frequentava, a Rua das Flores, cujo verdadeiro nome era Quinze de Novembro, o Lessa, que eu encontrara no cursinho, a escada rolante das Lojas Americanas, o bebedouro do Largo da Ordem, a Confeitaria das Famílias, as livrarias... Por que ela perguntava para mim se tinha o irmão com muito e mais interessantes informações?

– Daí, bicho, pode ser sincero: vocês estão namorando? – sondava Adrian.

– Não, cara, claro que não.

– Pois eu não me importaria nem um pouco em ter você como cunhado.

– Há, há. Nem eu. Mas me diga: a gente se casaria aonde? Na Igreja ou na sinagoga?

– Por mim podia ser num terreiro de umbanda!

Ríamos, com o Marx fazendo festa entre um colo e outro. Aproveitando a intimidade com irmão e irmã, almocei na casa deles mais de uma vez, sempre bem acolhido pela família Steiner. Além da amizade, levava-me lá a premência de me ver longe de casa o maior tempo possível – cada vez mais insustentável o relacionamento com meu pai. Minha mãe e minhas irmãs sofriam, eu via, mas o que eu podia fazer? Minha casa tornara-se irrespirável.

– Pra frente é que se anda – disse-me seu Melquides, no Sábado de Aleluia. – Ninguém pode entrar de novo no ventre de sua mãe. Você saiu daqui, rompeu teus vínculos com esta cidade. Você não cabe mais aqui.

– Seu Melquides, alguém já te disse que o senhor é o Diógenes da cidade?

– Diógenes?

– Sim, Diógenes, um filósofo grego. Um cara que vivia num barril e não tinha papas na língua. Dizia a verdade na cara de todo mundo, doesse a quem doesse.

– Ah, isso é ótimo.

– Um dia chegou diante dele Alexandre Magno. Sabe, o Alexandre? O maioral da Grécia. E se apresentou: "Eu sou Alexandre, o Grande." "Eu sou Diógenes, o Cão", ele respondeu. "Pede-me o que quiseres que eu te dou", disse Alexandre. "Eu só te peço que não me tires o que não me podes dar. Sai da frente do meu sol, porra!"

– Há, há. Boa! Isso merece mais uma manguaça. Que tu vai pagar, Ruy, porque eu sou Diógenes, o Cão!

Naqueles dias também revi o João, sempre alegre e bem-disposto, o Maneco, o Alex, a patota da escola e do fanado grêmio. No entanto, a camaradagem deles não era suficiente para compensar a mesquinhez intolerável da cidade. Nem o sorriso com que Ana Flávia me recebeu, nem o entusiasmo com que Roberta veio falar comigo. (E a Conceição? A Conceição casou e se mudou.) Não posso negar que na noite de domingo, quando eu me vi num ônibus da Viação Cometa rumo a Curitiba, respirei aliviado.

* * *

Curitiba: província, cárcere, lar – como disse Dalton Trevisan naquele mesmo ano. Quero conhecer melhor esta cidade, seus mistérios, seus desastres, seus tipos, seus trastes. Pego um folheto, compro uns livros velhos no sebo, desenho um mapa de suas principais artérias, estátuas, sobrados, palacetes, enquanto ao fundo a voz do professor se mistura ao rumor doce da chuva caindo... Curitiba surgiu e desenvolveu-se junto ao Iguaçu, o grande rio das Cataratas conhecidas no mundo todo, e seus primeiros afluentes. A cidade fica a menos de cem quilômetros do Atlântico e do Porto de Paranaguá, um dos maiores escoadouros de todo o café que nosso planeta consumiu no último meio século. Situada a 900 metros acima do nível do mar, seu clima é temperado, apesar da umidade que se manifesta na estação invernosa e das variações bruscas de temperatura. Predomina o frio de abril a setembro e manifesta-se a invernia nos meses de maio, junho e julho, havendo dias em que a coluna termométrica desce alguns graus abaixo de zero. Em 1928 baixou sobre Curitiba formidável carga de neve, durante a noite, cobrindo então a cidade com uma encantadora manta branca. (Será que vai nevar este ano? Bastou esfriar um pouquinho para Vera trocar as minissaias por calças compridas, tornando assim minhas manhãs mais cinzentas ainda...) As ruas são retas e largas. Entre as praças ajardinadas sobressaem a Praça General Osório, com as hermas dos poetas Emiliano Perneta, Emílio de Menezes e Domingos Nascimento; a Praça Tiradentes, que ostenta a estátua do Marechal Floriano, primeira erguida no Brasil em homenagem à memória do glorioso consolidador da República, e a estátua de Tiradentes; a Praça Carlos Gomes, com a herma do glorioso artista; a Praça Eufrásio Correia, com a estátua "O semeador", fina obra de arte do artista patrício Zaco Paraná; a Praça Santos Andrade, com as hermas do padre Ildefonso e da professora Júlia Wanderley; e a Praça Generoso Marques, com a estátua do grande estadista e diplomata Barão do Rio Branco. Tudo isso se funde em minha cabeça com a voz do professor que, distante, quase incorpóreo, discorre sem cessar numa língua morta, indecifrável, e com o rumor doce da chuva caindo, caindo, caindo...

* * *

As discussões sobre estratégia e tática eram cada vez mais candentes. Todo mundo tinha um palpite, todo mundo tinha uma teoria. O horizonte, claro, era o socialismo. Mas, segundo alguns, a revolução brasileira teria duas etapas: a primeira, nacional e popular; a segunda, internacionalista e proletária. Era preciso, então, numa frente que unisse todos os setores democráticos, progressistas e nacionalistas, reverter a quartelada e recolocar o Brasil na rota da superação do subdesenvolvimento, o único meio de se chegar à emancipação e à plena soberania. Sua implementação levaria a mudanças na infraestrutura nacional, acarretando a substituição das velhas elites predatórias, amparadas na economia de exportação de bens primários e aliadas aos interesses do capital internacional. Num país de economia avançada, a nova liderança política seria exercida pela burguesia industrial, com o apoio do proletariado, dos intelectuais e dos setores médios da sociedade. Em outras palavras, a peleja, como se desenhava, era entre desenvolvimentistas e entreguistas, nacionalistas e lacaios do imperialismo.

No entanto, os acontecimentos não confirmavam tal leitura. Onde estava a burguesia nacional na hora do golpe? – indagava Saul. Que setores da burguesia se levantaram em defesa do governo legítimo? Portanto, para muitos, sobretudo entre os estudantes, a revolução não poderia mais ser nacional-popular ou democrático-socialista, mas *somente* socialista. Em auxílio dessa tese vinha o livro *A revolução brasileira*, de Caio Prado Júnior, que questionava a existência de uma verdadeira burguesia nacional ainti-imperialista. Mas o que estava fazendo o maior sucesso era um livrinho que, vindo do Chile, circulava meio clandestino: *Revolução na revolução*, de Régis Debray. Com base na experiência da Revolução Cubana, Debray propunha a criação de pequenos focos de guerrilha, os quais, instalados em regiões camponesas, se tranformariam com o tempo em colunas guerrilheiras que cercariam e conquistariam as cidades, levando a bom termo a guerra revolucionária. Como boa parte dos partidos comunistas se aburguesara, não se devia contar com a liderança deles para deflagrar a revolução. Uma revolução, aliás, podia ser bem-sucedida mesmo que nem todas as condições objetivas estivessem dadas. O embate então, no nosso campo, se dava agora entre etapismo e "porra-louquice". Os primeiros afirmavam: calma, pessoal, uma coisa depois da outra. Os outros retrucavam: calma porra nenhuma, é agora ou nunca.

Estávamos num dos aposentos da Casa do Estudante, de madrugada, imprimindo num "reco-reco" um panfleto que deveria ser distribuído no dia seguinte. Era um aparelho artesanal, pequeno e silencioso – o que era de extrema vantagem naqueles tempos – que se servia da mesma técnica do *silk-screen* para reproduzir estênceis.

– Se a gente for depender do Partidão para começar a luta, é melhor tirar o cavalinho da chuva.

– Tem muita gente do partido caindo fora, cansada de esperar. Imaginando outras saídas. Quem sabe já não é hora de "subir a serra"?

– Aliás, que esperar de um partido que errou tão grosseiramente na análise da conjuntura na véspera do golpe?

– Que o Partidão está estiolado não há dúvida. Aliás, isso não é privilégio nosso. Acontece quase em toda parte. Mas acho que ainda é cedo pra "entrar no mato".

("Subir a serra" ou "entrar no mato" significavam se meter no campo para dar início à guerrilha rural. Coloco como nota? Entre parênteses? Ou simplesmente deixo subentendido? Coloco entre parênteses.)

Uma variante dessa teoria era a chamada guerra popular prolongada, inspirada na experiência chinesa: a diferença era que agora a ênfase não estava nos pequenos focos, mas nos efeitos de uma longa guerra de guerrilhas desencadeada a partir do campo. De toda forma, com o foquismo ou com a guerra popular, o protagonismo passava da articulação política para a habilidade militar: a verdade agora estava na ponta do fuzil, como disse Mao.

– Vejam o Vietnã, gente, é por aí – afirmava alguém.

– Você está louco, bicho. Isso não vai dar certo nem aqui nem na China – replicava Bira, um amigo roqueiro do Adrian, que viera, mais por farra, ajudar a gente.

– Na China deu.

* * *

Minha rotina: acordava, geralmente sobressaltado, com o despertador estridente, às sete horas. Me arrastava até a Barão do Rio Branco, ali perto, e, cabeceando de sono, varava a manhã – as aulas do Lessa e os seios de Vera eram, agora, as únicas coisas que me interessavam. Sempre que podia, almoçava com Adrian e Elisa, que me conseguiam fazer entrar, sorrateiro, no restaurante universitário. Depois, na cantina da Reitoria, tomávamos um café – ou então ficávamos flanando pelas redondezas, em inflamadas conversas. Sempre havia um livro novo, um evento novo, uma ideia nova para debatermos. Quando não almoçava com eles, comia nos restaurantes populares da Praça Zacarias. Depois dava uns rolês pelo Centro, olhando as vitrines, as livrarias, as manchetes dos jornais, os cartazes de cinema, ou então espreitando, a uma distância segura, algum par de coxas que se sobressaía debaixo de uma minúscula saia. Tinha dias em que me aboletava em algum banco do Passeio Público, e aí, debaixo das árvores centenárias, dividia-me entre um livro e a contemplação, com olhar quase científico, dos tipos que por ali transitavam. Pelas quatro retornava à pensão e aí, sem televisão, sem rádio, sem toca-discos, me debruçava mais uma vez sobre brochuras, plaquetes e revistas. Às vezes passava à tarde na Biblioteca Pública, na Cândido Lopes, numa verdadeira disciplina de leituras. Marx não gostava de Balzac? Então dá-lhe *A mulher de trinta*, *Ilusões perdidas*, *Eugenia Grandet*... À noite, depois de uma média e um pão d'água na chapa com ovo frito, saía para a boemia: um cinema, um teatro, um café, um bar, muito bares: o Zunzum, na Duque de Caxias, a Velha Adega, na Cruz Machado, o Guairacá, ao lado do Palácio Avenida, o Cometa, na Quinze – e mais caminhadas em confabulações intermináveis agora só com Adrian (por conta da tia austera, Elisa mal saía à noite). Algumas farras terminavam em vômitos de rabo-de-galo, gim e hi-fi nos bancos das praças Osório ou Tiradentes. Quando, altas horas, a fome nos assaltava, a salvação era o Okey, na Travessa Jesuíno Marcondes, o Bar Palácio, na Barão do Rio Branco, ou então, novamente na Quinze, o Mignon e o Triângulo, que disputavam a fama de terem trazido o primeiro cachorro-quente para Curitiba – com uma ou duas vinas, não importa. Mais tarde incluímos nessa peregrinação as boates e as casas de tolerância. Como não tínhamos cacife para a famosa Stardust, na Osório, e a lendária Marrocos, na Marechal Deodoro, já havia fechado as portas depois que seu dono fora assassinado por um cliente injuriado, atracávamos na Boate Tropical, no Passeio Público, com atrações que incluíam strip-tease, ainda novidade na cidade, ou então em lupanares mais modestos, como a Casa da Otília, na Fernando Amaro, com suas luzes multicores sobre a porta de entrada. Eu, por conta de minhas dificuldades monetárias, restringia-me quase sempre ao papel de espectador: um espectador muitas vezes triste, cônscio de sua sordidez e da sordidez intolerável do mundo. Quem sabe um dia a revolução resolvesse esses problemas: as paixões do baixo-ventre e os amores impossíveis.

* * *

– Muda não, bicho. A revolução vai resolver os problemas materiais. Esse buraco vai continuar aberto pela eternidade afora – devaneava Adrian, nós já entrando na terceira fase da bebedeira, a mais filosófica.

– Então por que botar tanta fé na revolução?

– Porque não há nada mais terrível que a fome. Veja os boias-frias, os retirantes... Tudo por culpa da fome. Veja o seu Melquides...

– Seu Melquides até que leva uma vida boa...

– Vida boa? Quero ver você dormir debaixo de uma marquise com três graus negativos. Resolvido esse problema, da fome, da pobreza, da miséria, as pessoas vão poder se dedicar à arte, ao convívio, à vida... "O reino da liberdade só começa quando o trabalho deixa de ser determinado pela necessidade" – citou Adrian. – O porteiro da Tropical vai poder ser pintor de lindas aquarelas expressionistas. A Sandra Lee vai ser a primeira bailarina do Balé Bolshoi de Curitiba.

– E o strip?

– Vai acabar. Ninguém mais vai precisar entrar num inferninho pra ver mulher pelada. As pessoas vão andar peladas no Passeio Público.

– Há, há. Do jeito que faz frio, não vão ser muitas vezes não. Mas nem na Rússia as pessoas andam peladas.

– Nesse ponto a Rússia falhou com a revolução. Falhou miseravelmente.

– Pudera. Queria ver o cabra pelado lá na Sibéria.

Rimos.

– Não seria nada mau mandar nossa burguesia pra lá – disse Adrian, após um silêncio.

– Com os paspalhos da nossa cidade na frente: o Ermelino, o diretor, o delegado, o filho-da-puta do Zagalo...

– O padre...

– O padre não, Adri, o padre é gente boa.

– O padre sim. Nenhum padre presta. Ópio do povo.

– Você fala isso só porque é judeu.

– Sou judeu porra nenhuma! Sou ateu, materialista histórico, internacionalista.

– O que não impede de ser judeu.

– Não é porque tiraram meu prepúcio ao oitavo dia que eu pertenço a um povo ou religião. Eu pertenço ao mundo todo. Admiro os kibutzim, é verdade, a única forma de socialismo utópico que deu certo. Mas que Israel é uma ponta de lança do imperialismo, isso é! Viu o massacre na Jordânia? Duzentos mortos! E todos refugiados indefesos. Quero distância de um povo assim. Mas fora isso, os judeus têm produzido os maiores cérebros da história: Marx, Freud, Einstein... A religião do Deus único criou as condições para a abolição de todos os ídolos. E sabe qual é o maior ídolo?

– Qual?

– O dinheiro, bicho, o dinheiro. O deus Mamom. São Paulo disse que o amor ao dinheiro é a raiz de todos os males, saca? Como você sabe, li a Bíblia inteirinha. Dos dez aos doze anos.

– Só você, cara. Sempre achei um livro chato pra burro.

– Com certeza! Tem partes que são um porre, Números, Levítico... Mas tem umas que são do caralho, como a guerra entre Davi e Saul.

– O gigante?

– Não, este é o Golias, que Davi já tinha matado. É Saul, o primeiro rei de Israel. Davi monta um verdadeiro exército de guerrilhas, que ataca e recua e se esconde nas montanhas. Todos que estavam endividados, que estavam ferrados se juntam a ele. Primeiro Livro de Samuel, pode conferir.

– Me diga uma coisa: você leu a Bíblia dos judeus ou a dos católicos?

– Tirando um livro ou outro, o Antigo Testamento é a mesma coisa. Mas li a dos católicos, pra tirar a teima. Meu pai até ficou preocupado que eu me convertesse. Há, há.

– Seria cômico.

– Chamou até um rabino.

– Eu nunca vi um rabino.

– É como um padre. Só que casado. Bitolado igual.

– Há, há. Mas o padre da nossa cidade foi um dos poucos que defendeu a gente.

– Tá bom, vamos convir. Não era um Camilo Torres, mas dava pra bater um papo com ele. Como João XXIII. Ou como aquele outro lá... Como é mesmo o nome dele? Dom Hélder Câmara.

– Se quisermos fazer mesmo a revolução, não podemos ser sectários. Temos que aceitar todo mundo que não está satisfeito com essa porra.

– Ah, mas temos que fuzilar antes uma cambada. Passar no fio da espada os traidores. "Sem derramamento de sangue não há redenção". Confere lá. Está na Bíblia de vocês.

Estávamos no Alto da Quinze, ao pé da grande caixa-d'água. Sentados na grama, duas ou três horas da manhã. Lá embaixo Curitiba se estendia, adormecida, alienada, como de resto o Brasil, deitado eternamente em berço esplêndido. Adrian olhou de repente para o alto, para o enorme vulto que se projetava na sombra.

– Você já imaginou botarmos LSD nessa caixa-dágua?

– Amanhã está todo mundo doidão. Todo mundo vai trabalhar pelado.

– Há, há. Faz sentido pensar que foi a KGB que inventou o LSD pra desmoralizar a juventude americana.

– Ou a CIA. Assim os jovens ficam baratinados e se esquecem da guerra do Vietnã e das porradas nos negros.

– Mas lá os brancos estão começando a levar porrada também. Como aqui. Está ficando mais democrático o negócio.

– A democracia da porrada.

– A democracia do cacete.

Adrian se estendeu na relva. No céu não se via uma única estrela. Deitei também. Fechei os olhos. De olhos fechados, eu via as estrelas, a lua, o espaço, eu via crianças brincando de roda, girando, girando, eram vietnamitas, as crianças, e parecia não se importarem com a chuva de napalm que caía sobre elas. Não sei quanto tempo levamos assim.

– Agora, falando sério – disse Adrian, a voz mais grave. – A gente vai tentar impedir a realização do vestibular do curso novo de Engenharia com mensalidades pagas.

Com efeito, a chapa da qual faziam parte Adrian e Elisa vencera a eleição.

– Você vem conosco? Como nos velhos tempos?

Meti os cotovelos no solo e me soergui. Olhei para Adrian que, deitado, me fitava.

– Como vai ser?

– Não sei ainda. Vamos ver. Claro que sempre pode pintar um arranca-rabo com a polícia. O mar não está pra peixe. Você topa? Ou está encagaçado?

– Claro que topo, cara. Com ou sem LSD, abaixo a ditadura!

* * *

Um dos objetivos dos acordos entre o Ministério da Educação e Cultura do Brasil (MEC) e a United States Agency for International Development (USAID) para a reforma da educação brasileira era a implantação do ensino pago nas universidades federais – para muitos, o primeiro passo no caminho da privatização. O paranaense Flávio Suplicy de Lacerda, o ministro da pasta durante os acordos, voltara ao estado como reitor – mais uma vez – da Universidade do Paraná. E, decidido a torná-la um exemplo nesse processo, conseguira aprovar no ano anterior a cobrança de anuidades dos novos calouros. Nesse ínterim, as entidades estudantis se mobilizaram, organizando uma série de campanhas de esclarecimento ainda nos colégios. Servindo-se de uma brecha no regulamento da matrícula, orientaram os vestibulandos a requererem isenção da anuidade, alegando insuficiência de recursos. Como a universidade não deu conta de analisar a avalanche de pedidos, a cobrança acabou inviabilizada. No entanto, em abril é anunciada a criação de um curso noturno de engenharia com mensalidades pagas – e os estudantes repetem a mesma estratégia, só que dessa vez sem êxito. Então, por meio de piquetes e protestos, conseguem barrar a execução do vestibular. Uma nova prova, porém, é marcada, agora para o Centro Politécnico, no Cajuru, bem longe da Rua Quinze de Novembro, onde costumam ocorrer as manifestações. Prevendo o choque com a polícia, os estudantes se armam de setras, bolinhas de búrica e rojões de São João, além de fura-pneus: sarrafos cravejados de pregos capazes de deter até blindados. Para rebater os efeitos do gás lacrimogêneo, muitos ainda levam lenços, amoníaco e pastilhas efervescentes de vitamina C. No dia anterior aos exames, o Politécnico é ocupado pelas forças policiais. Domingo, justamente Dia das Mães, lá estamos nós, madrugadinha, agasalhados porque o friozinho de outono já se faz sentir. Mãos no bolso da japona, confiro as bolinhas de gude.

– Puta que o pariu! Me espetei – resmunga Elisa, ferindo-se com os fura-pneus na bolsa.

Adrian ajeita a sacola com os foguetes e certifica-se das caixas de fósforos. Tudo certo. Estamos na Rodovia Régis Bittencourt, a antiga BR-2. Cerca de quinhentos estudantes de um lado. Do outro, centenas de cavalarianos da Polícia Militar, com seus sabres e seus capacetes reluzentes. Tensão no ar. É o nosso primeiro enfrentamento direto com as forças da repressão. Acabou a moleza. Aqui não tem mais delegado amigo da família.

– Olha, aconteça o que acontecer, vamos ficar juntos – eu digo.

– Se alguém cair em apuros, corre pra ajudá-lo – afirma Adrian.

– E cuidado para não serem cercados – adverte Elisa, sapecando um beijo no namorado.

Por pudor, disfarço, viro o rosto. Contemplo a paisagem: a estrada, os soldados, os estudantes, os blocos do campus que se elevam em meio à cerração; de um lado, os montes que se sucedem, baixos, até os picos azulados da Serra do Mar; do outro lado a cidade, ainda adormecida.

De repente, os estudantes avançam. Avançamos juntos.

– Daqui vocês não passam. Se tentarem, o pau quebra! – avisa o comandante.

Fechamos a rodovia. O comandante dá cinco minutos para dispersarmos. Não dispersamos. A cavalaria irrompe. Tropel de patas, sabres desembainhados, gritos. Confusão, pânico, poeira. Saco as bolas de búrica, jogo-as no chão para fazer os cavalos derraparem. Mas são poucas, não fazem nem cócegas naqueles animais de quase meia tonelada. Companheiros têm os rostos feridos por golpes de sabres, moças são pisoteadas. Adrian recua, mão na sacola. Apanha um rojão, pega a caixa de fósforos. Risca uma vez. A chama apaga. Risca outra. Não pega. Tenta uma terceira vez. Um estampido seco, o foguete explode. Um soldado cai da montaria (no dia seguinte saberíamos que quebrou a perna.)

– Atiraram num soldado nosso – grita o comandante. – Ele está ferido. A coisa vai engrossar agora!

Nova carga de cavalaria. Estouram bombas de gás lacrimogêneo. Mais foguetes de nossa parte. Bolinhas de búrica cortam o ar lançadas das setras. Os olhos queimam, lacrimejam, é difícil respirar. Um rapaz tem o nariz quebrado; o sangue verte, aos borbotões. Chegam reforços policiais – o Comando de Operações Especiais foi convocado. A superioridade bélica, naturalmente, é deles. Nos protegemos atrás dos carros, buscamos refúgio nas casas das redondezas. Cadê Elisa? Não sei. Cadê Adrian? Também não sei. Por duas horas os arredores do Centro Politécnico se convertem numa autêntica praça de guerra. Resultado: 59 estudantes presos, entre eles Elisa. Dezenas de feridos, entre eles eu, com um vergão na coxa.

Encontro Adrian. Suado, o cabelo emplastado de poeira. Mas está bem, apenas muito agitado, preocupado com Elisa, xingando a polícia, o regime, o mundo.

– Se esses filhos-da-puta tocarem um dedo nela...

– Não se preocupe, Adri, não vai acontecer nada.

– Como não vai acontecer nada? Estamos numa ditadura!

– Mas eles precisam manter um mínimo de aparências.

– Olha, bicho, já caiu a máscara e eles não estão nem aí com isso.

No meio de tantos rostos, eu topo com um bastante familiar, objeto de minhas secretas admirações: Vera. De calça Lee e blusa cacharel de gola rolê, mais parecia ter vindo para um piquenique do Clube Concórdia.

– Oi, você por aqui?

– Mais divertido do que ir na missa, não é?

– E mais perigoso também.

– Vejo que você não saiu ileso.

– Nem você, pelo seu cabelo.

– Eu gosto do meu cabelo assim. Não está bom?

– Como sempre. Ah, esse aqui é Adrian, amigo de muitos carnavais – apresento, ao constatar que ela não tira o olho dele. – Cuidado: é comunista da linha dura.

Ela ri.

– É desses que eu gosto.

– Essa é Vera, colega do cursinho.

– Olá – diz Adrian. – Pensei que só tinha alienado nos cursinhos.

– Infelizmente a maioria. Mas esse seu amigo está me resgatando.

– Ainda bem que não está sendo difícil – eu brinco.

– E essa aqui é Cláudia, minha prima – e Vera aponta para uma espécie de versão morena sua: franja basta, olhos escuros, calças canvas, uma blusa rosa shock.

Mas o tempo urge. Despedimo-nos. Voltamos a pé, recordando as principais cenas do confronto. Depois de uma hora, chegamos ao Quartel da Polícia Militar, na esquina entre as avenidas Marechal Floriano e Getúlio Vargas, para onde os estudantes presos foram levados. Tomamos uma Coca-Cola com misto-quente numa panificadora próxima. Apesar de domingo, a notícia da batalha do Politécnico, como já está sendo chamada, se alastrou. Todos na panificadora já estão a par e nos pedem detalhes. Ficam indignados com a truculência policial. Em frente ao quartel, já há grupos se aglomerando, um ou outro exibindo as marcas da violência recente: uma calça rasgada, hematomas, arranhões (em breve chegarão os que foram aos pronto-socorros, com braços na tipoia, ataduras e esparadrapos). A tarde cai e a cada instante vai ajuntando mais gente: estudantes, amigos, pais, familiares, jornalistas, advogados. A informação de que seis mil acadêmicos anunciaram greve nos anima. Palavras de ordem começam a ser entoadas aqui e ali, faixas e cartazes são levantados.

– Solta, solta, solta! – brada a multidão, os punhos erguidos.

Já é de noitinha quando os estudantes encarcerados começam a deixar o quartel, ao som do hino nacional cantado em coro. Elisa nos vê de longe e corre em nossa direção. Pula em Adrian. Cabelos soltos, sujos de pó, está linda. Volta-se para mim e também me abraça. Depois, de cabeça baixa, se dirige à tia, que também chegou e está furiosa.

– Você está bem? – indago minutos após, enquanto procuramos um táxi para as duas.

– Estou ótima. Exausta mas ótima.

As pontas de seus dedos estão pretas.

– Que foi isso?

– Fui fichada. – E depois, baixando a voz: – Olha, gente, acho que a revolução está por um triz.

– Como na França? – pergunto.

– Como na França.

– Só que aqui o banzé vai ser ainda mais bonito – acrescenta Adrian.

* * *

No dia seguinte, compramos todos os jornais da cidade. E lá estava, no *Estado do Paraná*, a famosa foto que ganharia o Prêmio Esso de fotojornalismo daquele ano: um policial a cavalo, aproximando-se a galope; diante dele, a poucos metros, um solitário rapaz apontando-lhe um estilingue. Era o Zequinha, acadêmico de Medicina! Davi versus Golias – o gigante, não Saul. Como viemos a saber mais tarde, um segundo depois do clique o policial foi alvejado na testa e o Zequinha conseguiu escafeder-se. (*Estilingue*: arma de arremesso constituída de uma forquilha, geralmente de ramo de árvores, munida de um par de elásticos que se prendem pela outra extremidade a uma lingueta de couro, com que se lançam pequenas pedras ou pelotas de barro; atiradeira, badogue, badoque, baladeira, baleeira, beca, bodoque, fisga, funda – ou, como nós a chamávamos, setra.)

* * *

Foi um contágio mundial, facilitado agora por uma comunicação instantânea. Bastava olhar as manchetes nas bancas de jornal, ouvir os noticiários do rádio, assistir aos telejornais. Não importa se em Washington, Paris, Praga, Tóquio, Rio de Janeiro ou Cidade do México, lá sempre você via um jovem atirando uma pedra, sendo espancado por um policial, levantando barricadas ou incendiando automóveis. A rebelião era mundial, planetária, total: um cataclisma cósmico que abalava o mundo até os seus fundamentos. Você não queria apenas testemunhar a história, que se fazia, ao vivo, diante de seus olhos, mas participar dela, intervir nela, estar nela. Entre blue-jeans, minissaias e marijuana, o velho mundo de nossos pais ardia em chamas e desse incêndio colossal nasceria um mundo novo, inaudito, fabuloso. Sejamos realistas, peçamos o impossível – era o lema que amanhecia nos muros de uma Paris sublevada. E a vanguarda dessa revolução não eram mais os camponeses, que se extinguiam, nem os operários, que se aburguesavam (não aqui, obviamente, mas nos países industrializados), mas os garotos e garotas que, como eu, amavam os Beatles e os Rolling Stones. Não acredite em ninguém com mais de trinta anos – era outro lema em voga. O céu estava ao alcance das mãos, o paraíso na próxima esquina (*Paradise now*, como dizia o Living Theatre), a revolução era questão de semanas. Poder jovem, black power, queimas de sutiã, guerras de libertação nacional, vietcongues, espaçonaves, guerrilhas, bomba e Brigitte Bardot. Nas fotos coloridas e nas letras garrafais, o mundo explodia nas bancas de jornal da Rua das Flores: a Universidade de Lovaina, na Bélgica, é fechada após uma semana de conflitos entre os estudantes e a polícia; em Bonn, capital da Alemanha Ocidental, explode violenta revolta estudantil; em Roma e em outras cidades italianas, jovens entram em choque com a polícia; na Espanha, por conta de confrontos semelhantes, o governo fecha as universidades de Valência e Madri; o exército invade a Universidade de Maracaibo, na Venezuela, onde quatro estudantes são mortos e trezentos feridos; Martin Luther King é assassinado em Memphis, no estado do Tenesse, ocasionando um levante da população negra em cerca de 125 cidades, com um saldo de 46 mortos e 2600 feridos; estudantes ocupam a Universidade de Colúmbia, em Nova York; no Central Park sessenta mil jovens protestam contra a guerra do Vietnã; na esteira da rebelião estudantil, dez milhões de trabalhadores cruzam os braços na França; na Grã-Bretanha, são três milhões que param; estudantes proclamam greve na Argentina; no Uruguai o governo decreta estado de sítio após embates de estudantes e operários com a polícia; a Universidade de Bogotá, na Colômbia, é ocupada pelos estudantes; tropas do Pacto de Varsóvia marcham sobre Praga; apoio às manifestações estudantis na Cidade do México reúne cerca de trezentas mil pessoas – mais tarde, nessa mesma cidade, ocorreria o que viria a ser conhecido como o Massacre de Tlatelolco, com trezentas mortes, incluindo mulheres, idosos e crianças.

* * *

Segunda-feira, num encontro do governador Paulo Pimentel com representantes dos universitários, foi acordado que o governo do estado subvencionaria o pagamento das mensalidades dos calouros de engenharia por dois meses. No entanto, logo que saíram da reunião, já no final da tarde, os estudantes acorreram ao Diretório Acadêmico Nilo Cairo, na Ébano Pereira, onde depois de horas de discussão, a proposta foi recusada. Adrian foi um dos oradores que mais deblaterou contra o acordo. Não devíamos aceitar paliativos, mas sim lutar até que todo o plano de ensino pago fosse derrubado. Enquanto isso, os exames vestibulares prosseguiam no Cajuru. O que fazer?

– Esse vestibular de maneira alguma pode acontecer – reiterava ele.

– Mas temos que tomar cuidado. Pode dar morte amanhã no Poli.

– Os policiais estarão em número bem maior.

– Olha, gente, em primeiro lugar vamos decidir o seguinte – interveio um estudante de medicina. – Começada a reunião, ninguém mais sai. Não podemos correr o risco de que a nossa estratégia vaze. Se alguém não pode ficar até tarde, pois esta reunião pode levar horas, que saia agora.

Houve um silêncio, durante o qual nos entreolhamos. Estávamos em cerca de cinquenta estudantes naquela pequena sala, boa parte dirigentes de centros acadêmicos ou grêmios escolares. As paredes descascadas cobriam-se de cartazes de cinema e peças de teatro. Lá estavam, entre outro, *O rei da vela* e *Terra em transe*. Enevoado de fumaça de cigarro, o ar sufocava.

– Eu vou sair – disse uma secundarista que não devia ter mais que quinze anos.

Um rapaz se prontificou a levá-la ao ponto de ônibus. A reunião começou vinte minutos depois, quando ele retornou. Nesse ínterim, um grupo fora à panificadora e voltara com pacotes de pão, manteiga e queijo.

– Se formos até o Politécnico, o pau vai comer feio.

– E lá é uma área muito aberta. Difícil fugir, se esconder...

– Pois é, vamos levar outra coça.

– Podíamos cercar a casa do reitor...

– Mas e daí? O que a gente ganha com isso?

– Ora, e por que não ocupar a Reitoria?

– A Reitoria?

– Sim, enquanto nos esperam no Politécnico, nós invadimos a Reitoria!

– Boa! Isso mesmo! Vamos dar um chega-pra-lá nos milicos.

Depois de uma longa discussão, em que mais da metade dos presentes fez questão de falar, e falar muito, a ideia foi submetida à votação e aprovada por unanimidade. A seguir, elaboramos com minúcia todos os detalhes da ocupação. De madrugada, os preparativos ultimados, ganhamos as ruas para executá-los. Uns partiram para casa a fim de dispararem telefonemas com mensagens em código, outros rumaram pessoalmente às residências estudantis. Desde domingo uma concentração estava marcada para aquele mesmo dia, a partir das sete horas, na Praça Santos Andrade, justamente o horário em que os vestibulandos estariam chegando para tomar os ônibus em direção do Centro Politécnico. Nossa estratégia se inseria nesse quadro.

Fecho a japona até o queixo. A noite está fria, como costumam estar frias as noites de maio em Curitiba. No entanto, ao contrário da maioria das noites curitibanas, veem-se estrelas no céu. Poucas, mas veem-se. Para os lados do Teatro Guaíra, estrias lilases se abrem horizontalmente contra o céu escuro. Logo essas estrias se transformam em largas faixas alaranjadas e, quando nos damos conta, o dia já é realidade. Depois de uma média e um pão na chapa na confeitaria da Alfredo Bufren com a Conselheiro Laurindo, saímos para a praça, onde uma pequena multidão já começa a se formar. Não sei se é o sono acumulado ou a excitação do momento, mas me acodem confusamente tanto as cenas da batalha de domingo quanto as dos confrontos de Paris. Nas bancas de jornal já abertas, as manchetes e as fotos dos matutinos ostentam os conflitos que conflagram o mundo.

– Vamos lá, moçada! – grita Adrian, agitando o braço no ar. – A praça é do povo!

De jaqueta de estilo militar (moda daquele ano), cachecol vermelho e boina preta para o lado, parece o herói de um filme B italiano. Elisa, ao seu lado, seria Anita Garibaldi? Ou Rosa Luxemburgo de minissaia?

Todos os discursos improvisados na multidão dão a entender que o alvo da ocupação é novamente o Centro Politécnico, onde os efetivos da Polícia Militar nos aguardam desde o dia anterior. No entanto, às oito em ponto, o horário combinado, um dirigente brada:

– Ei, pessoal, ouçam! – E ao se voltarem para ele: – Vocês sabem o que fazer!

É a senha para o início da operação. Entrementes, um grupo de cerca de cem estudantes, um pouco antes, já havia ocupado os edifícios da Faculdade de Filosofia, Ciências e Letras e a sede da Reitoria, cortando as linhas telefônicas e trancando numa sala funcionários e professores. Da Praça Santos Andrade, a poucas quadras dali, avançam duas colunas de manifestantes, pela Amintas de Barros e pela Quinze de Novembro. Com barras de ferro, cedidas pelos operários de uma construção ali perto, paralelepípedos são extraídos das ruas e em questões de minutos todo o conjunto está cercado de barricadas, as quais são ainda reforçadas pelos carros oficiais, tomados e virados. A cada instante, aflui mais gente. O ar está carregado de eletricidade. No alto dos dois edifícios, o Dom Pedro I e o Dom Pedro II, centenas de bexigas cheias d'água: lançadas lá de cima, constituiriam verdadeiros petardos. O estoque de bolinhas de gude, estilingues e rojões é bem maior do que há três dias. Até coquetéis molotov foram preparados com a gasolina retirada dos veículos tombados.

Somente às nove horas começam a assomar os primeiros contingentes da Polícia Militar, vindo às pressas do Centro Politécnico. Estudantes encarapitados no terraço de um prédio, em contato com os da Reitoria por meio de walkie-talkies, deram o alerta. Em meia hora o quarteirão está cercado, tendo a frente a Companhia de Operações Especiais, com máscaras e bombas de gás lacrimogêneo. Atrás, a infantaria da polícia, brandindo os cassetetes. Por fim, a cavalaria com os seus sabres. Mas não ousam atacar. Nas barricadas, a alguns metros dos tiras, tentávamos sensibilizá-los:

– Estamos defendendo o direito de um dia os filhos de vocês estudarem aqui!

– Sem o ensino gratuito, esse sonho vai ficar ainda mais distante!

– Vocês também são povo, também são oprimidos! Baixem essas armas!

Essa última frase foi de Elisa, que já estava rouca. Virando-se para mim, ela acrescenta:

– É hoje que minha tia me expulsa de casa!

Cria-se um impasse: no primeiro círculo, três mil estudantes entrincheirados na Reitoria, no segundo quatro mil policiais circundando a quadra, no terceiro um grupo igualmente expressivo de universitários e secundaristas, acrescidos de populares: comerciantes, professores, advogados, funcionários públicos, curiosos, pois muitos têm seus filhos ali. Se os policiais avançarem, serão atacados pela retaguarda.

Entretanto, uma comissão de estudantes foi designada para negociar com representantes da Reitoria e do governo estadual. Enquanto a resposta não chega, resolve-se derrubar o busto do reitor, instalado nos jardins ao lado do auditório da Reitoria. Com cordas, pés de cabra e vigas de madeira, o torso de bronze é puxado vigorosamente, até desprender-se do pedestal e estatelar com estrondo no solo, onde ainda recebe mais golpes que o abaulam e deformam. Em seguida – desfigurado, amassado, avariado –, atado a uma corda, é arrastado em triunfo pelo pátio, em meio a xingões, vaias e gritos de júbilo (mais tarde essa cena se prolongaria ao longo da Rua Quinze). No local, ao lado de um fícus, quedou só o pedestal vazio, agora com uma inútil placa de bronze:

AO REITOR MAGNÍFICO
FLÁVIO SUPLICY DE LACERDA
HOMENAGEM DA FACULDADE DE FILOSOFIA
PELA CONSTRUÇÃO DE SUA SEDE
MCMLVIII

No céu, as nuvens se esgarçam e um sol tépido – que nada sabe dos jovens, dos sonhos dos jovens – começa a enxotar o frio. Em pequenos grupos, espalhados pela quadra, alguns jogam truco (quem teria trazido baralho?), outros conversam, paqueram, namoram. Muitos cochilam, sobretudo entre aqueles que passaram a noite em claro. Surge um violão (quem teria trazido?) e de repente despontam sambas de Edu Lobo, Carlos Lyra e Zé Keti:

– "Podem me prender, podem me bater, podem até deixar-me sem comer, que eu não mudo de opinião!"

Mais adiante, num pequeno ajuntamento, é o velho hino da Internacional que é entoado:

– "De pé, ó vítimas da fome! De pé, famélicos da terra!"

Nenhum sinal de Vera. Nem da sua prima. Terão ficado assustadas?

Finalmente, ao término da manhã, chega a notícia ansiosamente aguardada. As autoridades acatam as exigências dos estudantes: o vestibular do curso noturno de engenharia será concluído, mas os alunos aprovados não se matricularão enquanto o governo federal não suspender a cobrança. Imediatamente, os foguetes destinados aos meganhas são detonados para o alto. A multidão vibra, chora, ri. Eu, Adrian e Elisa nos abraçamos. No dia seguinte, a tomada da Reitoria e a derrubada do busto do reitor serão notícias nacionais.

* * *

Quando dei por mim, já eram quase duas da tarde. Espreguicei-me em meu ignóbil dormitório, sentindo os nervos torcidos como cordas. Minha cabeça estourava. Naturalmente, depois da vitória do dia anterior, passáramos a tarde e a noite inteira em exaltadas libações. Levantei-me com dificuldade, calcei meus velhos chinelões de couro, testemunhas de um modesto luxo extinto, e me arrastei até os fundos do corredor escuro. As tábuas podres rangeram, evitei olhar o chão para não dar com as repelentes marcas de catarro. Prendendo a respiração, esvaziei minha bexiga num longo jato gorgolejante. Passei uma água no rosto, nos cabelos, encarei-me de relance no espelho enferrujado: ê, meu velho, que ressaca braba, hein! Voltei. Saudei um brutamontes que vinha em direção contrária, de braguilha aberta, a camiseta de alça exibindo os pelos encaracolados do peito. Troquei-me. Catei o livro que estava lendo – *Quarup* – e me esgueirei feito um ladrão. Os raios do sol, batendo de chapa, me fizeram franzir os olhos. Fazia uma semana que eu não dava as caras no Camões. É compreensível que com uma vida atulhada de compromissos políticos e etílicos não me sobrasse muito tempo para o cursinho – o único motivo para eu estar em Curitiba. Além disso, minha, digamos, parcimoniosa condição de vida já começava a me encher o saco. Volta e meia eu tinha que aceitar um socorro do Adrian ou da Elisa para inteirar um lanche ou uma cerveja. Eu queria um sapato novo, um blusão, um ou outro livro – e não podia. Quantas vezes tencionei, ao passar por uma banca de revistas, comprar um jornal, entrar num café e simplesmente ficar lendo, como eu via tanta gente fazer na Avenida Luiz Xavier – a chamada Boca Maldita. É verdade que muitas vezes eu fiz isso, mas mais tarde era obrigado a abrir mão da cerveja, do lanche ou de renovar algum par de meias furadas. Eu não tinha horários fixos, compromissos obrigatórios, prazos a cumprir, mas, com a breca, sem um caraminguá no bolso que sentido tem a liberdade?

Cortei a Praça Carlos Gomes, com seus engraxates, esmoleiros e camelôs. Tomei a Monsenhor Celso até a Quinze de Novembro, onde entrei. De um lado e outro, magazines, relojoarias, cafés, bares e agências bancárias que já me eram familiares. No meio, o tráfego sempre congestionado. Agradava-me imaginar que não eram automóveis mas cabriolés, fiacres e caleches, e eu não me achava em Curitiba e sim em São Petersburgo, Londres ou Paris do século XIX. Depois de descobrir que Baudelaire gostava de flanar, eu me sentia poeta só pelo simples fato de bater perna pelas ruas. “La rue assourdissante autour de moi hurlait” – murmurava eu em meu mau francês. Após dez minutos, ao final da Praça Santos Andrade, virei à esquerda na Conselheiro Laurindo, depois novamente à esquerda na Carlos Cavalcanti, e ali, na esquina com a Presidente Faria, transpus o portal do Passeio Público, portal que aliás é réplica do portal art nouveau do Cemitério de Cães de Paris. Acendi um cigarro, dobrei à direita, sob as ramagens dos plátanos e jacarandás, cruzei pelos eternos jogadores de dama e baralho, que deviam estar ali desde o século anterior, à beira do lago ensombrecido. Passei pelo palco flutuante, onde aos finais de semana exibiam-se bandas e pequenas orquestras. Peguei à esquerda, passando por sobre uma ponte de concreto. À minha direita avistei primeiro a Ilha das Garças, depois a Ilha dos Macacos. Alcancei a pista de patinação e o parquinho onde algumas mães e babás, aborrecidas, cuidavam de crianças, umas empetecadas, outras ranhentas. Do outro lado, via-se o topo da roda-gigante do Parque Alvorada. Lancei fora a bituca. Contornei o aquário, não me furtei a dar uma olhada nas cobras e lagartos do terrário. Cruzei pelo viveiro dos macacos, atravessei a ponte pênsil e cheguei à Ilha da Ilusão, onde 57 anos atrás um pernóstico poeta fora coroado príncipe. Do outro lado a Boate Tropical, fechada, não sugeria o mundo de prazer em que era capaz de se transformar à noite. Voltei. Perto da Casa do Estudante fui contemplar os animais do pequeno mas sortido zoológico: os leões, as onças, o urso, a girafa, os pinguins, a harpia, os pavões, os pelicanos, as araras, os papagaios... Em meio a tudo isso, os pipoqueiros, as banquinhas de jornal, os fotógrafos lambe-lambe com seus cavalinhos de madeira à frente, vendedores de balão a gás e de maçãs do amor, casais passeando de mãos dadas, um rapaz lendo reclinado na grama e, discretas, bem discretas, as rameiras... Depois, continuei pela via, ultrapassei a Ilha dos Amores, alcancei o Pavilhão de Madeira e me abanquei a uma mesa do Bar do Pasquale. Temerário, pedi um chope e abri o *Estado do Paraná* que acabara de comprar: Reitoria ocupada por três horas, a guerra no Vietnã não para, alunos tomam a Sorbonne e hasteiam a bandeira vermelha... À esquerda, um pedalinho deslizava no lago: a água espessa e esverdeada fragmentava-se em dezenas de tesselas prateadas. De repente, do meu lado direito, percebi que alguém se aproximava: um negro, manquejando, de bengala. Fingi que não o vi e continuei a ler: "Enquanto cenas de pugilismo no plenário da Assembleia Nacional da França obrigavam o presidente da Casa a suspender a sessão, estudantes que se diziam partidários de Mao

Tsé-Tung e de Ernesto Che Guevara tomaram de assalto a Sorbonne, hasteando uma bandeira vermelha no pátio da universidade centenária..." Parei. Podia sentir a respiração do homem do meu lado. Virei-me. Ele sorria – só um caco de dente aparecendo – e regougava algo que eu não conseguia compreender.

– Hã? – eu fiz.

Ele repetiu e então eu percebi que ele tinha algum problema na fala. Puxei minha carteira, saquei duas cédulas de mil cruzeiros velhos e lhe entreguei. Ele fez uma mesura exagerada, sorriu mais ainda e se afastou, claudicante.

Tomei o jornal de volta, folheei-o, li: "Alencar Guimarães, diretor cultural da universidade, disse que no interior da Reitoria os estudantes se comportaram com respeito, não praticando quaisquer atos de vandalismo ou depredação." Fechei o jornal, bocejei, o sono ainda me pesava. Acenei para o garçom e, ainda mais temerário – ai, meu dinheiro –, pedi mais um chope. Abri o livro, com sua capa vermelha e preta: "Winifred primeiro passou as mãos pelos cabelos de Nando. Depois beijou-o na boca. E boca contra boca ficou até sentir os braços de Nando que a envolviam também. Num relance, diante do abismo que se abria Nando protelou todas as objeções."

Agora eram dois pedalinhos no lago. A água espessa e verde, o mosaico de prata no reflexo, os raios de sol singrando as árvores. Ao longe, uma criança chorando. O ruído dos carros abafado pelo chilreio dos pássaros, o farfalhar do vento nas ramagens, o vozerio indistinto e suave das pessoas distantes... A vida às vezes era ácida e veloz. Outras vezes, só mansuetude. Mansuetude: não me lembro onde lera esta palavra. Vou fazer um poema com ela. Chamei o garçom para acertar a conta e, ao sair do parque, eu já havia tomado a decisão: trancar a matrícula do cursinho. Com isso, me sobraria algum dindim. E o meu pai? Ora, ele não precisava saber. O duro era perder o contato com Vera: e a visão de seus seios, suas coxas, seus olhos de água-marinha.

*   *   *

O prato principal não era assim tão extraordinário: lasanha à bolonhesa. Mas, para quem só comia em restaurantes universitários ou em bodegas ordinárias, aquilo era o paraíso.

– Sirva-se mais – Saul insistia.

– Quer mais Mirinda? – instava Joana.

E depois de algumas gaguejadas de recusa, sem muita convicção, eu aceitava: e lá vinham mais pedaços generosos de lasanha com longos fiapos de queijo derretido, polenta frita crocante, arroz soltinho e salada de batata com maionese. Afinal, eu trazia em mim uma fome de semanas, meses, eras, uma fome antediluviana. Era domingo e fôramos almoçar na casa do irmão do Adrian: uma simpática casinha de material no pacato bairro do Ahú, com dois quartos, garagem e, ao fundo de um quintal extremamente bem cuidado, com canteiros de alamandas e gerânios, uma edícula de meia-água com um exíguo quarto que servia de depósito.

– Vocês viram que estão ocupando fábricas na França? – disse Adrian, apanhando a garrafa do refrigerante. – O movimento lá agora não e só estudantil, mas operário também.

– É, mas o Partido Comunista está fazendo corpo mole – comentou Saul. – Esses velhos partidões se burocratizaram. Não se pode mais depender deles pra fazer a revolução.

– Mas sem operários a revolução não passa de brincadeira pequeno-burguesa – declarou Elisa.

– Tivemos as greves lá em Contagem – apontei.

– É pouco ainda. Precisávamos de uma greve geral. Todo mundo cruzando os braços.

– Mas como, se os milicos intervieram nos sindicatos?

– Olha, gente, o negócio é o seguinte: sem camponeses não sai revolução coisa nenhuma. O Brasil ainda é um país rural.

– Está deixando de ser.

– Conversa. Dentro de cada operário mora um sertanejo. Vá pra periferia de Curitiba – Campo Comprido, Abranches, Pinheirinho – e o que você vê? Tudo lavrador, tudo gente do mato. Um monte de alemão, italiano e polaco criando porcos e plantando batata. Nas estatísticas aparecem como moradores da zona urbana, mas é tudo capiau.

– Lá isso é verdade. Mas o que eles estão fazendo? Estão rezando o terço ou tomando cachaça.

– Ora bolas, vão fazer o quê? Mataram as Ligas Camponesas.

– Mataram nada. Elas continuam aí, na clandestinidade, organizando os camponeses.

– Organizando o quê? Você é muito crédulo. Está tudo amordaçado.

– Por isso que eu digo: sem camponeses, necas de revolução. Só um grande levante no campo pra deflagrar a revolução brasileira.

– Num país continental?

– Podemos começar com pequenos pontos e depois cercar as cidades.

– Papo furado. Aqui não é Cuba.

– Os Estados Unidos não vão deixar outro Vietnã – argumentei. – Sobretudo em seu quintal.

– Que nada! Eles já não estão dando conta de um. Vai por mim, os Estados Unidos são um gigante com pés de barro...

Depois de termos resolvido todos os problemas da revolução mundial, veio a sobremesa. Novamente um prato simples – pavê de banana com bolacha Maizena –, que me recordou o tempo em que as coisas eram mais simples. Após o cafezinho, Elisa e Joana vieram nos convocar:

– Epa! Esperem aí. Vocês estão pensando que vão nos deixar com a louça? A revolução começa também na cozinha, queridos.

Com um sistema rudimentar de divisão social do trabalho – eu lavava, Adrian secava e Saul guardava – demos conta da louça suja em dois tempos. Em seguida, escarrapachados nas almofadas indianas da sala de estar, bebericando uma caninha de Morretes, fomos ouvir as novidades pequeno-burguesas da discoteca sempre atualizada de Saul: Eric Burdon, The Kinks, Buffalo Springfield, Procol Harum... Na estante feita de tábuas envernizadas sobre tijolos de seis furos, que abrigava uma pequena porém bem fornida biblioteca – ciências sociais, história, literatura, jardinagem –, ardia, num porta-incenso de prata, uma vareta de sândalo vermelho. A um canto, numa caixinha de palha trançada, uma coleção de cartões-postais chineses, que Saul veio nos mostrar todo faceiro: crianças rechonchudas, mulheres sorridentes, homens varonis – trabalhando em hortas comunitárias, ordenhando vacas opulentas ou exibindo seus exemplares do *Livro vermelho*.

Agora que eu morava na capital, descobri os fornecedores de Saul: a Musical Discos e Instrumentos Musicais, no Edifício Azulay, na esquina da Quinze de Novembro com a Doutor Muricy, a Brunetti Discos, com uma loja na Quinze, próximo à Barão, e outra perto da Praça Osório, e a Rei do Disco, com também duas lojas, uma na Galeria Tijucas, na saída para o Largo Ermelino de Leão, e outra na Quinze. Esta última dispunha de pequenas cabines onde a gente, com fones de ouvido, podia ouvir os discos, e na parede, afixado, um quadro com as listas dos mais vendidos da semana. Todavia, as fontes do Saul não se resumiam a essas lojas comerciais: além delas, abasteciam-no contrabandistas do Porto de Paranaguá.

Depois de ouvirmos vários compactos com as novidades internacionais, nos detivemos no primeiro elepê solo de Caetano Veloso. "Alegria, alegria" era alienada – isso ninguém negava, embora eu tivesse minhas dúvidas (uma letra que cite "guerrilhas", "bomba" e "fuzil" não pode ser pura e simplesmente alienada) e Joana se queixasse:

– Pombas, gente, tem música que é só pra gente curtir!

“Tropicália” já era melhor, se bem que um tanto quanto alienada também. Adrian protestou:

– Olha só a letra: “E no joelho uma criança sorridente, feia e morta estende a mão...” Isso é expressionismo de primeira!

“Clarice” e “No dia em que eu vim-me embora” foram aprovadas por unanimidade. “Superbacana”, apesar da melodia bacaninha, também foi rejeitada. Elisa amou “Clara”: “Quando a manhã madrugava, calma, alta, clara, Clara morria de amor...” Todo mundo adorou “Eles”, do arranjo psicodélico dos *Mutantes* à letra cáustica: “Não preferem São Paulo, nem o Rio de Janeiro, apenas têm medo de morrer sem dinheiro...” Mas a canção que mais nos empolgou foi, óbvio, “Soy loco por tí, América”:

El nombre del hombre muerto,
antes que a definitiva
noite se espalhe em Latino América,
el nombre del hombre es pueblo...

– Sensacional!

– Muito boa!

– Mas olhem – disse Adrian, apontando o miolo do vinil. – A autoria é de Torquato Neto, Capinam e Gilberto Gil.

Depois, no violão do irmão (que não tocava), Adrian mostrou as novas canções de seu repertório, felizmente nada ortodoxo, que ia de Jorge Ben a Otis Redding, passando por Beth Carvalho e Scott McKenzie. Mais distendidos por conta do Grant’s que o anfitrião prodigamente disponibilizou (meu momento de esquerda festiva), cantamos juntos, a plenos pulmões, no nosso péssimo inglês:

– “All across the nation such a strange vibration. People in motion. There's a whole generation with a new explanation...”

Uma estranha vibração, pessoas em movimento, uma nova explicação... Por toda parte e de todas as formas, se anunciava uma iminente ruptura. Uma nova primavera? Uma aurora vermelha? Um roseiral de fogo? Com flores ou sem flores nos cabelos, que viesse logo! No entanto, a geladeira General Electric, a máquina de lavar roupa Bendix, o televisor Colorado, o toca-discos Philco, o aparador de cerejeira e a campainha de carrilhão, com dois enormes tubos de metal, mostravam que Saul e Joana estavam bem instalados na vida – prontos para galgarem novos patamares numa sociedade vertical. Por que desejar então uma mudança? Eu não, se não quisesse voltar com o rabo entre as pernas para trabalhar na mercearia decadente da família, teria que aguardar a revolução ou descolar um bico. Apesar das esperanças de meus amigos, acho que o bico era mais factível.

* * *

Mais conhecida pelo nome de cânhamo, a *Cannabis sativa* – ou *Cannabis indica*, segundo alguns uma variedade mais potente –, é uma planta da família dos Cannabaceae, da ordem dos Rosales. Suas flores, sobretudo na planta fêmea, segregam uma resina que é a razão do seu renome. Seu princípio ativo fundamental é o tetrahidrocanabinol (THC), o grande responsável pelos seus efeitos, mas até hoje é um mistério o motivo pelo qual os provoque. Ao contrário do que ocorre com as drogas efetivamente alucinógenas, não há nada semelhante com ele. Por essa razão é problemática sua classifiação como droga. Oficialmente tem sido catalogada como um tóxico, um narcótico ou um entorpecente. No entanto, a cannabis não possui substâncias tóxicas e o THC vincula-se a uma categoria química totalmente diferente dos narcóticos. Tanto na fórmula quanto nos efeitos, difere dos opiáceos e dos alucinógenos. Para alguns, apresenta algumas semelhanças com os estimulantes, com os sedativos e com os hipnóticos. Timothy Leary, o papa da lisergia, denomina-a como um "psicodélico suave".

Seus efeitos fisiológicos são controversos. Variam muito e conforme o usuário: dilatação da pupila, palidez ou rubor das faces, secura na boca, ardor na garganta, hipoglicemia, tosse, sede, fome (muita fome), excitação sexual, vertigem, vômitos, diurese, sono... Mas há dois deles que são quase regulares: uma leve aceleração da frequência cardíaca e hiperemia das conjuntivas, isso é, olhos vermelhos – problema este que se soluciona com prosaicas pingadelas de colírio. Os efeitos psíquicos, bem mais polêmicos, são igualmente diversificados, conforme o freguês ou a pesquisa: obnubilação leve, hipo ou hipervigilância, delírios, desorientação espaço-temporal, euforia ou ansiedade (ataque de pânico em doses muito altas), ideias persecutórias, despersonalização, perda de memória recente, retraimento social, hilaridade... No entanto, há um consenso quanto a um conjunto de sintomas mais ou menos frequentes: um estado de euforia e entusiasmo, semelhante, porém distinto, ao da primeira fase do álcool; aceleração do fluxo de pensamentos, certa vertigem de ideias, acompanhada de uma hiperlucidez e relativa dificuldade de concentração mental; intensificação dos sentidos, sobretudo na percepção de sons e cores, com possível sinestesia. Quando agradáveis, os efeitos proporcionam o chamado "barato". Agora, se negativos, aí se diz: "deu bode".

Até o início do século XX a cannabis foi muito utilizada na medicina: como analgésico, tranquilizante e estimulante do apetite, ministrada sobretudo sob a forma de chá. Nos Estados Unidos ela começou a ser criminalizada em 1906, culminando com o Marijuana Tax Act, em 1937, que proibiu completamente a produção de cânhamo. No Brasil a interdição começou em 1921, mas foi somente no primeiro ano da ditadura militar que a sua posse foi criminalizada.

Há controvérsias sobre as consequências do seu uso prolongado. Fisicamente, o usuário tem maior probabilidade de desenvolver câncer pulmonar, isquemia cardíaca e, nos homens, diminuição da testosterona. Dificuldades de aprendizagem, de memorização e a chamada síndrome amotivacional são os efeitos psíquicos mais comuns. Embora haja quem questione a metodologia dessas pesquisas, parece inegável, entretanto, que a cannabis potencializa o aparecimento de doenças psíquicas já existentes, ainda que não diagnosticadas.

Além de cânhamo, a *Cannabis sativa* é conhecida pelas alcunhas de abango, abangue, aliamba, baga, bagulho, bango, bangue, baseado, baurete, bengue, birra, bongo, bola, brenfa, breu, bucha, bunfa, camarão, caneta, cangonha, canjica, capim, capim seco, carne seca, caroçuda, chá, charo, chibata, chico, chinfra, chirona, chocolate, chuim, congo, cristina, daga, diamba, dirijo, douradinha, erva, erva do dianho, fino, finório, fuminho, fumo, fumo d'angola, ganja, gongo, grama, iberonha, jerê, jererê, jero, liamba, lombra, majinba, malva, manga rosa, maria joana, marijuana, marofa, massa, mato, melro seco, mexicana, mingote, nadiamba, pango, paranga, perna de grilo, rafael, rafi, rafo, riamba, rojão, santa maria, seruma, soruma, suruma, tabanagira, tarugo, tijolo, tocha do balão, tora, tripa, tronco, umbaru, verde, xiba, xibaba ou – como é mais conhecida no Brasil – maconha.

Hoje qualquer piá de quinze anos já deu um tapa na macaca ou conhece, na sua escola, quatro ou cinco que deram. Há cinquenta anos, porém, a coisa era um pouco diferente. Nem os Beatles fumavam – até que um americano, formado na escola beat da vida, lhes apresentou um baseado: o hoje prêmio Nobel Bob Dylan. A droga daqueles tempos, que mantinha o quarteto ligado nos exaustivos shows de Hamburgo, era a anfetamina, conhecida aqui no Brasil como "bolinha", nas suas modalidades dexamil, pervitin e dexin. Todavia, por estas bandas, o que imperava mesmo era o lança-perfume: antes que o presidente Jânio Quadros o proibisse, podia ser adquirido legalmente em qualquer farmácia, e o mais conhecido era o "Rodo", produzido pela Rhodia em sua fábrica de São Bernardo do Campo. Maconha era coisa de pobre. E coisa de preto. E como quase todo pobre era preto e quase todo preto era pobre, o problema da maconha ficava restrito à esfera policial, que desde os idos do major Vidigal se especializara em descer o cacete em pobres e pretos, especialmente quando os dois, o pobre e o preto, eram um só: o preto pobre e o pobre preto. A sociedade – isso é, a parcela bem posta da sociedade – só passou a se preocupar com o problema quando os brancos, e sobretudo os seus filhos, começaram a emular os seus ídolos nesse quesito: gente como Donovan, Mick Jagger ou John Lennon (e aqui no Brasil, um pouco depois, Gilberto Gil, Rita Lee ou Ivo Rodrigues) começaram a ser presos ou autuados por porte de maconha. Aí, a erva virou uma questão não apenas de pobres e pretos como também de jovens e brancos, e símbolo da rebelião juvenil, como as bandeiras vermelhas, as calças surradas, as guitarras distorcidas e os cabelos compridos. Puxar fumo virou então tarefa tão revolucionária quanto queimar certificados de reservista nos Estados Unidos ou distribuir panfletos contra a visita de rainha Elisabeth ao Brasil. Dispostos a encontrar mensagens cifradas em tudo, não foram poucos os que julgaram ver nas "folhas de sonho no jardim do solar", de "Panis et circenses", dos Mutantes, uma apologia ao consumo da cannabis.

Outro elemento sem o qual não é possível compreender aqueles tempos é o LSD (dietilamida de ácido lisérgico). Sintetizado pela primeira vez em 1938, pelo químico suíço Albert Hofmann, foi só mais tarde que caiu nas graças da contracultura – e no gosto de intelectuais como Allen Ginsberg e Aldous Huxley. Com um efeito alucinógeno extremamente poderoso, abriu as portas da percepção a muita gente – e houve inclusive quem nunca mais voltasse, como Syd Barrett, primeiro líder do Pink Floyd. Não dá para entender *Pet sounds* e *Sgt. Pepper's* sem o concurso do ácido lisérgico. Mas como vivíamos na periferia do mundo, ele só aportaria por aqui um pouco mais tarde – sendo preterido muitas vezes por uma versão cabocla, mais acessível e bem mais em conta: o chá de cogumelo. Naquele ano, portanto, o LSD ainda era coisa de Londres ou São Francisco, mas a maconha podia ser adquirida nas bocas de fumo dos mocambos do Parolin ou da Vila Capanema, as primeiras favelas de Curitiba – ou ainda com os engraxates da Praça Carlos Gomes, meus vizinhos.

* * *

– Olha, você traga e segura nos pulmões – disse Adrian. – Assim... Sacou?

– Saquei. Deixa eu tentar.

Peguei a bagana, levei aos lábios, não obstante certo nojo em relação àquela ponta de seda toda babujada, e aspirei. Retive a fumaça, mas não teve jeito: tossi, expirando. No entanto, ninguém riu. Tentei outra vez. Aspirei com força, a brasa brilhou, minha garganta ardeu. Segurei o fôlego: um, dois, três, quatro, cinco segundos. Soltei. Estendi o braço e passei o cigarro artesanal para o próximo da roda.

– Isso aí, gente, vamos mandar ver! – disse Bira, esfregando as mãos e dando saltinhos, pois estava gelado.

– Onde é essa festa?

– A três quadras daqui. Segura aí. Já estamos indo.

A guimba, de mão em mão, chegou até mim outra vez. Traguei novamente. Estávamos na Praça da Ucrânia: eu, Adrian, Bira, seu amigo, e mais dois ou três caras. Foi Bira quem dera a dica. Pelo que vi, Adrian já manjava da coisa. Fiquei meio magoado, afinal aquela experiência – o primeiro baseado – não acontecera para nós ao mesmo tempo, como a primeira ida à zona. Era como se eu tivesse sido traído. Também ficara chateado com aquele comentário ("traga e segura nos pulmões"), pois ninguém quer passar por bocó.

– E aí, rapaziada, vambora? – perguntou Bira.

– Vambora.

E marchamos rumo à festa – eu sem sentir nenhum barato. Seria só isso? Antes, paramos numa mercearia, para levarmos nossa contribuição em aguardente.

Em vez do perfil convencional das festas a que estava acostumado, com gente de franja jogada para o lado, pulôveres, golas olímpicas e calças de tergal, essa tinha uma turma realmente da pesada: cabelos mais compridos, alguns de barba, jeans, t-shirts, tênis surrados – até então era raro usar tênis fora de atividades esportivas. As meninas, em vez dos tradicionais tubinhos, saltos e meias de seda, vestiam calças compridas, túnicas com estampas op art e sapatilhas. Ou então, de botas de cano alto, microssaias, suéteres colados e vestidos curtos, muito curtos, que se ampliavam abaixo dos ombros e terminavam muito acima dos joelhos. Os cabelos longos e soltos, nada de faixas ou tiaras. Mas havia quem os usasse à Twiggy, curtíssimos. E o som também era da pesada: necas de Elis Regina, Nara Leão ou Tamba Trio, mas rock californiano ou britânico da última safra; dos brasileiros, só os tropicalistas tinham vez, principalmente o álbum recém-lançado dos Mutantes. O iê-iê-iê já estava fora de moda. Outra coisa: ninguém mais dançava. Ficavam encostados à parede ou sentados, nas poltronas, nos pufes, pelo chão, conversando, biritando ou calados. Um fumacê (de tabaco) empestava o ar. A conversa, por sua vez, não era muito diferente: política, música, cinema... Mas havia alguma coisa dissonante, um tom, um acento, uma modulação nova, que eu só vim a compreender inteiramente mais tarde – uma ênfase menor na revolução das estruturas e maior na revolução interior: "You tell me it's the institution. Well, you know, you better free your mind instead..."

Algo começara a me chamar a atenção em Adrian, algo que eu não tinha percebido antes: sua habilidade em transitar por mundos distintos, às vezes até antagônicos. Na universidade, nas manifestações, no diretório acadêmico ele era um materialista histórico ortodoxo. Claro que por conta da idade, sua formação teórica era ainda elementar, como a minha, como a de Elisa, como a de todos nós. Natural: ninguém é sério aos dezessete anos. Nem aos dezoito. E seu gosto musical extrapolava os limites estreitos do cancioneiro engajado. Ele não via problemas em guitarras elétricas nem em Beatles. Isso também não era raro no movimento estudantil: ser fã de Che Guevara não era impeditivo para curtir Rolling Stones. Claro que isso não deixava de ser uma contradição, mas – que diabos! – todos nós temos as nossas contradições. Então, ali naquele ambiente, que estava mais para Alan Watts do que para Mao Tsé-Tung, Adrian também se movia como peixe n'água.

– Pois é, o negócio é fundir Marx com Freud, Cuba com Haight-Ashbury – dizia ele.

– Sei lá, bicho – retrucava Bira. – Viu o lance da Tchecoslováquia? Tem que pôr um pouco de Henry Thoreau nessa onda.

Eu não sabia nada sobre Henry Thoreau, fora que era americano e que pregara a desobediência civil. Adrian já não andava me dando os toques.

– Tô sabendo... O problema é que a primeira revolução socialista se deu num país atrasado, semifeudal. Depois teve o lance do Stalin, essas coisas.

– A revolução, bicho, tem que começar aqui – e Bira apontava a cabeça. – Se não mudar aqui, não muda nada. Só as aparências. Você só troca o patrão pelo burocrata.

Numa reunião do diretório, Adrian jamais concordaria com um papo desses. Devia ser efeito da maconha. Por falar em maconha, eu agora percebia que as luzes estavam mais luminosas e a música parecia sair de dentro da minha cabeça: o Moog e o contrabaixo faziam ribombar meus órgãos internos. Se fosse só isso, já estava bom pra dedéu...

Acontece que não era só isso, não aquela noite. Vera estava na festa e logo que me viu veio correndo me dar dois beijinhos. Agora ela se encontrava diante de mim, linda como Jeanne Moreau, falando, falando, e eu não estava entendendo patavinas. Pior: eu estava com uma vontade danada de rir. Pior ainda: eu ria. Me controlava, mas ria, me controlava de novo, ria mais, me controlava com mais força, ria mais ainda, ria muito, ria demais, dava gargalhadas na cara dela.

– Você está bem? O que está tão engraçado?

Tentei explicar que tinha bebido além da conta, mas quando reparei ela não estava mais na minha frente. Quanto tempo se passara? Cinco minutos, uma hora, três encarnações? O jeito era beber. Eu tinha sido idiota, estúpido, o cara mais estúpido do mundo. Cheguei à mesa, servi-me de cachaça, cerveja, vinho, vodca... Horas depois o Adrian foi me encontrar no jardim, estirado debaixo de uma ameixeira, tiritando de frio.

– Que houve, bicho?

Abri os olhos. Mirando Adrian lá em cima, eu tinha a impressão de que ele dispunha de uma visão privilegiada de minha miséria.

– Deu bode.

* * *

Em resposta à violenta repressão do dia anterior, quando cerca de trezentos estudantes foram presos e conduzidos ao campo de Botafogo, onde sofreram uma série de humilhações e espancamentos, uma nova passeata paralisa o centro do Rio de Janeiro. Barricadas são levantadas na Avenida Rio Branco e em ruas próximas. Diante da investida da cavalaria da polícia e dos batalhões de choque, os manifestantes reagem com paus e pedras e coquetéis molotov. A população vem em auxílio dos estudantes e do alto dos edifícios se precipita sobre os soldados uma chuva de objetos como cinzeiros, grampeadores, tesouras, pesos de papel, calculadoras, garrafas, vasos de flores e até uma máquina de escrever. A polícia responde com tiros e bombas de gás lacrimogêneo. Pânico, fumaça, sangue. Pessoas em disparada em todas as direções. A batalha, iniciada no final da manhã, só termina já entrada a noite. Saldo: num cenário de guerra civil, dezoito viaturas queimadas, dezenas de lojas depredadas, quatro mortos, incluindo um policial atingido por um balde de cimento (algumas fontes chegam a falar em 28 mortos), centenas de feridos e mais de mil presos. É a sexta-feira sangrenta.

Cinco dias depois, portando à frente uma enorme faixa com os dizeres "abaixo a ditadura" e "o povo no poder", uma multidão colossal, congregada na Cinelândia, passa pela Candelária, pela Rua Uruguaiana, pela Sete de Setembro, até desaguar na Praça Quinze, espraiando-se nas cercanias do Palácio Tiradentes, com estudantes, artistas, religiosos e intelectuais. Olha lá o Chico Buarque de óculos escuros, Norma Bengell, Tônia Carrero, Clarice Lispector, Paulo Autran, Gilberto Gil, Caetano Veloso... Anos mais tarde, revendo as mesmas fotografias, eu identificaria ainda Cacá Diegues, Hélio Pellegrino, Torquato Neto, Grande Otelo, Oscar Niemeyer, Milton Nascimento, Tancredo Neves... Foi a chamada Passeata dos Cem Mil – embora tenha tido bem mais do que cem mil pessoas. Duvida? Confira as fotos.

* * *

– Viu que estourou uma greve em Osasco?

– Vi.

– E outra gigantesca passeata no Rio... Agora a coisa vai.

– É, mas o governo proibiu novas manifestações. E prendeu uma carrada de gente.

– Sim, mas isso vai ser só o estopim. Você vai ver, bicho. O Brasil vai explodir.

– Ah, seria bom.

– Quando o povo se levantar não vai ter pra ninguém!

O sol descambava atrás das ramagens, para o lado do Centro. Na mesa, dois canecos de chope. Estávamos no Pasquale.

– Ah, cara, sabe da última?

– Que houve?

– Meu pai...

– Seu pai? Que ele fez?

– Pediu que eu voltasse. Pediu não, ordenou.

– Mas como?

– Descobriu que eu abandonei o cursinho.

– Você não vai voltar, vai?

– Que eu posso fazer?

* * *

Aquela semana eu percorri as ruas do Centro, de loja em loja, escritório em escritório, indagando se precisavam de funcionário. Perguntavam o que eu sabia fazer. Eu dizia que tinha experiência em vendas de balcão e caixas registradoras. Não foi difícil. Em uma semana eu estava empregado. Difícil foi me adaptar à nova rotina. Para quem se acostumara a acordar depois do meio-dia, voltar a pular da cama antes das oito não era sacrifício de pouca monta.

– Você só vai ter que aparar essa juba – declarou Ahmed.

A necessidade, se não mata, pelo menos domestica a rebeldia. E lá fui eu em busca de um barbeiro. No dia seguinte, todo pimpão, eu já estava na pequena loja de brinquedos da Rua São Francisco, etiquetando embalagens, atendendo clientes, entregando encomendas. Essa última tarefa não tinha sido previamente combinada e eu muitas vezes, com embrulhos imensos, tinha que atravessar Curitiba para entregá-los – de ônibus. Conheci as principais linhas da cidade. E a cidade inteira. Além do Centro, que já me era familiar, desbravei os bairros do Juvevê, Boqueirão, Prado Velho, Capanema, Mercês, Água Verde, Bigorrilho, Bacacheri, Batel, Cristo Rei... Até para Colombo e Araucária me arrastei. Quando Clarinha viesse nos visitar, como ela tanto prometia em suas cartas, eu podia lhe servir de cicerone. Só agora eu via também que meu pai não era o ogro que eu imaginava. Ahmed me deu um esporro homérico quando me flagrou um dia com um livro aberto no balcão.

– Olha, menino – ele vociferou com um forte sotaque árabe –, quando não tiver serviço, você esfrega um pano no balção, na caixa registradora, nas prateleiras, passa uma vassoura no chão, tira o lixo dos cestos. Não quero ninguém ocioso na minha loja. Entendeu?

– Sim, senhor, entendi.

Até privada cagada eu lavei. Então, quando não tinha encomendas a levar e a loja estava vazia, eu pegava da vassoura e, para não precisar limpar o banheiro, varria e esfregava o chão várias vezes. Eu me vingava, quando saía a entregar pacotes, retardando minha volta, parando numa praça, numa lanchonete ou mesmo numa esquina para ler um livro de bolso que eu levava dentro da japona. O meu consolo era à tarde, quando vinha à loja a filha de Ahmed: quatorze aninhos e seios florescentes. A menina não levantava os olhos e raramente sorria. Ahmed, esse, eu nunca vi sorrir.

– Tem que encher de porrada esses manifestantes! – resmungava às vezes, lendo os jornais. Na Tchecoslováquia também? – eu tinha vontade de perguntar. No final do mês eu recebi menos do que o acertado. Comentei com ele. Ele grunhiu como se eu o tivesse ofendido. Meteu a mão nas algibeiras e me deu algumas notas amarrotadas (sim, alguém como Ahmed só podia ter algibeiras, não bolsos). Ainda ficou faltando três cruzeiros. Agora sim eu estava conhecendo o que era o capitalismo.

* * *

Hair. Cabelos. Topetes, franjas, longas madeixas. A revolução daqueles tempos foi também uma revolução *capilar*, não apenas em seu sentido metafórico, de fenômeno que se espalha por todos os extratos do tecido social, mas também em sentido literal. Ou seja, a revolução de ideias e costumes podia ser medida pelo comprimento dos cabelos masculinos. Nesse tópico, as mulheres sempre gozaram de mais liberdade – talvez para compensar as interdições nas demais áreas. Desde os anos vinte, elas podiam usá-los curtos, como as melindrosas, mas nós não podíamos deixá-los crescer. Aliás, isso é herança da primeira metade do século XX, marcada por duas sangrentas conflagrações mundiais, o que de certa forma impôs ao homem um comportamento e uma moda com traços muitas vezes marciais: atitude viril, gestos morigerados, rostos glabros (no máximo um bigodinho à la Clark Gable), ternos discretos, camisas engomadas, sapatos pretos. Comparem isso com os bastos cabelos do jovem Oscar Wilde em plena época vitoriana ou as espessas barbas tanto de um revolucionário como Karl Marx quanto de um conservador como Dom Pedro II. Alguém consegue imaginar o Costa e Silva com as barbas do seu antecessor Marechal Deodoro? Aliás, até o final do século XIX, o guarda-roupa do homem era muito mais eclético e "feminino", vide as descrições da indumentária masculina nos romances oitocentistas – para não falar dos dândis, esses cavalheiros que punham tanto apuro na toalete quanto uma dama.

O perfil militar começou a erodir nos anos cinquenta. Em vez dos cortes à máquina e dos ternos escuros, topetes armados de Gumex, calças jeans e blusões de couro, como na tríade James Dean, Marlon Brando e Elvis Presley. Os terninhos voltam no começo da década seguinte (embora em modelitos mais modernos), mas os penteados, livres da brilhantina, agora caem em franjas soltas sobre a testa. À medida que o decênio avança, os cabelos vão crescendo, encaracolados como os de Bob Dylan ou Caetano Veloso, lisos como os de John Lennon ou Ronnie Von. Até o final da década, os cabelos já ultrapassariam os ombros e os ternos e sapatos seriam abandonados como itens obsoletos, substituídos por jeans surrados, batas, tênis e sandálias franciscanas – e alguns inclusive já se aventurariam em furar as orelhas, como Country Joe e Jimi Hendrix. Os negros, que antes alisavam os cabelos e os conservavam bem curtos, agora os exibem em orgulhosas cabeleiras afro, como Angela Davis e o próprio Hendrix. Aliás, não poucos branquelos passaram a fazer permanentes, quem sabe para imitá-los, como Eric Clapton, Noel Redding e Mitch Mitchell. Para apreender melhor a amplitude dessa revolução visual basta comparar a foto que os Beatles tiraram em 1963, nas escadarias da gravadora EMI, em Londres, para o seu primeiro álbum, com a foto tirada seis anos depois, no mesmo lugar, que viria a estampar a capa da coletânea conhecida como *Álbum azul*.

Essa revolução, na verdade, foi precedida pelos beatniks, que rápido transitaram dos topetes dos anos cinquenta de Jack Kerouac para a juba e a barba selvagens que Allen Ginsberg já cultivava no início da década seguinte. Mas acho que um momento decisivo nessa reviravolta se deu em janeiro de 1959, quando as televisões e os jornais do mundo inteiro mostraram os cabeludos e barbudos que, saídos de Sierra Maestra, fizeram a revolução mais romântica da história.

Os rapazes que andam hoje pelas ruas com seus rabos de cavalo ou seus coques samurais não fazem ideia da luta que foi essa conquista: os cabeludos eram vistos como delinquentes, (trans)viados, maconheiros – bom, alguns eram mesmo. Nas ruas, a qualquer momento eram parados pela polícia, hostilizados pela turba, como contou Torquato Neto numa crônica: "Eles olham com ódio para o meu troféu. Meu cabelo grande e bonito espanta, espanta não, agride (a tal palavra).” Com efeito, era um desafio desfilar, por exemplo, em plena Rua das Flores, com as melenas ao vento, como eu viria Adrian fazer no início da década de 70. “Não vou cortar o meu cabelo só pra dar o que falar” – cantaria, mais tarde, João Lopes, traduzindo muito bem o espírito da época.

* * *

Nem tudo eram abrolhos. Se o trabalho era aquele flagelo, o retorno à casa confortava. Sim, porque agora eu tinha uma casa para a qual retornar. Logo que Adrian soube do ultimato do meu pai, conversou com Saul e este aquiesceu em me ceder por um tempo o quarto dos fundos de sua casa. O cômodo era minúsculo, já sabemos, mas comparado ao meu último aposento era como ir do cárcere ao alcácer. Mais: além de não desembolsar nada, eu ainda era convidado vez ou outra a jantar com o casal. Para não importuná-los, muitas vezes, ao chegar do batente ou das noitadas, eu me esgueirava pelo corredor lateral do jardim e me enfiava direto no quarto. Diante dos protestos dos dois no dia seguinte, eu explicava que já tinha comido, que não queria incomodá-los, que estava muito cansado... Uma noite, porém, meia hora depois de ter chegado e me esparramado na cama, ouvi leves batidas na porta. Era Joana.

– Oi, Ruy, toma aqui um prato de comida.

– Ah, Joana, nem precisava se preocupar.

– A Clarinha falou pra te alimentar bem que você está muito magro – ela riu.

– Que nada, eu estou até recuperando peso.

Às vezes, quando o dia estava quente, ela vinha de shorts e sentava na beira cama, enquanto me esperava terminar. Olhando meus livros, cujo número aumentara significativamente nos últimos meses, perguntava o que eu gostava de ler.

– Romance, poesia, política...

– Hum... Só acho que vocês se preocupam demais com política.

– Em última instância é a política que decide tudo. "O custo de vida, o preço do feijão, do peixe, da farinha, do aluguel, do sapato e do remédio dependem das decisões políticas" – citei.

– É, mas nem tudo é política.

– O que, por exemplo?

– O sol. Se amanhã vai ter sol ou não, não depende de decisão política.

Sorri. A visão daquelas coxas bronzeadas me perturbava – e só o fato de eu me ver perturbado já me fazia sentir culpa em relação a Saul.

– É verdade. Você está me parecendo o Diógenes.

– Diógenes?

– Um professor do cursinho. – Sorri de novo. – Mas embora o sol não dependa de decisões políticas, se houver muito sol e pouca chuva, digamos, no Nordeste, aliado a pouca infraestrutura, isso obrigará muita gente a emigrar e vir morar em barracos miseráveis no Rio e São Paulo.

– É, está certo, mas a lua aí fora – você já viu? está imensa! – não tem nenhuma conotação política. Assim como o amor, a amizade... Você não acredita que pessoas de posicionamentos políticos opostos possam ser amigas?

– Um comunista e um fascista?

– Não digo tanto...

Formada em psicologia, ela devia saber do que falava. Aliás, nossas pulsões não têm coloração política. Nossas pulsões não, mas o que fazemos com elas sim, diria Adrian em outra ocasião. Ou teria sido Saul? Ou Lessa? Ou algum parceiro de boteco? Não sei, apesar de Marcuse e Reich, não tínhamos muita base. De Foucault, que já estivera no Brasil mas ainda não era uma celebridade, eu só ouviria falar alguns anos mais tarde. Freud, claro, estava no nosso panteão – mas, para falar a verdade, ainda não o havíamos lido a sério.

– É, é possível...

– Claro que é. Senão é melhor desistir da espécie humana.

Não era raro Saul estar viajando a serviço da empresa para a qual trabalhava como representante comercial. Ficava dois, três dias fora, às vezes uma semana inteira – e ela, originária de Maringá, não tinha quase amigos em Curitiba. Depois de algumas semanas, Joana já estava me convidando para assistir televisão com ela. Os programas eram chatos ("Balança mas não cai", "Rin-Tin-Tin", "Papai Sabe Tudo", enlatados norte-americanos), a pipoca e os doces que ela fazia é o que salvavam. Eu afastava de minha cabeça juvenil qualquer sugestão maldosa. No fundo, vai ver ela só se sentia sozinha, além de querer agradar o melhor amigo do cunhado.

* * *

Para que pichar, panfletar, discursar, marchar, gritar, correr da polícia com os olhos vermelhos de gás, se a ditadura não dava sinais de esmorecimento? Era preciso partir para algo mais radical, algo mais incisivo – e menos voluntarista, como diziam os teóricos que pululavam a cada esquina. O quê? Nas incursões noturnas para pichações, agora não escrevíamos mais "só o povo organizado derruba a ditadura" e sim "só o povo armado derruba a ditadura."

– Já estão se armando – dizia Adrian. – Sabe essa onda de assaltos a banco que está acontecendo no Rio e São Paulo? Não é assalto não. É expropriação pra levantar fundos pra guerrilha.

– Mas não é o povo.

– Nunca começa pelo povo. Tem sempre uma vanguarda.

– Mas afinal: vai começar quando essa guerrilha?

– O efeito surpresa é fundamental para o sucesso de qualquer guerrilha – interveio Elisa.

– Mas também não pode levar a vida inteira!

– A paciência é uma virtude revolucionária, meu caro – acrescentou ela.

Estávamos no Bar Triângulo, duas da manhã, comendo cachorro-quente. Agora Elisa voltava a nos acompanhar: mudara-se da casa da tia carola para uma república de meninas no Alto da Quinze. Duas horas antes estávamos fazendo pichações nas imediações do Colégio Estadual, Reitoria e Teatro Guaíra, com alguns colegas do Adrian da Casa do Estudante. Cada ronco de automóvel me fazia estremecer porque podia ser a aproximação de alguma viatura. Enquanto um ou dois grafavam as mensagens, os outros cuidavam da segurança nas esquinas. Qualquer movimento ou barulho suspeito, o combinado era dar um assobio. Então nos dispersávamos, tratando de fazer sumir as provas do crime: em vez dos velhos bastões de cera e carvão, agora usávamos latinhas de spray – Color Jet. De dia também fazíamos operações, mas aí eram panfletagens. Antes de começar a trabalhar participei de muitas delas. Nas praças, nos pontos de ônibus, nas portas de fábricas e colégios distribuíamos nosso material mimeografado. Às vezes um ou outro trepava num banco, no pé de um monumento ou mesmo numa caixa de verduras e improvisava um rápido discurso. Tímido, fiz isso uma ou duas vezes. Quem era bom nesses comícios-relâmpagos era Adrian:

– Pessoal, pessoal, por favor, peço um minuto da sua atenção! – Logo se juntavam cinco ou dez curiosos. – Essa ditadura que está aí não veio só pra reprimir os que eles chamam de subversivos, mas também para arrochar o salário do trabalhador, para que você a cada ano trabalhe mais e ganhe menos. – Alguns assentiam com a cabeça. – Quantos produtos o seu salário podia comprar há dois anos e quantos pode hoje? Faça as contas. Lutar contra a ditadura não é só lutar contra um regime opressor e ilegítimo, mas também lutar para que o trabalhador e a dona de casa possam ter uma vida mais digna!

Às vezes eu mesmo puxava os aplausos. Certa feita, na Praça Tiradentes, fomos flagrados por dois guardas que, incontinenti, partiram em nosso encalço. Conforme as normas de segurança, cada um (estávamos em cinco) desabalou em uma direção, para confundir nossos perseguidores. Para meu azar, um deles teimou em correr atrás de mim. Sebo nas canelas, pé na tábua, pernas para que te quero! Saí voando, driblando as pessoas, fintando obstáculos. Varei aos tropeções a Praça Generoso Marques, contornei o Paço Municipal, dobrei à esquerda na João Moreira, depois à direita na Tobias de Macedo. Virei à direita outra vez e me vi na Riachuelo, com suas lojas de árabes com balaios na calçada. Entrei na primeira que me pareceu maiorzinha e me acoitei no meio de um labirinto de móveis de segunda mão, esperando que se me acalmassem a respiração e as pancadas do coração. Um suor frio e viscoso me escorria pelas costas e eu sentia sobre mim o olhar pouco amistoso do dono que, com certeza, devia achar suspeito um fedelho examinando com tanto interesse armários e escrivaninhas. Quando saí, descobri que Adrian havia *caído*. Levou uns sopapos e passou a noite num batalhão de infantaria. Foi Saul, acionando advogados e conhecidos, que conseguiu libertá-lo.

– Olha, gente, esses milicos ainda vão ter o troco! – disse mais tarde, quando comemorávamos sua soltura no Bar Cometa.

– Te bateram muito?

– Uns pontapés nos rins. O suficiente pra aumentar minha raiva. O suficiente pra aumentar minha gana de luta.

Como o caso saiu na imprensa, Adrian virou o herói da Casa do Estudante e da Reitoria por alguns dias – sobretudo das adolescentes. No entanto, a partir desse revés, passamos a tomar precauções extras nas manifestações do Centro – pois agora não apenas Elisa mas também Adrian estava fichado. Subíamos, por exemplo, nas coberturas dos espigões mais altos de Curitiba – o Edifício Asa, o

Edifício Tijucas, o Edifício Marumby, o Edifício Barão do Serro Azul, o Lord Hotel, o Edifício Brasilino Moura, o Edifício Pedro Demeterco – e lá deixávamos, nos beirais, resmas de folhetos debaixo de cubos de gelo. Descíamos discretamente e quando o sol começava a derreter o gelo, fazendo as folhas voarem, já estávamos a uma cautelosa distância. Mas não era só nas regiões centrais que atuávamos. Mais de uma vez fomos de madrugadinha, lá para os lados do Pinheirinho, à recém-inaugurada Vila Nossa Senhora da Luz, o primeiro programa de casas populares da cidade, e entre suas ruelas de terra batida, deixávamos os panfletos nos vãos das cercas das casinhas de alvenaria e sótãos de madeira. Também íamos a lugares mais barra pesada, como o Capanema, o Parolin e as malocas que seguiam o curso do Rio Belém e os trilhos da ferrovia. Se Curitiba era a Cidade Sorriso, esses pontos eram seus dentes cariados: esgoto a céu aberto, monturos pestilentos, vielas irregulares, idosos acocorados nas portas dos casebres, com os olhos baços de tristeza e cataratas, e crianças desmilinguidas, com os ventres inchados, brincando em meio a pneus velhos, garrafas quebradas e latas enferrujadas.

Todavia, se as passeatas já não estavam surtindo efeito, o mesmo podia ser dito das pichações e panfletagens. Mais: além de infrutíferas, eram temerárias, como íamos descobrindo. Mais de um companheiro respondia aos famosos inquéritos policial-militares. Por outro lado, como disse Adrian, sabia-se há algum tempo que organizações clandestinas estavam se preparando para a luta armada – e algumas já se encontravam em plena ação: como o demonstrava o recente ataque com carro-bomba ao Quartel do Segundo Exército, em São Paulo, que resultou na morte de um soldado e em vários feridos. Imaginávamos também que em algum lugar deste vasto país a guerrilha rural estava sendo gestada. Caparaó fracassara, é verdade, ainda antes de começar, mas quem garante que em outros rincões não despontariam insurgências mais bem sucedidas?

Bom, e nós com isso tudo? Nós, depois de ações inócuas e discussões sem fim, fumávamos maconha. Daí a larica – palavra que só ia se popularizar mais tarde – às duas e meia da matina.

* * *

De dia na loja do turco ou então enfiado em ônibus carregando enormes pacotes; de noite na rua, pichando muros, levando sustos, suando frio, ou então discutindo política, cinema e literatura nos diretórios acadêmicos, nos cineclubes, nos botecos da Quinze. Sexta ou sábado quase sempre tinha festa – e aí, vez ou outra, topava com Vera. Conversávamos, filosofávamos (quase nunca dançávamos).

– A vida não tem sentido, Vera – eu estava na terceira ou quinta fase.

– Claro que tem. É a gente que dá um sentido à vida.

– Então qualquer sentido vale?

– Claro.

– Eliminar fisicamente os adversários, por exemplo?

– Aí também não, né.

– Mas então quem decide qual sentido é valido e qual não é?

– O sentido não pode levar ao mal, não pode prejudicar ninguém...

– Mas quem decide o que é o mal e o que é o bem? Jeová? O papa?

Vera ficou pensando.

– O coração da gente – respondeu depois de alguns minutos.

– Quem decide o que é o mal e o que é o bem é a história – disse Adrian, outro dia, quando eu puxei esse assunto que ficara inconcluso.

Então a história devia andar devagar – não só com respeito ao Brasil e ao mundo, mas a mim e a Vera, pois nossa história estava num chove não molha lascado. Até que um dia os deuses resolveram conspirar a nosso favor. Numa festa mais íntima, digamos assim, com pouca gente, num apartamento do Alto da Glória, nos vimos de repente juntos, extremamente embriagados, num sofá e com um providencial cobertor por cima. Só um abajur aceso – e não custou nada apagá-lo. Então, nossas coxas já encostadas, também não custou nada nossas mãos explorarem os territórios circunvizinhos, testando suas resistências. Meu Deus, não havia resistência! Dois seios roliços (*roliço*: que tem forma de rolo, cilíndrico, arredondado) soltaram para fora da couraça do sutiã e uma boca sequiosa foi logo sugá-los. No entanto não foi nada fácil, ali no sofá estreito, as tarefas de desafivelar cinto, tirar sapatos, abrir braguilha, baixar calças, subir saia, puxar calcinha – e sobretudo a tarefa, muito mais complexa, para dois inexperientes, da penetração propriamente dita. Com as prostitutas, eram elas que me conduziam, tarimbadas, sem que eu precisasse fazer nada a não ser me deixar conduzir. Agora a sociedade exigia que fosse eu o condutor, o dirigente, o especialista, mas – novidade! – foi ela quem me conduziu, com uma habilidade que me fez ficar não só com ciúmes mas inseguro.

– Calma, calma, é aqui, vai.

Eu já sabia que o buraco era sempre mais embaixo – mas mesmo assim me surpreendi. Fui. A consumação foi rápida e desconfio que ela não gozou.

Tem uma parte que os filmes e romances nunca mostram, ou não mostram de maneira honesta: o *post coitum*. Naquela época em que a camisinha era um objeto exótico, o pós-coito, ainda mais num sofá debaixo de um cobertor, significava esperma besuntado na barriga, nas coxas, na virilha. E como fazer, com as calças arriadas, para se levantar e se lavar no banheiro, sem que ninguém desse por isso? O jeito era me vestir assim mesmo e ficar com os pentelhos melecados até chegar em casa. Só que, tudo bem, o sêmen era meu. Coitada da Vera que, aliás, como é de praxe, ficou com o grosso do caldo.

Voltamos com sua prima, Cláudia, e Bira, que também estavam na festa. Tinham se encafuado em outro quarto e pelo jeito enfrentaram o mesmo périplo – provavelmente com mais sucesso, via-se no rosto deles.

* * *

Em todo o país a chapa, já quente, ferve ainda mais. O arbítrio avança, multiplicam-se as prisões, as exonerações, as aposentadorias compulsórias, os inquéritos policiais. Para cumprir um mandado de prisão preventiva, a polícia militar e agentes do Dops invadem a Universidade de Brasília, resultando num jovem com um tiro na cabeça e centenas de pessoas espancadas, inclusive parlamentares que acudiram ao campus. Grupos paramilitares explodem bombas na redação do Estadão, na capital paulista, e, no Rio, na livraria Civilização Brasileira e na sede da Associação Brasileira de Imprensa. Ainda em São Paulo, o famigerado Comando de Caça aos Comunistas (CCC) ataca o teatro Galpão, espanca o elenco da peça *Roda-viva* e depreda o local: bancos, camarins, mobiliário, refletores e equipamentos elétricos são destruídos em menos de três minutos. Em agosto, o líder da Passeata dos Cem Mil, Vladimir Palmeira, é preso no Rio de Janeiro. Pelo jeito, o ano, que já está longo, promete alongar-se mais ainda – e talvez, para muita gente, não termine nunca.

* * *

Interessantes, as gírias. Algumas, resilientes, teimam em resistir aos tempos. Como "cara", usada no sentido de "sujeito", "indivíduo", "pessoa". Não se sabe quando surgiu (deve ser coisa ainda do século XIX), mas seu primeiro registro literário foi em 1922, no romance *Clara dos Anjos*, do grande Lima Barreto. Outras, ao contrário, depois de um momento de fastígio, desaparecem, evolam-se – ou, quando ainda são usadas, delatam fatalmente a idade do falante. Como "bicho", no mesmo sentido de "cara", ou "grilo", significando "problema", que, acoplando-se ao anterior, dava o "bicho-grilo", que não há mais quem fale. Ou "broto", também de minha época, que ressurgiu nos anos 80 e há tempos está em desuso, substituído pelo – sem nenhuma imaginação – "novinha". Não é o caso de "gata", que, manhosa ou não, perdura até os nossos dias. Ou então "velho", utilizada como vocativo: é mais velho que eu e hoje vemos muito adolescente imberbe (ou novinha) se dirigindo a outro desse modo: e daí, velho, bora lá? Outros exemplos de gírias daqueles tempos que ainda seguem vivas: escroto, mina, rango, treta, zorra... No entanto, quem ainda hoje "bate um fio" ou "bota pra quebrar"? É verdade que telefone não tem fio faz uma cara (outra gíria). Por outro lado, os telefones públicos também não funcionam mais à base de fichas mas a expressão "cair a ficha" continua em voga.

Outra coisa muito comum no campo das gírias é a variação semântica. Babaca, por exemplo, já foi "vagina", depois virou sinônimo de "bobo", "parvo", "tolo", para finalmente assumir o significado atual de "estúpido", "boçal", "imbecil". Outro caso é "transar", que no nosso tempo não tinha ainda a conotação de "trepar" mas sim de "fazer uma transação", "praticar", "maquinar". Por exemplo: "fulano deu agora pra transar artesanato". Todavia o mais usual, na transformação das gírias e expressões idiomáticas, é a substituição pura e simples: o hoje habitual "galera" já foi "patota", "rapaziada", "moçada", "cambada". Por outro lado, algumas expressões, conservando mais ou menos o mesmo sentido, mudam de forma: "numa boa" evoluiu para "na boa" e hoje é "de boa/de boas". Se você está "numa boa", meu chapa (ou melhor, meu brother), sinto lhe informar: você é um "coroa", um "quadradão", aliás, servindo-se de um termo contemporâneo, um "tiozão". Diferente das gírias, tão volúveis e mudáveis ("Como esse 'mudaves' que hoje é 'mudáveis' e já não rima com 'aves'," conforme apontou Manuel Bandeira), a maioria dos palavrões são tão antigos quanto a nossa flor do Lácio. Foder, por exemplo, não comparece apenas na lírica do Boca do inferno, no século XVII ("De dois ff se compõe esta cidade a meu ver: um furtar, outro foder."), mas vamos encontrá-lo lá atrás, no nascedouro da língua, na boca dos trovadores do século XIII: "Par Deus, Luzia Sanchez, Dona Luzia, / se eu foder-vos pudesse, foder-vos-ia." (*Foder*, do latim *futuere*: copular, ter relações sexuais, fornicar, meter, furunfar, molhar o biscoito, afogar o ganso, mandar o Bernardo às compras; causar mal a ou sair-se mal, arruinar/-se, desgraçar/-se, tomar na tarraqueta.)

Cavoucando na memória (sempre enganosa) e compulsando fontes (letras de música, revistas da época e sobretudo João Antônio e Plínio Marcos), fiz uma lista das gírias e expressões de meus verdes anos. Algumas ainda estão em circulação, outras se converteram em artigo de nostalgia ou curiosidade linguística. Aí vai uma amostra: abafar, abibolado, abiscoitar, aloprado, badalação, balançar as estruturas, barbarizar, barra limpa, barra pesada, beleléu, bolha, caranga, cascata, cocota, curtição, dar bandeira, dar sopa, de lascar, deitar e rolar, durango, entrar na onda, estar por dentro, estar por fora, ficar ligado, ferro na boneca, fogo na jurupoca, fricote, fuleiragem, fundir a cuca, goiabão, granfa, lero-lero, mandar brasa, mandar ver, marcar bobeira, marcar touca, moleza, na maciota, pacas, pra burro, pra cachorro, pra dedéu, qual é o plá, saber das coisas, sentir o drama, tacar ficha, tirar onda, tirar um sarro, topar a parada, torrar o saco, traçar, truta, vagau, xaveco, zureta... Paro por aqui. Este inventário podia se estender por páginas e páginas, pois nada atesta mais a vitalidade de uma língua do que o fato de conter tantas palavras e expressões mortas ou moribundas.

* * *

Geladíssima, a água. Mal meti o pé, molhando até acima da canela, retirei. Não, não ia dar para tomar banho. Adrian e Bira já se esbaldavam nas piscinas naturais abaixo da Cachoeira dos Marumbinistas, devidamente aquecidos pela caninha. Mas, para mim, não havia cachaça que me animasse. Nem o desejo de emulá-los, nem o receio de parecer maricas. Resolvi retornar até onde estavam as gurias, sentadas sobre uma rocha, observando os dois.

– E aí, perdeu a coragem? – provocou Cláudia.

– Impossível. Não entro nessa água nem a pau.

– E quando a revolução estourar, como vai viver na mata como guerrilheiro?

– Olha, não tenho vocação pra isso. Vou fazer outra coisa.

– Até parece que o Bira tem muito jeito pra pegar em armas – socorreu-me Elisa.

– Há, há, gente, estou brincando – riu Cláudia. – Acho que na hora da onça beber água, muita gente vai amarelar.

– Revolução não é jantar de gala, eu sempre falo pro Adrian – disse Elisa.

– E ele escuta? – perguntei.

– Escuta nada. Nunca vi alguém tão teimoso.

– Querem saber de uma coisa? – indagou Cláudia. – Esse papo todo de revolução e luta armada me parece mais onda pra reafirmar a masculinidade.

– E daí? Eu acho bem sexy um guerrilheiro – disse Vera. – Por que você não deixa a barba crescer, Ruy?

– Ah, eu tenho só uns fiapos. Fica ridículo.

– Que nada! Deixa crescer pra gente ver.

De repente, veio um grito lá debaixo:

– Ei, cambada, estou com uma fome de leão! Cadê a boia?

Era o Adrian.

– Vamos logo que não temos muito tempo! – ajuntou Bira.

Molhados feito pintos, só de calção, os dois vinham subindo. (Bira era magricela, quase raquítico, mas Adrian não, ostentava um torso surpreendentemente atlético, com bíceps salientes e pernas bem delineadas.) Eu não sabia ainda mas tinha diante de mim, naquela bucólica tarde de setembro – no Rochedinho, ao pé da cadeia de montanhas do Marumbi –, as duas possíveis respostas para os impasses que se acentuariam no final do ano. Mas agora não tinha impasse, não tinha luta, não tinha nada. Tinha o sol, tinha a água, tinha o verde – e a explosão de nossa juventude, sem passado, sem futuro. Com efeito, de manhã cedinho, tínhamos tomado o trem na Estação Ferroviária, em frente à Praça Eufrásio Correia. Em duas horas de percurso – atravessando túneis abertos na rocha e pontes suspensas no ar, em meio à exuberante visão da Serra do Mar, com suas montanhas, florestas e desfiladeiros abissais – chegamos a uma pitoresca estaçãozinha nas redondezas de Morretes. Agora, depois do banho e de breves incursões pelos arredores, sentados em círculo sobre a relva, comíamos do farnel que trouxéramos: bananas, sanduíches de queijo e mortadela, vinho colonial, goiabada da mãe de Elisa. Aos nossos pés, descortinava-se, esplendorosa, a Mata Atlântica, tendo ao fundo as baías de Antonina e Paranaguá: suas enseadas brancas, seus morros rugosos, seus casarões históricos reduzidos a diminutos pontos multicores, suas águas cinzentas – salpicadas de barcos e cargueiros em miniatura – se estendendo até onde nascia o paredão azul do céu. Era possível avistar também boa parte da estrada de ferro, por onde agora serpenteava um renque de vagões minúsculos, que desaparecia dentro de um túnel coberto de vegetação como se fosse musgo.

Devido ao adiantado da hora, pois o último trem para Curitiba partia às quatro e meia, não podíamos nos deter muito. Andamos mais um pouco, exploramos algumas trilhas, tiramos algumas fotos, queimamos o último baseado. Num desvão da mata, tive em minhas mãos, por uns segundos, os seios rotundos de Vera. (*Rotundo*: cujo formato é igual ou semelhante ao de uma esfera; redondo, circular.) Combinamos todos de voltar ali, com barracas e mais recursos, e tentar galgar ao menos alguns dos oito cumes do conjunto montanhoso: Abrolhos, Esfinge, Ponta do Tigre, Torre de Sinos, Gigante, Boa Vista, Facãozinho e Olimpo, o píncaro, com seus 1539 metros de altura, todos mergulhados naquele instante num mar de nuvens quase compacto. Aproximei-me de uma escarpa e admirei o vazio que se abria a menos de um metro de mim. Bastava um descuido, um tropeço, um passo em falso – e tchum! Ou então, num gesto de livre-arbítrio, extremo ato de liberdade, um salto. Pronto: a vida é sonho. Uma sacudidela e você acorda.

– Sai daí, piá! – gritou Adrian, arrancando-me de meus devaneios. – Se você escorrega, como eu vou fazer de você meu ministro da cultura?

* * *

Eu até então me sentia um zero à esquerda com relação às mulheres. Todavia, eu não era feio: cabelos castanhos levemente ondulados, olhos igualmente castanhos, nariz afilado, lábios finos, orelhas bem proporcionadas, nem alto, nem baixo, nem gordo, nem magro. Não tinha o charme do Adrian, é verdade, seu corpo esguio, sua inteligência vibrante, seu pendor nato para a liderança, mas, diabos, eu não era burro. O que eu era, era inseguro: essa síndrome que acomete nove entre dez adolescentes que tiveram educação rigorosa. Rigorosa é eufemismo. Educação repressora, castradora, para usar dois adjetivos em voga na época: meu pai era um típico descendente de italianos que tomou muita chapuletada no lombo e achava que a vida se resumia a uma luta sem trégua para acumular víveres em vista de eventuais tempos de guerra, penúria ou fome. Contudo, apesar de toda a minha autoimagem desfavorável, ultimamente eu não podia me queixar da sorte: recebia, semana sim semana não, ternas cartas de Clarinha, era tratado com extrema amabilidade por minha senhoria e, agora, acho que estava namorando Vera. Não houve um pedido oficial de namoro, como ainda era praxe naqueles tempos, mas depois da festa começamos a sair regularmente, a trocar beijos, a andar de mãos dadas e, sempre que possível, a trepar nos quartos imundos dos hotéis de alta rotatividade da Rua Riachuelo. Descobri que ela era virgem (ou melhor, fora), apesar da impressão de maestria que me transmitira naquele estreito sofá. Mas, prevendo um ocasional e desejável desvirginamento, já tomava anovulatórios. Quando eu soube, respirei aliviado, pois passara alguns dias imaginando a cara de meu pai ao receber um telegrama anunciando que seu filho pródigo, que mal podia se sustentar, lhe daria um neto.

A pílula – outra revolução daqueles tempos – era a verdadeira mudança infraestrutural para a liberação sexual na superestrutura, para usar o jargão marxista. Se lembrarmos que até então o método contraceptivo mais popular era o coito interrompido, podemos ter um ideia do impacto da pílula. O anticoncepcional, de um lado, livrando-nos de gravidezes indesejadas, e a penicilina de outro, esconjurando o fantasma da gonorreia e da sífilis, abriu-nos as portas de um mundo de liberdade sexual até então insuspeitado. Só que estávamos no Paraná, porção subtropical do país, e aqui a revolução sexual custou a pegar, como eu disse. Nossa prática na área restringia-se, antes do casamento, ao onanismo, vulgo punheta, bronha, saripoca, e putas, obviamente. No caso das meninas, a situação era ainda mais delicada: castidade, pouca ou nenhuma siririca, e só depois do casório um papai-mamãe bastante insatisfatório. Sorte minha que Vera, um ano mais velha, filha de pais avançados, ainda que prósperos burgueses, era uma guria com menos grilos na cuca que eu.

* * *

– A mistura mais simples é uma medida de óleo de motor para duas de gasolina. Mas, para ficar mais letal, dá para adicionar detergente e açúcar. O resultado é uma pasta viscosa, altamente inflamável, que pode queimar por longos minutos, sem ser facilmente apagada. Também é possível colocar ácido sulfúrico ou clorato de potássio – o que aumenta ainda mais seu poder incendiário. Há um método relativamente simples para se produzir ácido sulfúrico, que exige enxofre, água destilada e alguns equipamentos de laboratório. Mas não recomendo, caso não haja ninguém com conhecimentos em química. É mais fácil surrupiar o produto dos laboratórios dos colégios e faculdades que vocês frequentam. Já clorato pode ser retirado das cabeças de palitos de fósforo – ou substituído por nitrato de potássio, mais fácil de ser adquirido em lojas de produtos agropecuários. Pois bem, por meio de um funil, enche-se com esse líquido uma garrafa de gargalo estreito. Atenção: não deixem de maneira alguma que o líquido escorra pelo lado de fora. Em seguida, introduzam na boca do recipiente um retalho de estopa ou pano velho, com cerca de trinta centímetros, com a ponta umedecida com o líquido. Vedem cuidadosamente com gaze ou fita crepe. Para ativar o explosivo, primeiramente segurem a garrafa com um braço. Assim. Depois, com a mão livre, acendam o pavio e atirem imediatamente o artefato, com força suficiente para que ele se estilhace no alvo. Entenderam? Bom, agora vamos montar um e fazer um teste. Mais tarde vamos aprender a fazer uma bomba termita, à base de nitrato de alumínio, e uma C-2, com cloreto e enxofre. Adrian, me alcance esse vasilhame aí, faz favor...

* * *

Eu, que poucas vezes vestira um terno completo, tive que correr atrás de um smoking. Comprar, impossível. Alugar, também: naquele tempo não havia, pelo menos em Curitiba, casa de locação de trajes. Fui aos belchiores da Riachuelo e o máximo que encontrei foi um meio-fraque que devia ser sobrevivente do naufrágio do Titanic. Recorri aos amigos, quase desesperado, aos conhecidos, aos vizinhos, a Ahmed, até que o Bira me levou a um primo, habitué da grã-finagem, que se dispôs a me emprestar seu smoking. Caramba! Eu nunca me vi tão elegante: calça preta com uma tira acetinada nas laterais; paletó igualmente preto, com abotoamento simples e lapelas de cetim; camisa branca com o colarinho de pontas viradas; faixa larga, também de cetim, na cintura; gravata-borboleta, cujo laço levei horas para aprender a dar. As meias de seda eu mesmo comprei e os sapatos de verniz e cadarço emprestei do Saul. Fui a um alfaiate, na Rua Alfredo Bufren, que fez os ajustes e, com a ponta de um lenço aparecendo no bolso, eu estava supimpa! À base de Minâncora, tratei as espinhas renitentes. No dia marcado, escanhoei-me minuciosamente e, com muita brilhantina, que eu já não usava mais, domei meus cabelos rebeldes. Tudo isso, junto a outros investimentos, como o perfume e a loção pós-barba Aqua Velva, fizeram-me recorrer ao meu banqueiro particular, Adrian, que não só não me cobrava juros e correção monetária como às vezes até se esquecia de computar as dívidas.

– Como o nosso comunista está chique! – exclamava Joana, enquanto me levavam de carro ao Clube Curitibano, que recém-inaugurara sua nova sede social na Avenida Getúlio Vargas.

– Vê se descobre o que os burgueses estão tramando – brincou Saul. – Mas, pelo amor de Deus, não vá dar mancada, hein!

O baile, como estava assinalado nos caracteres dourados do convite, era no Salão Azul. Depois de um leve atordoamento, por conta do burburinho, da música alta e da visão insólita de centenas de black-ties e vestidos de gala, vislumbrei Vera – que, ao me avistar, veio célere ao meu encontro, equilibrando-se sobre os saltos.

– Puxa, finalmente! Pensei que já não vinha mais. – E depois de, num átimo, me vistoriar de alto a baixo: – Nossa! Você está tinindo, hein! Elegantérrimo.

– Me sinto um pinguim.

– Não se preocupe, está cheio de pinguim aqui.

Fui lhe sapecar um beijo na boca mas ela, mais que depressa, desviou o rosto.

– Calma! Aqui não. Não agora – murmurou entre dentes, olhando de esguelha para os lados.

Vera estava irreconhecível: um vestido longo, de tafetá bordô, com um tomara que caia generoso e uma fenda que, ao andar, revelava uma perna bem fornida, metida numa meia de náilon, terminando num scarpin preto com um laço no peito do pé. Uma gargantilha de prata, brincos em forma de gota e um solitário no anular – aliados a uma maquiagem em que os olhos de água-marinha se destacavam com delineador preto, sombra prateada e cílios postiços, tudo isso debaixo de um penteado estilo beehive –, completavam-lhe a toalete. Adentramos o salão e, ao lado de inumeráveis pinguins, eu vi vestidos de todas as cores e penteados dos mais variegados modelos: em forma de trapézio, de cúpula, de torre, de ampulheta, de cone, de pirâmide... E por toda parte muito luxo e muito brilho: nos lustres de cristal, nos reposteiros de veludo, nos tapetes de arminho, nos talheres de prata, nos olhos, nos lábios, nas tiaras, nas joias – cujo montante seria capaz de alimentar por um bom tempo todos os mendigos da cidade. Entre as mesas decoradas com grandes arranjos de rosas, tulipas e lírios, garçons deslizavam, lépidos. Bebia-se, brindava-se. Cigarros e cigarrilhas eram agitados no ar e a fumaça, subindo, ajudava a transmitir a todo aquele ambiente uma impressão feérica. Ao fundo da pista de dança, onde alguns pares já se aventuravam, uma orquestra de pelo menos quinze integrantes, com um crooner de voz de cinema, tocava boleros, mambos, rumbas e baladas: *"Do you wanna dance under the moonlight?"* Cumprimentando, com um presto sorriso, um que outro conhecido, Vera me puxava pela mão, desviando-se com destreza das pessoas que se acotovelavam no salão.

– Venha, vou te apresentar papai.

Então, a um canto de uma das mesas redondas, eu vi o senhor Hauser: cerca de cinquenta anos, rosto corado, bigode e cabelos grisalhos, abdômen proeminente e um olhar de confiança e superioridade como só aqueles que venceram na vida podem ter. Ao lado, a senhora Hauser, uma versão feminina desses predicados, apenas com um elemento díspar: um leve tom de docilidade. O senhor Hauser se levantou e me sacudiu vigorosamente a mão:

– Então você é o famoso escritor?

Eu não sabia que era escritor, muito menos famoso. Mas um olhar de Vera me convenceu a não questionar tais atributos.

– Tento ser – respondi, meio sem jeito.

Cumprimentei a senhora Hauser, que não se levantou, com dois beijos no rosto.

– Mas escritores não ganham muito dinheiro, não é? Não aqui no Brasil – prosseguiu o senhor Hauser, e eu vi que, se não tivesse traquejo, enfrentaria dificuldades.

– Ah, não, não tenho essa pretensão. Por isso vou fazer Direito.

– Não era Jornalismo?

Novamente, um olhar de Vera me coibiu de dar explicações muito detalhadas.

– Não, Direito. Cheguei a pensar em Jornalismo, mas me decidi por Direito.

– Tem mais prestígio, não é? E é mais garantido. Mas sente-se, por favor.

Acomodei-me entre o casal, sentindo-me, dentro do smoking, como um cavaleiro que envergasse uma armadura pela primeira vez.

A senhora Hauser indagou de meus pais, onde moravam, o que faziam. Respondi que meu pai era dono de uma pequena cadeia de mercadinhos no interior.

– Quantas lojas? – quis saber o senhor Hauser.

– Três. Mas já estão abrindo outra.

Para meu alívio, a atenção do senhor Hauser foi logo atraída para um sujeito garboso, de cabelos vermelhos, da mesa vizinha. A senhora Hauser, virando-se para mim e baixando levemente a voz, confessou-me que apreciava romances e quis saber o que eu gostava de ler. Por alguns segundos me deu um branco e, se não fosse um providencial garçom aparecer, eu não teria conseguido uma pausa estratégica para reorganizar minhas ideias. Desfiei então um rol de nomes inofensivos: Balzac, Stendhal, Flaubert, Zola, Maupassant...

– Ora, vejo que você gosta de clássicos! *Parlai-vous français?*

– *Oui, je parle un petit peu...*

– Eu já li muitos clássicos, principalmente franceses – ela continuou, para meu alívio em português. – Mas atualmente estou preferindo leituras mais leves. Você já leu Harold Robbins?

– Não, ainda não...

– E *Aeroporto*, esse livro que está todo mundo falando?

– Também não...

– Pois você precisa ler essas coisas também. Não só coisa séria. A vida já é séria demais – ela ajuntou, dando tapinhas maternais no meu braço.

Vera, de pé, tagarelava com uma amiga. A orquestra atacava de Sinatra: *"I wanna wake up in a city, that doesn't sleep..."* A conversação seguiu, chocha e intermitente, ora com a senhora Hauser, ora com o senhor Hauser, ora ainda com uma ou outra pessoa da mesa. Vera, agora sentada à mesa vizinha, cochichava com uma moça ruiva, provavelmente a filha do sujeito garboso de cabelos vermelhos. Mas felizmente, como disse Bandeira, existe o álcool na vida – e os alexanders e uísques on the rocks foram me desoprimindo a ponto de, meia hora depois, eu me encher de coragem, levantar-me, dar dois passos resolutos e estacar diante de Vera:

– A senhorita me dá a honra de uma dança?

De cima, pude ver uma porção magnânima de seus seios. Com as pequenas sardas nos zigomas salientes, ela me sorria. Acho que eu estava na primeira fase da bebedeira.

– Com prazer – respondeu, e com um ligeiro aceno de cabeça pediu licença aos vizinhos de mesa (o sujeito de cabelos vermelhos me lançou um olhar inquiridor).

De braços dados, nos dirigimos à pista, que já estava apinhada de casais.

– E daí, curtindo a festa?

– Pra dedéu. Está parecendo o último baile na Ilha Fiscal.

– Hã?

– Você quer passar no vestibular e não conhece essa história?

Os músicos, agora, executavam Dean Martin: *"A girl went back to Napoli because she missed the scenery..."* Ah, não era mau ser burguês! Comida e bebida em profusão, elegância, exclusividade, finesse. Estava claro que eles não abririam mão de uma dose sequer de Ballantine's em prol de uma melhoria mínima que fosse na vida de retirantes e boias-frias.

– E o papo com meus pais? Está bom?

"Hey mambo, don't want to tarantella."

– Muito simpática a sua mãe.

"Hey mambo, no more mozzarella."

– E o meu pai?

"Hey, mambo, mambo italiano."

– Também.

"Try an enchilada with da fish a bac a lab and then a."

– Você dança mal, hein! Solte o corpo!

"Hey goombah, I love a how you dance a rhumbah..."

– Estou dando o melhor de mim. Juro!

À nossa volta a multidão, requebrando-se e rindo, cantava em coro o refrão. Os bárbaros podiam estar às portas de Roma, os otomanos às portas de Constantinopla, os comunistas às portas de Curitiba, que eles não estavam nem aí. O riso e o luxo nos deixam cegos e surdos, mas não mudos, concluí. Depois de três ou quatro músicas, saímos. Eu estava suado, os pés doendo dentro dos sapatos duros, mas Vera não me deixou afrouxar o colarinho. Demos uma volta pelo jardim, na noite quente onde os jasmins recendiam. Trocamos beijos furtivos e apalpadelas ousadas sob as copas escuras das árvores. Outros pares, escondidos nas sombras, faziam o mesmo. Ah, aí estava o outro lado da festa! Retornamos ao salão. A conversa, em torno à mesa, animara-se: o recente afundamento da orla da baía de Guaratuba, as peripécias da novela *A muralha*, os protestos no México e no Uruguai, uma declaração do ministro da fazenda Delfim Netto... O garçom ia e vinha e eu, sem mais receio, comia e bebia o máximo que podia – minha forma de "expropriação". Era óbvio que o assunto não podia contornar por muito tempo a nossa atribulada política nacional:

– Não deviam ter soltado aquele garoto... Qual é mesmo o nome dele? Ah, o Vladimir.

– Foi o Supremo. Eu estou falando, o governo tenta combater a subversão, mas o Supremo sabota.

– Mas eu gosto do Vladimir. Acho que ele é um rapaz bem-intencionado.

– De que adianta ser bem-intencionado, minha senhora, se no fundo ele é marionete de grupos radicais?

– Pra mim este mundo está perdido. Não respeitam mais a autoridade, querem destruir a família, é uma inversão total de valores...

– Infelizmente, os estudantes não estão vendo que estão sendo manipulados.

– Reclamam de tudo, meu Deus! Da falta de vagas, do preço do almoço, do valor da passagem... Não estão satisfeitos? Que vão embora e deixem aqui quem quer trabalhar!

– A reforma universitária era inevitável.

– O governo é muito mole. Não tem que negociar não. Tem mais que descer o cacete mesmo. Sem dó nem piedade. Aquele deputado, por exemplo, o Márcio Moreira, já devia estar preso.

– É coisa da mocidade, gente. Deixa eles protestarem. Faz parte da idade.

– Protestar é uma coisa, destruir patrimônio público é outra.

– E a maconha? Diz que nessas reuniões todo mundo fuma maconha.

– Pra não falar em outras coisas...

– Ainda bem que os americanos estão fazendo a coisa certa. Tem que acabar com essa raça mesmo. Comunista bom é comunista morto.

– Se eu fosse você não contaria com a vitória muito fácil não. Eles estão levando um baile no Vietnã.

– Impossível! Só espera eles jogarem duas ou três bombas atômicas lá pra você ver.

– E agora tem os hippies. Um bando de parasitas! Espero que essa praga não pegue por aqui...

– Ontem eu vi um hippie na Quinze. Que nojo!

– Mamãe, aquele não era um hippie, era um mendigo mesmo.

– É a mesma coisa!

– Pra mim todo cabeludo é pervertido. Devia ser preso e ter o cabelo raspado. Olha o Caetano. Deve ter até rato no cabelo dele!

– E essa onda de assaltos a banco? Diz que é tudo pra guerrilha.

– Meus Deus! Isso aqui ainda vai virar uma Cuba!

– Gente, há muito exagero nisso! E Cuba não é tão ruim assim como se fala...

A senhora Hauser olhou escandalizada para a filha. Aí aconteceu o que eu temia: o senhor Hauser, depois de lançar um olhar de censura para Vera, virou-se lentamente para mim e, com muito fleuma, muita circunspecção, perguntou:

– E você, rapaz, que é um intelectual, que lê muitos livros, o que tem a dizer sobre isso tudo?

Fez-se um silêncio – até a orquestra parou – e cerca de dez rostos voltaram-se em minha direção, expectantes. Terminei calmamente o canapé que estava comendo, tomei mais um gole de uísque aguado e ajeitei a gravata.

– Me digam uma coisa: o presidente Costa e Silva foi eleito?

Depois de um novo silêncio, durante o qual alguns se entreolharam, alguém afirmou, peremptório:

– Claro que foi!

– Digo eleito pelo povo, em eleições livres e diretas...

Ninguém respondeu. Nos olhos de Vera, arregalados e fixos em mim, eu via pânico.

– Pois bem, se ele não foi sufragado – eu disse assim mesmo: sufragado; o que não nos faz a eloquência do álcool! –, se ele não foi sufragado, seu mandato não é legítimo. Nesses casos, vale o que foi dito na Declaração dos Direitos do Homem: "Quando o governo viola os direitos do povo, a insurreição é, para o povo e para cada parcela do povo, o mais sagrado dos direitos e o mais indispensável dos deveres."

Irrompeu um brado de indignação e eu fui fuzilado por uma miríade de olhares de ódio. Alguns volveram-se para a senhora e o senhor Hauser, como que a indagar: quem é esse garoto, o que ele está fazendo aqui?

– Meu amigo – disse o sujeito de cabelos vermelhos após alguns segundos. – Todos nós sabemos muito bem que houve uma revolução.

– Revolução houve em Cuba, na China, na Rússia... Aqui houve foi uma quartelada.

A orquestra voltou a tocar. Vera fitava o chão. O garçom passava e eu aproveitei para apanhar o último daiquiri.

* * *

– Mas é isso que é a juventude que diz que quer tomar o poder? Vocês têm coragem de aplaudir, este ano, uma música, um tipo de música, que vocês não teriam coragem de aplaudir no ano passado. São a mesma juventude que vão sempre, sempre, matar amanhã o velhote inimigo que morreu ontem. Vocês não estão entendendo nada, nada, absolutamente nada – bradava Caetano Veloso, num extravagante figurino: roupa de plástico e colares de fios elétricos, correntes e dentes de animais. Acompanhado pelos Mutantes, ele apresentava "É proibido proibir", no Teatro da Universidade Católica de São Paulo, nas eliminatórias paulistas do Festival Internacional da Canção. Era recebido com uma fragorosa vaia, aliada a tomates e ovos podres. – Vocês são iguais sabem a quem? Àqueles que foram na *Roda-viva* e espancaram os atores! Vocês não diferem em nada deles, vocês não diferem em nada...

– Filho-da-puta, viado, entreguista! – gritava Adrian, diante do televisor. (Na escala das ofensas, "entreguista" estava num dos pontos mais altos.)

– Calma, Adrian, é só uma música – dizia Vera, rindo, tocando-lhe o braço.

Elisa também ria, achando divertido, mas não sem atentar para o gesto de relativa intimidade entre os dois. Eu sorria, olhando Elisa, como que a dizer: "Coisas do Adri!"

Claro que estávamos torcendo por Geraldo Vandré, com a canção "Pra não dizer que não falei das flores". Apesar de nossas convicções políticas, não éramos, musicalmente, bitolados, como se viu. Mas aqueles não eram tempos para nuanças ou complexidades. Em vez de uma música que dialogava com o psicodelismo e cuja letra era inspirada no Maio de Paris, que não foi muito bem assimilado pelos estudantes brasileiros, preferíamos uma guarânia de dois acordes e rimas em "ão" mas cuja mensagem – "quem sabe faz a hora, não espera acontecer" – não dava margens a dúvidas.

Na final, no Maracanãzinho, quando o apresentador Hilton Gomes anunciou o segundo lugar para Geraldo Vandré, as vaias explodiram, esmagadoras. O próprio Vandré defendeu os vencedores, que ainda nem haviam sido anunciados.

– Antônio Carlos Jobim e Chico Buarque de Hollanda merecem o nosso respeito – disse ele, antes de iniciar a música. – A nossa função é fazer canções. A função de julgar, neste instante, é do júri, que ali está. Olha, tem uma coisa só: a vida não se resume em festivais.

Noventa por cento dos aparelhos de televisão sintonizados no festival, todo o Brasil, contrito, convicto, acompanhou junto a canção – como um hino, uma ode, um brado retumbante. Em Curitiba, as lojas de discos venderam, só naquela semana, cada uma, cerca de novecentos exemplares do compacto.

– Querem mais pipoca? – perguntou Joana após a apresentação.

– Claro – eu disse, tascando mais um beijo em Vera.

Teria eu vislumbrado em seus olhos um laivo de ciúme?

* * *

Então o CCC entrou em cena outra vez. Foi na Rua Maria Antônia, na Vila Buarque, em São Paulo, espécie de mini Quartier Latin paulistano. Um grupo de estudantes da Faculdade de Filosofia, Ciências e Letras da Universidade de São Paulo fazia um pedágio, na esquina com a Itambé, para arrecadar fundos para o 30º Congresso da União

Nacional dos Estudantes (UNE), a ser realizado em breve. Desde julho a faculdade fora ocupada pelos alunos e virara como que um território livre. No entanto, um pouco mais acima localizava-se a Universidade Mackenzie, onde os estudantes, mais conservadores, quando não reacionários, não estavam nem um pouco satisfeitos com a baderna dos vizinhos de rua. De repente, um ovo atinge um dos estudantes do pedágio. A seguir, partindo da Mackenzie, chovem pedras e tijolos, que são respondidos, imediatamente, com outras pedras e tijolos. A escaramuça vira batalha e no dia seguinte as pedras e tijolos são substituídos por rojões de vara, coquetéis molotov e – da parte dos mackenzistas, agora secundados por grupos do CCC – armas de vários calibres, incluindo carabinas. Além disso, a Mackenzie goza de uma vantagem tática: seus prédios situam-se num plano mais elevado e dispõem de altos muros. O conflito alcança tais proporções que uma enfermaria é improvisada no segundo andar do prédio da Filosofia, na qual atuam, como verdadeiros voluntários de guerra, estudantes de Medicina e Enfermagem. De repente, um secundarista, que se encontrava por curiosidade no prédio da Filosofia, é alvejado. Sua camisa ensanguentada é brandida como flâmula nos discursos inflamados e, no dia seguinte, numa passeata que sai pelas ruas do Centro denunciando o massacre – porém com muito menos adesão que a morte de Édson Luís angariara no Rio de Janeiro seis meses antes. De toda forma, finda a refrega, o cenário é novamente de caos e destruição: viaturas incendiadas, vitrines estilhaçadas, uma agência do Citibank depredada. Na fachada escurecida do prédio de cinco andares da Faculdade de Filosofia não há uma só vidraça intacta.

* * *

– E a poesia?

– Pois é, e a poesia...

– Tem escrito?

– Menos do que eu gostaria.

– Eu também.

– Mas não podemos... Mesmo preso, Ho Chi Minh não parou de escrever. Aliás, comprei *Poemas do cárcere*.

– Está gostando?

– Olha, no começo estranhei...

– Por quê?

– Acho que nós, ocidentais, não estamos acostumados com a simplicidade. A poesia do futuro vai ter que ser assim: simples, direta, despojada... Chega de barroquismos, de jogos mentais.

– O barroco é arte da decadência, Adri. Somos decadentes, logo somos barrocos...

– É, mas a poesia tem que preparar o futuro também... E o futuro será límpido, transparente. Há, há. Mas semana passada, depois de muito tempo, fiz um poema. Outro poema barroco!

– Como é?

– Não lembro direito. Depois eu te mostro. Mas começa mais ou menos assim: "Esta noite, caso queiras, podes recordar... "

* * *

Acendi um cigarro e soprei a fumaça para o alto, estendido na cama cheia dos ácaros promíscuos de um hotelzinho mequetrefe.

– Os Beatles têm razão: tudo o que nós precisamos é amor – eu disse.

– Mas não é dessa espécie de amor que eles falam – replicou Vera, sentada ao meu lado, os magníficos seios nus. (*Magnífico*: que revela fartura e pompa; esplêndido, grandioso. *Nu*: sem qualquer roupa, desnudo, exposto; sem disfarce ou dissimulação, puro.)

– Sim, é dessa também. Precisamos de todas as formas de amor. *Make love, not war*. A revolução, no fundo, é um ato de amor.

– Não parece que a União Soviética seja um grande exemplo de amor.

– Sim, é. Primeiro país a legalizar o divórcio no mundo, a liberar o aborto. Ouvi falar que lá, se alguém quer ir pra cama com outro, é só combinar. E se não quiserem assumir nenhum compromisso, não tem grilo.

– Na Suécia é que é assim.

– Bom, dos países capitalistas, a Suécia é o mais próximo do socialismo. Mas como eles não se libertaram do capital, o capital se vinga explorando a liberdade sexual sob a forma de pornografia.

– E na China? Aquelas mulheres de túnica azul não parecem ter muito tempo pra fazer amor.

– Ah, lá eles têm problemas mais urgentes pra resolver, como alimentar setecentos milhões de bocas. Por isso mesmo não podem foder muito.

Rimos. Amassei o cigarro no cinzeiro e a puxei para junto de mim, sentindo os seus seios se comprimirem contra o meu peito. (*Seio*: curvatura sinuosa; dobra, volta; parte do corpo humano onde ficam as mamas; peito, teta; a parte mais íntima de um indivíduo; alma, âmago, coração.)

– Meu pai vai fazer um churrasco domingo.

– E daí?

– E daí que ele pediu pra te convidar.

Encarei-a.

– Eu já te falei que ele não ficou zangado – ela prosseguiu. – Pra ele, isso é coisa da idade, que passa com o tempo...

– Pois ele pode esperar sentado que não vai passar!

– Ah, quero ver você com cinquenta anos.

– Não chego até lá.

– Há, há. Cão que ladra não morde. Você e o Adrian.

– Você fala tanto no Adrian que eu desconfio que está a fim dele...

– Eu, hein! Aquele lá não tem cura. De todos vocês o mais sensato é o Bira.

– O Bira? Aquele maconheiro? Esse aí não junta lé com cré. Por falar nele, como estão, ele e Cláudia?

– Estão firmes. Pensando em cair na estrada final do ano. Pegar uma mochila e sair por aí.

– Beatnik de araque...

Ela se levantou. Foi até a janela, afastou as cortinas encardidas e olhou a rua. Lá fora um sol calcinava as fachadas dos decrépitos sobrados da Riachuelo. Ela se curvou ligeiramente, cobrindo os seios com o braço. Por alguns segundos admirei suas nádegas, entre as quais afloravam, mal e mal, os lábios de uma outra boca.

– Ah, seu danadinho – ela disse, flagrando-me.

Caminhou em minha direção e, enlaçando-me o pescoço, sentou no meu colo.

– E então, você vem?

– Ah, não sei se vou ter cara de olhar pro seu pai, pra sua mãe...

– Bobagem. Minha mãe adorou você, disse que você é um rapaz muito inteligente. Só te achou meio espevitado.

– Olha, se eu for, prometo não beber.

– Acho bom. Há, há!

– Só suco de groselha.

* * *

Qual foi o grande nome daquele ano? Difícil optar entre tantos e tão diversificados candidatos: Robert Kennedy, Daniel Cohn-Bendit, Vladimir Palmeira, Martin Luther King, Roel van Duijn, Luís Travassos, Rudi Dutschke, Leila Diniz, Herbert Marcuse, Cacilda Becker, Bobby Seale, Euryclides de Jesus Zerbini, Jerry Rubin, Manuel Bandeira, Yasunari Kawabata, José Celso Martinez Corrêa,

René Cassin, Glauber Rocha, Julian Beck, Afonsinho, Tommie Smith, Rogério Sganzerla, Yuri Gagarin, Rita Lee, Roman Polanski, Caetano Veloso, Yoko Ono, Eldridge Cleaver, José Dirceu, Ho Chi Minh, Liv Ullman, Dom Hélder Câmara, Maharishi Yogi, Martha Vasconcelos, Jean-Luc Godard, Jane Fonda, Geraldo Vandré, Stanley Kubrick, Norma Bengell, Alexander Dubček, Chacrinha, Paulo VI, Márcio Moreira Alves, Hélio Oiticica... E Sartre, claro. Sempre Sartre. E entre nós, Adrian Felipe Steiner.

* * *

Às vezes eu tenho a impressão que todos nós éramos poetas e sartreanos. Cometíamos a insensatez não apenas de versificar como também a de mostrar esses mal traçados versos aos amigos em noites regadas a álcool e boemia. Nos cafés da Boca, na Velha Adega, no bar do Leleco ou no Bar Okey nos reuníamos em torno de canecos de chope ou de garrafas de vinho ordinário – e, depois de umas bebericadas e conversas aleatórias, alguém aventava:

– Olhem, escrevi umas coisinhas.

Em seguida sacava do bolso um pedaço amarrotado de papel e o fazia circular na roda. Os colegas liam, franziam as sobrancelhas, murmuravam interjeições de aprovação ou censura, e depois sentenciavam:

– É seu? Bom, muito bom.

Ou:

– Corta esse verso aqui. E esse também, que fica melhor.

Ou:

– Cara, não se meta a metrificar se você não sabe escandir sílabas.

Ou:

– Muito Drummond. Está na hora de diversificar influências.

Ou:

– Uma merda. Joga fora.

Os poemas do Adrian costumavam ser muito elogiados. Não sei se por condescendência – não havia quem resistisse ao charme de Adrian – ou por sua qualidade intrínseca. Apesar das convicções marxistas de meu amigo, seus poemas raramente eram contaminados por elas. Havia uma profusão de noite, névoa e morte em seus versos – o que me fazia desconfiar que por trás daquela fachada de intimorato militante escondiam-se ímpetos e tempestades ultrarromânticos. Além disso, ninguém escapa à herança simbolista de Curitiba. Eis como começava aquele poema de que ele me falara e cuja cópia me entregara na semana seguinte:

> Esta noite, caso queiras, podes recordar,
> recuperar no rio do tempo uma parcela do que o tempo te levou:
> o sol poente, o banco, o parque, a última conversa,
> a frase que, louca, te feriu a face
> ou a palavra que, covarde, amargou calada na garganta
> quando na verdade tu a deverias ter gritado aos sete cantos.

Constato o quanto há aí de Drummond, Gullar e Geração de 45 (que permaneceu forte não obstante as rupturas vanguardistas que se lhe seguiram), mas sobretudo do Adrian Steiner que eu conheci na escola e que vinha desaparecendo pouco a pouco. Inclusive fisicamente.

– Cara, e o teu amigo, não aparece mais? – perguntou o mais velho da roda, que já beirava os trinta.

– A política não tem deixado tempo.

– Olha, temos que tomar cuidado para que aquilo que é urgente não sufoque aquilo que é permanente.

Eu, de minha parte, não tinha muita coragem de expor minha modesta produção ao crivo da turma. Mas sempre que o fazia, Adrian era quem mais me incentivava. Só passou a me criticar – e mesmo assim nunca em público – mais tarde, quando de meu breve surto concretista. Gostou apenas deste aqui: "o negócio / mata o ócio / e nega o cio."

– Nesse sim, Ruy, você une uma demanda ocidental e uma concisão oriental.

Sartre – outra coisa que devo ao Adrian. *A náusea*, *O existencialismo é um humanismo*, *O mito de Sísifo*, *Do sentimento trágico da vida* (estes últimos do Camus e Unamuno, respectivamente) me foram apresentados por ele. Antes de mais nada e acima de tudo, éramos existencialistas, condenados à liberdade nas noites de frio e bruma da província, primeiramente em nossa cidadezinha e mais tarde em Curitiba. Se a existência precede a essência, precisávamos viver, e viver intensamente, para encontrar a nossa essência, e viver intensamente era beber, deblaterar, proferir asneiras, vagando peripateticamente pelas ruas, e depois pular no lago do Passeio Público ou então assistir ao sol nascer nos jardins do Reservatório do Alto São Francisco. Antes que *O livro vermelho* se tornasse a Bíblia de Adrian, levávamos o opúsculo de Sartre em nossas errâncias e o recitávamos como uma escritura sagrada:

– "E, quando dizemos que o homem é responsável por si próprio, não queremos dizer que o homem é responsável pela sua estrita individualidade, mas que é responsável por todos os homens." Viu, bicho? Nós dois aqui, no maior bode, somos responsáveis por toda a humanidade.

No fundo éramos os últimos existencialistas: a filosofia do baixinho estrábico e mulherengo saía de moda, substituída pela de outros mais ao gosto das premências contemporâneas: Herbert Marcuse, Ronald Laing, Erich Fromm... Mas o que mais admirávamos nele era sua capacidade de – não obstante o avanço dos anos – se posicionar cada vez mais à esquerda: contra seus compatriotas, defendeu a independência da Indochina e depois da Argélia; foi um dos primeiros não só a saudar a Revolução Cubana como a escrever sua apologia, *Furacão sobre Cuba*; e, ficamos sabendo, foi um entusiasta da recente rebelião juvenil em Paris... Se envelhecêssemos, preferíamos envelhecer como ele, não como John dos Passos ou Rachel de Queiroz...

Na verdade, o existencialismo estivera em voga mesmo na década anterior, quando aqueles sujeitos taciturnos de Saint-Germain-des-Prés começaram a pintar também por aqui, em São Paulo, Rio de Janeiro, Porto Alegre e até mesmo Curitiba, com seus sobretudos puídos e suas olheiras violáceas. Entre eles encontrava-se um rapaz então muito pálido e enfermiço, Saul, que mais tarde cederia muitos de seus livros para o irmão mais novo.

– Veja esse trecho, cara – dizia Adrian. – "O desamparo implica sermos nós a escolher o nosso ser." É ou não é do arco-da-velha?

* * *

Logo que cheguei, Ahmed me convocou ao seu escritório.

– Senta aí.

Sentei-me, ainda esbaforido – numa cadeira de palhinha bamba. Ele, numa ampla poltrona. Dividia-nos uma vetusta mesa de imbuia, juncada de cadernos ensebados, badulaques velhos e brinquedos em miniatura, com um tampo de vidro sob o qual se via um imenso mapa da Síria com os nomes em árabe e em francês.

– Você é um rapaz de família, a gente logo percebe – ele começou. – É esperto, é competente, tem boa formação. É alguém que sabe que turco é turco, árabe é árabe. Que entende que entre um sírio e um libanês não há diferença, fora aquelas que foram impostas pelos conchavos políticos – dizia, aludindo a uma conversa que tivéramos.

Aí tem coisa, pensei. Nenhum patrão inicia um discurso assim, cheio de salamaleques, a não ser por um único e exclusivo motivo:

mandar o interlocutor para o olho da rua. Contemplei aquele rosto duro e vivido (talvez duro porque vivido), no qual os olhos claros eram como os olhos de uma criança que subitamente envelhecera, criança que um dia palmilhara aquelas localidades ensolaradas e saturadas de história e que agora eram apenas caracteres arábicos e latinos sobrepostos sobre a mesa. Perguntei-me que motivo o levara a abandonar sua pátria, com uma mão na frente e outra atrás, para vir aqui oprimir um brasileiro, neto de imigrantes que igualmente abandonaram sua terra com uma mão na frente e outra atrás. A fome, a guerra, a opressão otomana? Olha só, você tem aí sua lojinha e se acha o empresário: homem de bem, pilar da sociedade, sócio do Rotary Club, membro da Associação Comercial do Paraná. Com enorme sacrifício paga um colégio particular para a filha, na esperança de que ela não coma o pão que o diabo amassou como você comeu ao cruzar o Atlântico. Eu, de minha parte, sou apenas seu funcionário, embora sem registro em carteira, e dependo dessa merda de emprego para pagar meu cigarro e minha cerveja. No fundo, meu chapa, somos todos fodidos, apenas em graus diferentes.

– Um belo dia você me aparece aqui e, embora eu não estivesse precisando de empregado – prosseguia Ahmed, com seu acento árabe –, eu te contratei porque você disse que tinha pensão e estudos para bancar...

De onde ele seria? De Damasco? De Alepo? De Lataquia? No mapa eu ia lendo: *Damas, Alep, Lattaquié...*

– Mas você deu para chegar atrasado, faltar, levar horas para fazer uma mísera entrega, sem dar qualquer justificativa. Ainda mais, está metido – pensa que eu não sei? – na subversão. O Brasil, menino, carece é de trabalho, esforço, economia, não de agitação comunista, que só tem causado divisão e miséria pelo mundo afora. E precisamos apoiar esse governo, que é sério e está fazendo o possível pra livrar este país da anarquia. Na juventude eu também tive lá meus ideais, meu pai é fundador do Partido Baath em Hasakah... Mas Síria é Síria, Brasil é Brasil.

Por um momento julguei vislumbrar nos olhos azuis do velho sírio um fulgor do jovem árabe e o imaginei – com os mesmos olhos, porém com menos rugas e os cabelos pretos – combativo, socialista, anti-imperialista.

– Toma aqui o seu acerto – arrematou de repente não o jovem idealista mas o velho homem de negócios.

Recolhi as cédulas sujas e amarrotadas que ele me estendeu sobre a cidade de *Palmyre*. Procurei, com o rabo dos olhos, Hasakah, mas não achei. Contei, recontei as notas.

– Está faltando cinquenta e cinco cruzeiros...

– Não está faltando coisa nenhuma. Descontei suas faltas e atrasos. E você não merecia nada. Agora, suma. Só saiba que você está visado. Na Associação Comercial, inclusive, vieram me falar de você, se eu sabia quem era você.

– Hã? Como assim? Quem foi?

– Não interessa. Um alemão amigo dos militares.

Pensei em dizer: tudo bem, velho, quando a revolução triunfar acertaremos as contas, eu e seu passado. Mande um beijo para sua filha. Mas não disse nada: a revolução podia não triunfar e ele era o dobro do meu tamanho.

Saí daquele tugúrio. Caminhei meio tonto até uma panificadora e tomei um copo de café preto, amargo. Depois fui até um canto do estabelecimento, onde havia, fixado à parede, um aparelho de telefone. Inseri algumas moedas e disquei. Atendeu a empregada.

– Oi, eu queria falar com a Vera.

– Quem gostaria?

– É o Ruy.

– Só um pouquinho.

Pausa.

– Alô?

– Oi, Vera, sou eu.

– Oi, querido, tudo bem? Aconteceu alguma coisa?

– Não, nada importante. Estou ligando pra dizer que não vou domingo.

– Não? Por quê?

– Porque não. Só isso. Não quero fingir nem discutir com ninguém.

– Isso não é justificativa, Ruy. Você prometeu que viria. Meus pais estão te esperando.

– Não vou mais.

Outra pausa.

– Olha, se você não vier não precisa nunca mais me procurar.

– Ah, é assim, é?

– É.

– Então tá bom. Tchau.

– Como?

– Tchau.

E bati o telefone. Saí. Lá fora, sobre a Praça Tiradentes, o sol brilhava como milhões de adagas.

* * *

Arroio Cercado, Arroio da Boa Vista, Ribeirão dos Padilhas, Rio Bacacheri, Rio Tarumã, Rio Ivo, Rio Juvevê, Rio Água Verde, Rio Guaíra, Rio Pinheirinho, Rio Belém, Rio Campo de Santana, Rio Cascatinha, Rio Uvu, Rio Mossunguê, Rio Vila Formosa, Ribeirão do Mueller, Ribeirão Campo Comprido, Ribeirão Antônio Rosa, Ribeirão do Passo do França, Arroio do Pulo, Arroio da Ordem, Arroio do Andrade, Arroio do Pulgador, Arroio do Passo do Melo, Córrego Vista Alegre, Rio do Wolf, Córrego Capão Raso, Córrego Vila

Isabel, Rio Barigui, Rio Passaúna, Rio Ponta Grossa, Rio do Moinho, Arroio do Espigão, Arroio do Prensa, Rio Atuba, Rio Iraí, Rio Iguaçu... Rios de Curitiba, rios, córregos, arroios, ribeiros, riachos, regatos, cursos d'água, regos, valos, veios, olhos, fontes: somando tudo não dá um Tejo, um Sena, um Guaíba. Nem mesmo um Tietê. (No entanto, as formidáveis águas que despencam das Cataratas do Iguaçu e banham as cidades de Montevidéu e Buenos Aires, na Bacia del Plata, são nascidas modestamente aqui.)

* * *

Finalmente Clarinha veio nos visitar e passou alguns dias na casa de Saul e Joana. Curitiba não vale uma missa, mas mesmo assim lhe mostrei as igrejas da Ordem e do Rosário, a Catedral Metropolitana, as Ruínas de São Francisco. Percorremos a Rua Quinze de Novembro, da Praça Santos Andrade à Praça General Osório, do Senadinho à Boca Maldita, olhando as vitrines das lojas de um lado a outro: Casa Cristal, Joalheria Kopp, Casa Esmalte, Casa Ottoni, Casa das Meias, Casa Ideal, Foto Brasil, Maison Blanche, O Louvre, Chapelaria Kosmos, Casa Leutner, Casa Metal, Casa Londres, Roskamp, Casa da Manteiga... Folheamos livros na Chignome, conferimos os cartazes dos filmes em exibição na "Cinelândia", tomamos milkshake nas Lojas Americanas e saboreamos empadinhas de frango na Confeitaria Iguaçu – ela reconhecendo, um a um, os pontos que eu lhe descrevera em minhas cartas.

– Aqui não é aquele bar onde vocês vêm lanchar de madrugada quando aperta a fome?

– Sim, é este. E o bar do lado. Além do Guairacá, do Zunzum, do Okey, do Stuart...

– Ah, me leva num desses...

– Se o Saul deixar, amanhã vamos no Velha Adega.

– Que se dane o Saul, quem manda em mim sou eu!

Nas Casas Pernambucanas, aproveitou o ensejo e comprou uma minissaia kilt – e, apesar de meus protestos, um par de sapatos Vulcabrás para mim. Curiosa, fez questão que eu lhe mostrasse o pedestal vazio do busto do reitor. No final da tarde, caminhamos pelo Passeio Público, observamos a animália entediada nas jaulas, jogamos pipoca para os macacos, andamos de pedalinho, tomamos chope no Bar do Pasquale. Solenes, contemplamos o sol barroco se pôr atrás dos castanheiros: a vida era alguma coisa assim entre bela e estúpida.

– E como está a nossa velha patota?

– Na mesma. Alex agora está trabalhando na olaria. Maneco, no cartório.

– E o Judas?

– Judas?

– O Pedrão.

– Ah, esse não faz nada. Só pensa em festa. Está querendo vir morar em Curitiba.

Clarinha já não era uma criança. Encorpara. Ganhara peitos, coxas, ancas. E apesar de minha recente experiência com as mulheres, travei. Fora conversas inócuas, não consegui dizer mais nada, nem tocar-lhe a mão, nem enlaçar-lhe a cintura, nem pespegar-lhe um beijo. Assim, sem irmos ao Velha Adega, não me lembro por qual motivo, passou-se o sábado. Do mesmo modo, o domingo – quando, com Saul, Joana, Adrian e Elisa, almoçamos no Restaurante Iguaçu, em Santa Felicidade: risoto grosso de caldo, frango a passarinho, macarrão, polenta e salada de radicci. Aí veio a segunda-feira e Clarinha se foi. Na rodoviária, me lembro do seu rosto triste na janela do ônibus. Fiquei me sentindo mais uma vez um idiota completo que desperdiçava as oportunidades que a vida lhe jogava nas mãos.

* * *

– Aprenda a datilografar que eu te arranjo um gancho – dissera Saul por aqueles dias.

– Faça uma promessa pra São José – sugeriu Joana. – Meu pai diz que é tiro e queda.

Saul olhou para ela, entre surpreso e divertido.

– Eu que não creio, vou tentar – respondi, rindo.

– Afinal, temos que atacar por todos os lados – acrescentou Joana.

Comprei uma Olivetti de segunda mão e fiquei uma semana trancado no quartinho martelando as teclas duras. Não rendeu muito. Peguei quase todo o dinheiro que ainda me sobrava e me inscrevi num curso de datilografia na Praça Tiradentes. E lá me pus a fazer aqueles estimulantes exercícios: asdfg asdfg asdfg... hjklç hjklç hjklç... gfdsa gfdsa gfdsa... Não aguentei mais que duas semanas. Mas agora eu já estava datilografando com relativa destreza e sem muitos borrões. Com a máquina, meus textos – pois, recalcitrante, continuava me julgando escritor – ganharam outra dimensão. Ao passar do manuscrito para o datilografado, conquistei uma compreensão "material" do meu trabalho: tornei-me concretista. Meio tardio, mas concretista. Com Maiakóvski achava que não havia poesia revolucionária sem forma revolucionária. Enchi folhas e folhas com experimentos mais ou menos assim: luta luto muda mundo... Ou: arma armada amor armado... Ou ainda: lua louca noite nua tua boca. Eu sei, eu sei, não eram lá muito originais. Graficamente, eram toscos também. Somente mais tarde, com a popularização das letras decalcáveis, é que eu praticaria alguns poemas verdadeiramente visuais. No entanto, o resultado seria igualmente duvidoso.

Briguei com Adrian, é claro, que, ortodoxo, não curtia vanguardices.

– Veja só o Gullar. Depois daquelas bizarrices agora está fazendo poesia de verdade.

Eu teimava: ser poeta é continuar brincando com as palavras depois que todo mundo ficou sério.

* * *

Galeria Tijucas, Galeria Asa, Galeria Minerva, Galeria Osório, Galeria Lustosa, Galeria Suíssa, Galeria Andrade, Galeria Tobias de Macedo... Muito antes dos shopping centers, e dos centros comerciais que lhes antecederam, eram as galerias os locais de compra protegidos das intempéries e do frio, onde nos acotovelávamos, contemplando as vitrines, futricando, flanando, flertando, conspirando, matando o tempo. Era, numa provinciana Curitiba, o nosso sucedâneo das *passages* parisienses. Quantas passantes pós-baudelairianas não vimos e não perdemos de vista em seus interiores? Tenho a impressão, inclusive, de que naquele funesto outubro avistei Conceição, de tailleur, lenço na cabeça e óculos escuros, numa dessas galerias. Corri atrás dela. Olhei para um lado, olhei para o outro. Nada. Não havia mais nenhum sinal dela. Curitiba podia estar bem longe de ser uma Paris, mas já tinha o tamanho suficiente para as pessoas se perderem – para sempre – umas das outras em suas galerias.

* * *

Madrugada úmida: o orvalho ressumava nas paredes da rodoviária, na Rua João Negrão, defronte à Praça Senador Correia, onde erguia-se, recém-inaugurada, a Igreja Nossa Senhora de Guadalupe. Fomos nos despedir de Adrian que, junto com outros delegados de Curitiba, partia para o 30.º Congresso da UNE – em local até então ignorado no interior do Estado de São Paulo. Elisa abraçou-o demoradamente mas notei que não se beijaram. Aliás, já havia percebido que as manifestações de afeto tinham diminuído entre os dois. Em seguida, Adrian me abraçou, um abraço forte, apertado, másculo, como o de um soldado que estivesse embarcando para o front.

– Dentro de alguns dias estou de volta com as novidades!

– Te cuida, Adri! – eu disse. – Não vá marcar bobeira.

– E não deixe a gente sem notícias – pediu Elisa. – Qualquer coisa telefone pro seu irmão.

– Se for possível...

Adrian subiu no estribo do ônibus da empresa Nossa Senhora da Penha, acenou e sumiu. Não, estava longe de ser Lênin embarcando rumo à Estação Finlândia, mas a cena me comoveu: um presságio, um vaticínio, um sinal de bom (ou mau) agouro? Minutos depois o carro partia e eu me vi, de repente, a sós com Elisa, como há mais de ano não acontecia. Olhei para ela, ela olhou para mim – um olhar em que eu não sabia precisar se havia saudade antecipada, apreensão ou alívio.

– Vai um café? – propus.

– Oba! Vai.

Entramos numa birosca ali mesmo na André de Barros, cheia de operários que engoliam algo ligeiro antes de pegarem suas respectivas conduções, e pedimos um pingado com pão na chapa.

– Ansiosa?

– Com o quê ?

– Com a viagem do Adrian.

– Não, claro que não. Vai correr tudo bem. Organizaram esse congresso dentro de todas as normas de segurança.

– Não acho muito fácil esconder assim centenas de estudantes...

– Se acontecer alguma coisa, a polícia não vai prender toda essa gente. Ia ser um escândalo mundial.

– Não me parece que a ditadura esteja assim muito preocupada com a sua imagem...

– Não vai ocorrer nada, Ruy. Vira essa boca pra lá. Todos os cuidados foram tomados.

Calamo-nos, bebericamos o café escaldante e amargo. Olhei em volta. O assunto ao nosso redor eram problemas domésticos, mulheres e – é claro – futebol. As paixões dividiam-se, naturalmente, entre Atlético Paranaense e Coritiba Foot Ball Club, mas havia ainda quem arrastasse a asa pelo Britânia, pelo Água Verde ou pelo Ferroviário. Eu, por exemplo, quando dava tempo, torcia pelo Ferroviário – um time mais, digamos, proletário.

– Como Zé Roberto está jogando um bolão, hein! – comentava um sujeito com traços caboclos.

– Mas mesmo assim não vai ser nada fácil passar pras finais – retrucava um mulato cujo rosto, embora jovem, já se cobria de rugas.

Olhei novamente para Elisa: seus olhos brilhavam, agora, mais para o verde que para o mel. Achei-os meio tristes.

– Está tudo bem com você?

– Sim, está. Por que não estaria?

– Ah, já sei, está preocupada com o noivado – brinquei (eles nunca me haviam falado de noivado).

– Deus me livre! Aliás, não estamos mais juntos.

– Hã?

– O Adri não te contou?

– Não, não disse nada.

– Sim, acabamos.

– Por quê?

– Incompatibilidade de gênios.

– Incompatibilidade de gênios? Vocês sempre me pareceram feitos um para o outro – menti. – Quando foi?

– Há umas duas semanas. Não saímos alardeando por aí porque isso é, como se diz, de foro íntimo.

– Claro, entendo...

– Pois é, não deu certo. Ou melhor: não deu *mais* certo. – Ela suspirou. – Não é bom namorar amigos. Se não dá certo o namoro, a amizade fica abalada.

Não sei se aquilo era um indireta ou apenas um desabafo. De toda forma, desde que os vi juntos pela primeira vez, ao pé do coreto da pracinha da cidade, eu a risquei do meu rol de expectativas. Mesmo agora: não dava para flertar com a ex-namorada do seu melhor amigo, não é? Não basta uma ou duas barricadas para a gente se livrar de atavismos ancestrais.

– Ah, não se preocupe. O Adri vai saber separar uma coisa da outra.

– Olha, receio que não. – Ela se virou e me olhou nos olhos: sim, eram verdes, de um verde escuro, ainda que tendentes a um verde-musgo, com pigmentos em tom castanho. – O Adrian tem um temperamento forte. E eu também. Como diz aquele ditado: dois bicudos não se bicam. – Riu.

– Há, há. É verdade.

– Nem Beatles ele escuta mais.

– Como?

– Pois é. Depois de uma sessão de autocrítica ele admitiu que ouvir rock é um desvio pequeno-burguês.

– E não é? – provoquei.

– Tem coisas mais importantes que isso. E tem uma que se deve levar em conta caso se queira que essa revolução não dê com os burros n'água.

– O quê?

– A libertação da mulher. Sem isso não se vai muito longe.

– Há quem diga que primeiro se faz a revolução, depois se resolve as demais pendengas...

– É esse o problema, meu querido: a revolução pode demorar mais do que imaginamos. Na China levou décadas, no Vietnã a coisa se enrola desde a Segunda Guerra.

– É, quem tem pressa, come cru...

Depois de passarmos a limpo nossas impressões sobre os mais recentes eventos – o rapto dos atores de *Roda-viva* em Porto Alegre, o golpe militar no Peru, os rumores da renúncia de Dubček na Tchecoslováquia –, a conversa, como uma limalha de ferro atraída por um ímã, retornou ao tema do fim do namoro. Entre outras desavenças, ela me falou de gestos e atitudes de Adrian que a magoavam: saía muitas vezes sem ela, mesmo quando ela podia ir junto, não a apresentava aos amigos, dava confiança demais às gurias que se aproximavam dele...

– O jeito é tocar o barco e seguir em frente – eu disse.

– Olha, Ruy, não sou moça casadoira. Enquanto não inventarem outro tipo de relacionamento, estou fora.

Eis aí uma garota do barulho, eu pensei.

* * *

"Para fazer a revolução é preciso que haja um partido revolucionário. Sem um partido revolucionário, sem um partido baseado na teoria revolucionária marxista-leninista, e no estilo revolucionário marxista-leninista, é impossível conduzir a classe operária e as grandes massas populares à vitória em sua luta contra o imperialismo e seus lacaios." "A revolução não é um jantar de gala; ela não se faz como uma obra literária, um desenho ou um bordado; ela não se pode concretizar com tanta elegância, tranquilidade e delicadeza, ou com tanta doçura, amabilidade, cortesia, moderação e generosidade de alma. A revolução é um levante, um ato de violência pelo qual uma classe derruba outra." "No final das contas o regime socialista substituirá o regime capitalista; é uma lei objetiva, independente da vontade humana. Quaisquer que sejam os esforços dos reacionários para frear o caminho da História em seu movimento para a frente, a revolução explodirá cedo ou tarde e sairá necessariamente vitoriosa." "Cada comunista deve assimilar essa verdade - que o poder está na ponta de um fuzil." "A experiência da luta de classes na era do imperialismo nos mostra que a classe operária e as massas trabalhadoras não podem vencer as classes armadas da burguesia e dos grandes latifundiários senão pela força dos fuzis." "No momento em que a sociedade humana chegar à supressão das classes, à supressão do Estado, não haverá mais guerras." "Como tudo no mundo tem natureza dúbia (é a lei da unidade dos contrários), da mesma forma o imperialismo e todos os reacionários têm uma natureza dupla - são verdadeiros tigres e ao mesmo tempo tigres de papel." "O povo, só o povo é a força motriz, o criador da história universal." "Quem diz luta diz sacrifício, e a morte é frequente. Como trazemos no coração os interesses do povo, os sofrimentos da grande maioria do povo, morrer por ele é dar à nossa morte todo seu significado." "A filosofia marxista julga que o essencial não é compreender as leis do mundo objetivo para estar em condições de explicar, mas utilizar o conhecimento dessas leis para transformar ativamente o mundo." "Que cem flores desabrochem e cem escolas de pensamento rivalizem, eis a política para promover o desenvolvimento das artes e o progresso das ciências, bem como o florescimento de uma cultura socialista no nosso país." "Para aprender o marxismo, não basta estudá-lo nos livros; é sobretudo pela luta de classes e o contato com as massas operárias e camponesas que chegaremos realmente a penetrá-lo."

* * *

Sábado à noite começaram a chegar as notícias, ainda desencontradas. Como eu temia, o Congresso da UNE fora descoberto: no sítio Murundu, nas encostas da serra de São Sebastião, município de Ibiúna. Em algumas versões, só os líderes tinham sido presos. Em outras, todos os estudantes. Setecentos e vinte jovens. Oitocentos. Novecentos e quarenta. Mil. Os números eram imprecisos – mas era muita gente. Foram levados para São Paulo em ônibus e caminhões. Domingo pulei da cama e fui comprar os jornais. Estava lá, na capa de todos os matutinos, em manchetes garrafais. Na *Folha de São Paulo*: CONGRESSO DA UNE: TODOS PRESOS. Aproximo-me. Leio:

> Cerca de mil estudantes que participavam do 30.º Congresso da UNE, iniciado clandestinamente num sítio, em Ibiúna, no Sul do Estado, foram presos ontem de manhã por soldados da Força Pública e policiais do Dops. Estes chegaram sem serem pressentidos e não encontraram resistência. Toda a liderança do movimento universitário foi presa.

E o Adrian? Com certeza detido também. O dia inteiro foi um corre-corre, com Saul zanzando de lá para cá, em meio a telefonemas e contatos com advogados, imprensa, polícia. À noite chegou a confirmação: com efeito, Adrian estava entre os 44 delegados paranaenses presos.

No dia seguinte, manifestações em prol da soltura dos estudantes pipocaram em todo o país. Em Curitiba – caminhando e cantando e seguindo a canção – uma passeata percorreu a Rua Quinze de Novembro, da Praça Santos Andrade à Praça Tiradentes. Do alto dos prédios, em solidariedade, caía uma chuva de papel picado. Estranhamente, a repressão não apareceu. Dois dias depois, já de volta, Adrian relatou-nos a epopeia – ou o fiasco, dependendo do ponto de vista – do Congresso:

– De repente, ainda bem cedinho, o povo se levantando, escovando os dentes, ouvimos uma rajada de metralhadora. Eram os homens, chegando de tudo quanto é parte. Não havia o que fazer. Com meia dúzia de pica-paus era um suicídio resistir. E já não dava tempo pra fugir. Ou seja, na hora H, a direção toda dormiu de touca.

– E o que houve com você?

– Me levaram pro Presídio Tiradentes. Depois pro Carandiru. Horas intermináveis. Cansaço, fome. Me interrogaram, me ficharam. Como fizeram com todo mundo. Só as lideranças permanecem presas.

– Bateram em você? – perguntou Elisa.

– Em mim não.

Apesar da excitação, achei-o abatido, fraco. Também, pudera! Os cabelos escorridos e oleosos já não tinham quase relação com o Adrian que, embora gostasse de ostentá-los longos, trazia-os sempre limpos e sedosos. A tez pálida e a barba de dias, meio rala, completavam a aparência com a qual eu me acostumaria a vê-lo nas semanas seguintes.

– Olha, esse negócio de movimento estudantil já deu pra mim.

– Como?

– Não faz nem cócegas na ditadura. Agora é luta.

– Já estamos lutando.

– Luta armada, meu. Criar um, dois, três, muitos Vietnãs.

Eu e Elisa nos entreolhamos.

– Não dá mais pra esperar. Chegou a hora. Eu sei que a luta vai ser dura, vai ser longa, muita gente inocente vai morrer, mas não tem outro jeito. Ou enfrentamos a ditadura no terreno deles, que é o das armas, ou seremos todos massacrados.

– Eu sei, Adri – retorquiu Elisa. – Mas não podemos nos precipitar. Temos que avaliar todas as possibilidades...

– Que avaliar que nada! Quem sabe faz a hora!

– Isso é voluntarismo, Adri. Porra-louquice.

– Acabou o tempo das análises, das divagações... Agora é tempo de agir: ousar lutar, ousar vencer.

– Não, a prática sempre é iluminada pela teoria.

– E a teoria pela prática. Vocês pensam que já não tem gente analisando há tempo a conjuntura? E pra muitos a hora já chegou.

– E baixando a voz, Adrian ajuntou: – Como a Elisa sabe, entrei em contato com uma organização, que inclusive já está em ação. E então, Ruy, o que você acha?

* * *

Firmeza mesmo era Joana. Embora sem emprego, a falta de grana não me afligia tanto: dormindo e – muitas vezes – comendo de graça na casa dela, eu precisava de dinheiro mais para os supérfluos: o cigarro, a cerveja, um livro ou outro, um ou outro cinema. Além disso, minha mãe volta e meia dava um jeito de me mandar uns trocos, sem que o pai soubesse, é claro. Até Clarinha me ajudava, comovida com os relatos de minhas tribulações.

Uma noite – mais uma entre as tantas em que Saul não estava – assistíamos à novela *Antônio Maria*, da TV Tupi, que então fazia um bruto sucesso. Nessas horas eu me achava meio estúpido, ao deixar por exemplo a leitura de um Dostoiévski ou Hemingway para acompanhar um dramalhão daqueles em que um grã-fino se fazia passar por um modesto motorista particular. Mas tudo bem, eu tinha que ser gentil com alguém que me dispensava tanta atenção. De repente, eu senti sua coxa roçar a minha. Em vez de recuar, como em outras ocasiões, eu sustentei o contato, talvez para ver onde aquilo ia parar. Não parou. Um calorão lascado tomou meu corpo, acompanhado de um princípio de ereção. Agora era a mão dela que estava pousada sobre a minha coxa. Eu podia a) dizer que aquilo não estava correto e era melhor a gente parar; b) não falar nada e ver no que aquela esfregação ia dar; ou c) me arremessar feito um míssil sobre ela, beijando-a doidamente e procurando-lhe os seios sob a camiseta. Bom, quem assinalou a alternativa "b" acertou. Não falei nada, não movi um dedo, na verdade fiquei paralisado. Ela não. Depois de alguns minutos, sua mão insidiosa veio subindo, subindo e alcançou meu órgão por sobre o calção. Fiquei até envergonhado por ele estar duro, como se o simples fato de ele intumescer naquelas circunstâncias fosse um ato desonesto. Porém, sua mão, não satisfeita, entrou por meu calção adentro. Eu, que já estava com a respiração opressa, tive que agir, colaborar, pois o calção era bem justo na cintura. Quem pensa então que eu, experiente, sabedor das coisas, mandei brasa, se engana. Mandei brasa, sim, mas muito rápido. Após alguns minutos de *fellatio*, ejaculei no céu de sua boca.

– Ai, seu filho-da-puta!

Tive vontade de cair por um alçapão abaixo.

* * *

Uma nova manifestação foi marcada para o sábado seguinte, agora com os bancários, os comerciários, os professores, para demonstrar que a repressão ao Congresso de Ibiúna não derrubara o nosso moral.

– Eles estão pensando que a gente vai arregar?

– O bicho vai pegar, moçada!

– Vamos mostrar pra milicada o que é bom pra tosse!

Dessa vez a polícia comparece em peso. E o pau come solto. Às nove da manhã os estudantes, concentrados na Praça Santos Andrade, começam a marchar, com cartazes, faixas e palavras de ordem, rumo à Praça General Osório. Os contingentes que chegam da Avenida Luiz Xavier avisam que a Polícia Militar está na rua, com cara de poucos amigos. São 1200 soldados, com mais quatrocentos de prontidão, armados de cassetetes, bombas de efeito moral e gás laxante. Além disso, cerca de quarenta viaturas, entre jipes, carros-choque, camburões e ambulâncias. Os primeiros enfrentamentos se dão na esquina da Rua Quinze de Novembro com a Alameda Doutor

Muricy – e logo o centro da cidade está virado num pandemônio. Os estudantes correm pela Praça Zacarias e pelas ruas Cândido Lopes e Ébano Pereira. As tropas perseguem-nos sem piedade, até quem tenta se refugiar na Biblioteca Pública ou no Centro Acadêmico Nilo Cairo. Mais adiante, barricadas são levantadas em torno da Casa do Estudante. A polícia cerca todas as quadras adjacentes, do Passeio Público à Reitoria. Do alto dos prédios são lançados rojões, bexigas d'água (e de urina) e materiais de construção, como cascalhos, tijolos e sacos de cimento, e ainda um ou outro coquetel molotov – produzindo belíssimas parábolas de fogo cujas labaredas vão se espalhar pelo chão ao se estatelarem contra os alvos. Dentro dessas garrafas há um item novo: além do tradicional líquido inflamável, pregos, parafusos e porcas enferrujadas – o que lhes potencializa o efeito. Perseguido, o líder do Centro Acadêmico Hugo Simas se encafua na redação do Diário do Paraná. A polícia cerca e invade o local. Vasculha os aposentos, os banheiros, a cozinha, os arquivos, a sala das rotatórias. No dia seguinte, o matutino é impresso com as fotos do garoto escapando ao cerco por cima dos telhados do prédio. O fato de ele ter ludibriado, com picardia, os trogloditas da polícia foi mais um dos motivos de júbilo dos dias que se seguiram. No entanto, os embates foram severos, alcançando um outro patamar, um patamar pré-insurreicional, e se alongaram até a boca da noite. Saldo: dezenas de feridos, estabelecimentos depredados, automóveis virados, paralelepípedos arrancados do meio-fio e 22 estudantes presos.

No meio da balbúrdia, com os olhos injetados, o supercílio direito cortado e filetes de sangue escorrendo pelo rosto, Adrian me gritou:

– Está vendo o que eu disse? Não dá pra enfrentar esses filhos--da-puta em campo aberto.

Fui obrigado a concordar. Suor e poeira, além do gás lacrimogêneo, me ardiam os olhos. Paramos para respirar debaixo de uma marquise.

– O negócio é ir pras montanhas, cara, formar núcleos com os camponeses – dizia Adrian, resfolegante, atabalhoado. – Daqui a dois ou três anos a gente desce. O Brasil é do o tamanho da China. Pra nos achar, os gringos vão ter que desfolhar a Amazônia inteira.

– Dê uma olhada em volta, Adri. Você está enxergando algum camponês?

– O lance dos camponeses é num segundo momento. Nós somos só a vanguarda. Mas sem uma vanguarda ativa o troço não decola.

Percebi um certo volume debaixo da camiseta manchada de suor e sangue de Adrian.

– Que é isso?

– Ah, nada não.

Era uma Taurus 32.

– Se te pegam com isso, cara, você vai ver o que é um pau de arara.

– Sei me cuidar, bicho.

– Vai nessa! Você é figurinha carimbada. Se perigar, já está sendo seguido.

– Eles querem gente graúda, velho, os líderes, que já não estão na rua dando sopa.

– Não se iluda, cara. Eles vão atrás de todo mundo.

Fitei o meu amigo: estava a cara do Giorgio Manfredi torturado. Não sei se era real, se estávamos dentro de uma película italiana, dentro de um livro, *Por quem os sinos dobram* ou *Educação sentimental*, por exemplo. Por um momento, as pessoas correndo, gritando, apanhando, pareciam espectros, sombras de um mundo distante.

– Está doendo muito? – perguntei.

– Não, nem sinto. E esse cheiro de sangue e pólvora me excita.

Tirou da mochila um casco de cerveja, com odor de gasolina, e um longo pavio de pano roto.

– Quero acertar aquela radioparulha.

Acendeu o pavio que, em segundos, já se transformara numa bela chama. Deu três saltos ligeiros em direção ao centro da rua, rompendo a barreira de um grupo de secundaristas que defendiam ali uma barricada de sacos de lixo, galhos e carteiras escolares, e atirou com toda a força o projétil incandescente – que foi se espatifar na parte de trás da viatura, produzindo por alguns segundos um estupendo espetáculo pirotécnico. Os meganhas, assustados, recuaram. Logo, porém, recuperaram-se, olharam em volta para ver de onde partira o artefato e avançaram em nossa direção. Todos debandaram e a frágil trincheira foi facilmente rompida. Corri como pude. Um guri, caído na rua, era espancado, protegendo o rosto com as mãos. Ao lado, um rapaz que eu conhecera do Nilo Cairo, jazia no chão, em posição fetal, levando botinadas de todos os lados. De relance, vi seu rosto, um aglomerado de poeira e sangue. Girei a cabeça, procurando Adrian: estava numa esquina mais afastada, com uma expressão de triunfo.

– São tigres de papel, Ruy, precisamos mostrar isso pro povo!

* * *

No princípio era o Partido Comunista do Brasil (PCB), vulgo Partidão, cuja liderança mais constelada sempre foi a de Luís Carlos Prestes, o Cavaleiro da Esperança. Mas, cansado de guerra (algumas heroicas, outras nem tanto), vinha sendo acusado de revisionismo e aburguesamento. Em 1962, de sua costela, nascia o Partido Comunista do Brasil (PCdoB), assumindo inclusive o tradicional nome do velho partido. No mesmo ano, originada da Juventude Universitária Católica (JUC) e de outros ramos da Ação Católica, surgiu também a Ação Popular (AP). Em 1968, uma cisão da AP daria origem ao Partido Revolucionário dos Trabalhadores (PRT), e em 1971, outra cisão, à Ação Popular Marxista-Leninista (APML), que se incorporaria ao PCdoB em 1972. Todavia, lá no início, em 1961, já tinha surgido a Polop, com o pomposo nome de Organização Revolucionária Marxista Política Operária, filha da fusão de militantes da juventude do Partido Socialista Brasileiro (PSB), da Mocidade Trabalhista e da Liga Socialista Independente. Da Polop, em 1966, junto a remanescentes do Movimento Nacionalista Revolucionário (MNR), originário de militares cassados pela ditadura, emergiu a Vanguarda Popular Revolucionária (VPR), que viria a ser liderada mais tarde pelo Capitão Lamarca, e em 1967 o Comando de Libertação Nacional (Colina). Um ano depois, a Polop fundiu-se com a Dissidência Leninista do PCB, no Rio Grande do Sul, para criar o Partido Operário Comunista (POC), e em 1969 remanescentes da VPR e do Colina uniriam-se para formar a Vanguarda Armada Revolucionária Palmares (VAR-Palmares). Em 1970, todavia, um grupo de militantes se desligaria do POC para voltar a constituir a Polop, com o nome agora, igualmente pomposo, de Organização de Combate Marxista-Leninista Política Operária. Enfim, em 1976, surgiria o Movimento pela Emancipação do Proletariado (MEP), a partir de um grupo carioca da Polop, denominado Fração Bolchevique (FB). Entretanto, lá em 1964, rompendo também com o Partidão, aparecera a Dissidência do Rio de Janeiro (DI-RJ), depois rebatizada de MR-8 (Movimento Revolucionário Oito de Outubro). Desarticulado pela repressão em 1969, seus sobreviventes vão ligar-se aos integrantes da Dissidência Comunista da Guanabara (DI-GB) para reconstruírem a sigla, que existe até hoje. Também como dissidência do Partidão, apareceu em 1967 a Aliança Nacional Libertadora (ANL), sob o comando do veterano Marighella. O Movimento de Libertação Popular (Molipo) e a Tendência Leninista (TL) são duas de suas dissidências surgidas em 1971. É do mesmo ano de 1967 outra ruptura, agora em relação ao PCdoB: a Ala Vermelha (AV), assim como um ano antes, do mesmo partido, irrompia o Partido

Comunista Revolucionário (PCR), que se fundiria ao MR-8 entre 1981 e 1995, para depois ser novamente refundado. Falta ainda mencionar o Partido Comunista Brasileiro Revolucionário (PCBR), criado em 1968, e o Movimento de Ação Revolucionária (MAR), do ano seguinte, constituído por militantes oriundos do Partidão e do Movimento Nacional Revolucionário (MNR), este último formado logo após o golpe com o apoio do ex-governador gaúcho Leonel Brizola.

* * *

Quando eu já começava a ficar desesperado, Saul veio com a notícia de que havia uma vaga de copidesque – justamente – no Diário do Paraná. Faço a entrevista, provo que sei escrever e ao final o chefe de redação me diz:

– Então até amanhã!

– Hã?

– Até amanhã. Você começa amanhã.

Corri à Telefônica, próxima à Praça Osório, e dei a boa nova à minha mãe. O ordenado não era aquelas coisas – um pouco mais que o salário mínimo – mas já dava para o gasto.

Depois de semanas em que, passada a novidade inicial, me entediava na redação reescrevendo textos sofríveis, deram-me a chance de um trabalho de rua: uma reportagem sobre os hippies em Curitiba. Com a ausência de hippies em Curitiba – eles só começariam a aparecer no final do ano seguinte – tive de recorrer a Bira, que conhecia os loques da cidade. Ele me levou a Grilo, um jovem poeta do grupo Áporo, liderado por Paulo Leminski. Seus longos cachos emoldurando-lhe o rosto anguloso e uns óculos redondos lhe davam a aparência que precisávamos. Metemos uma túnica florida nele e o fotografamos na Praça Zacarias, ao lado de Bira, fazendo o sinal da paz. A matéria saiu sob o título “Lindo sonho delirante”, dica do Adrian, aproveitando o gancho de um compacto lançado na época cujo título aludia ao LSD.

– O caminho da paz é a harmonia universal. Você não muda o mundo exterior se antes não mudar a si mesmo – afirmava o Grillo de nossa reportagem, que nós grafamos com dois "L", alcunhando-o de Grillo Flowers.

Péricles – era esse o nome do chefe de redação – gostou do resultado. E assim fui "promovido" à foca, sem deixar o copidesque. Mais horas na redação. O contracheque é que não viu nenhuma diferença.

* * *

Fiquei amigo do Grillo e numa noitada apresentei-o ao Péricles, que na verdade era outro poeta sem versos, dramaturgo sem peça, romancista sem livro, mas com muita verve: autêntico personagem em busca de um autor. Abominava o concretismo. Alienado e formalista, taxava. E para esse marxista com veleidades brechtianas nada podia ser mais execrável que alienação e formalismo. Não obstante isso, os dois se deram muito bem – e em breve eram vistos juntos quase todas as noites, atracados em ardentes e intermináveis altercações em torno de copos e garrafas.

Grillo, apesar de fã dos concretos, estava longe de ser racionalista. O que ele curtia na aventura concretista era a loucura de transcender – palavras dele – as velhas formas e fórmulas da poesia ocidental. De família abastada, já estivera nos Estados Unidos, conhecera Haight-Ashbury e experimentara ácido. Agora estava numas transas de hinduísmo, zen-budismo e I-Ching. Aliás, sempre que o Ocidente seca, ele se volta para o Oriente. Grillo era só um sintoma – provinciano – dessa tendência global. Os Beatles, depois de já terem introduzido a cítara em suas canções, no que foram seguidos pelos

Stones, não tinham estado recentemente na Índia? Mas a história era mais antiga. Uma década antes os beats já haviam sido atraídos pelas terras do sol nascente – e *The Dharma Bums* foi apenas um dos muitos frutos dessa atração. Todavia, se formos ver, vamos detectar esse fascínio já no século XIX, senão antes. É justamente quando o Ocidente está atingindo o auge de seu poder e glória, e dando início à sua máxima expansão colonial, que começa, ou melhor, se consolida essa queda pelo Oriente. Nesse sentido, Schopenhauer não foi mais que o primeiro budista ocidental: toda a vida é sofrimento e a causa do sofrimento é a vontade. Ao contrário dos marxistas e existencialistas, amiúde culpados ou angustiados, Grillo não parecia nem uma coisa nem outra. Abundavam-lhe vontade de potência e desejo – apesar de estar sempre na sua.

* * *

– Cadê as passeatas? Cadê as greves? Cadê a multidão?

– Em rio que tem piranha jacaré nada de costas...

– Eta povo que parece que gosta de uma canga!

– Não se esqueça: basta uma só fagulha para uma pradaria inteira se incendiar.

– Mas está muito verde essa pradaria, meu! Nem com uma chuva de fogo. Nem com a explosão de um vulcão.

– Espera um pouco só. Pra cada coisa tem a sua hora.

– Eu não entendo esse relógio da história que às vezes parece que anda pra trás.

* * *

O conflito de gerações – que mal ou bem sempre existiu – assumiu naqueles anos proporções cataclísmicas. O hiato virou fosso, o fosso virou abismo. Pais quadrados, filhos avançados. Pais caretas, filhos prafrentex. Não era só uma questão de pontos de vista diferentes. Era a vista de pontos totalmente diferentes, antagônicos, como nunca acontecera antes nem voltaria a acontecer depois. Os pais ouviam samba-canção, mambo, bolero, jazz, ópera etc. Os filhos curtiam rock (agora sem o *roll*). Os pais até podiam gostar de Beatles e de iê-iê-iê, mas nunca de Rolling Stones, menos ainda de Jimi Hendrix. Hoje, pais, filhos e avós podem ir juntos (e muitas vezes vão) a shows dos Stones ou do Paul McCartney. Agora faça a experiência de assistir aos filmes do Monterrey Pop Festival e do Woodstock: você não vê ninguém ali com mais de trinta anos, nem em cima nem embaixo do palco (descontando Ravi Shankar, é claro). Esse choque geracional se manifestava inclusive entre gerações limítrofes, como a nossa, em torno dos dezoito anos, e a que imediatamente nos antecedeu, que rondava os trinta, com quem convivíamos, embora às turras. Eles tomavam uísque, nós puxávamos fumo – sem deixar o uísque, preferencialmente substituído pela pinga, mais popular. Para eles Deus estava morto e enterrado, para nós solto (não exatamente naquele ano, ainda muito racionalista, mas a partir dos anos seguintes). Era o contraste entre a *booze generation* e a *pot generation*, a turma da birita e a patota da fumaça. De um lado a bossa nova e a canção de protesto, do outro a Tropicália e os acordes dissonantes. Ali o Teatro de Arena e o legado dos Centros Populares de Cultura, aqui o Teatro Oficina, Plínio Marcos e Antônio Bivar – e em breve *Pasquim*, *Bondinho*, Novos Baianos... Mas se com nossos pais não havia nenhuma espécie de diálogo, com eles nós podíamos discutir – e discutíamos muito, madrugadas adentro.

– Cara, o melhor compositor surgido nos festivais é Chico Buarque – dizia o veterano Péricles, que já rondava os quarenta, metade dos quais envelhecidos precocemente em redações enfumaçadas e nos balcões dos botecos mais ordinários da cidade.

– Tu tá por fora, bicho. O lance é Caetano – rebatia Grillo, que depois da minha reportagem só assinava seu nome assim, com dois "L". – Gil e Caetano. Eles já estão noutra. O tempo passou na janela e só o filho do Sérgio não viu.

– Cantora, sou mais a Nara – era uma loira, carregadíssima de maquiagem e cílios suspeitíssimos, que afirmava, sentada ao lado do Péricles. – A Nara e aquela baixinha, a Elis.

– Que Nara que nada – retrucava uma morena com a metade da idade. – Ela nem tem voz. Sou bem mais a Gal, saca? A Gal e a Kalafe.

Duas garrafas de Natu Nobilis depois, o assunto agora era cinema e teatro:

– Olha, pra dar o recado, não apareceu ninguém melhor que Brecht. É pá-pum: mata a cobra e mostra o pau, o sistema é assim e assado e nós temos que fazer o seguinte...

– Balela! Ele ainda está preso nos velhos moldes racionalistas – retrucava Grillo novamente. – Não percebe que, sendo contra Aristóteles, ele ainda é aristotélico? A razão ocidental está falida, bicho. De minha parte, boto mais fé no Artaud. Teatro da Agressão. E no Living Theatre.

Quem seria o Artaud? – perguntava-me. A trupe do Julian Beck eu já conhecia dos escândalos percutidos pela mídia.

– No cinema, Godard ainda é o maioral. *A chinesa* é do caralho.

– Aí eu concordo. Mas a *nouvelle vague* está ficando sacal. E o Cinema Novo está indo pelo mesmo caminho. Aposto minhas fichas ainda nos italianos. Vocês viram *Blow-up*? E *Teorema*?

A morena tinha visto *Blow-up*.

– E romancista? O melhor que apareceu nos últimos anos foi o Cony – declarava Péricles, com todo o peso de sua autoridade.

– O Cony? Corta essa! – contestava o Grillo. – A onda é o José Agrippino de Paula.

– Nunca vi mais gordo nem mais magro. O que ele escreveu?

– *PanAmérica*. Livraço. Mistura Marylin Monroe, Cassius Clay e Che Guevara numa prosa alucinada.

– Besteira! Detesto esses "popismos"...

– Eu gostei do Callado – aventava eu, timidamente. – *Quarup*.

– Ah, esse é bom também.

Grillo não disse nada. A loira e a morena pareciam concordar.

– E estrangeiro? – tornou Péricles.

– O Ken Kesey, o Burroughs...

– Quem são esses cabras? É Norman Mailer o maior, o mais contundente. Não tem pra ninguém.

– Tem muito macho nessa lista aí – dizia a loira, com o que a morena concordava. – Tem que acrescentar a Françoise Sagan.

– Autora de um livro só – alfinetava Péricles.

– E no Brasil não tem ninguém melhor que a Clarice – ajuntou a morena.

– Alienada.

– Alienada o escambau! Alienação é esse papo besta pra ver quem tem o pinto maior – fulminava a loira.

– É claro que é o meu – pilheriava Péricles.

Gargalhávamos. Na dúvida, preferíamos não conferir – eu pelo menos. É provável que as moças já tivessem conferido e que o moço viria a conferir em breve. Ao final da noitada, ao rachar a conta, ainda vinha outra das sentenças do Péricles:

– Pra não fundir a cachola, nos tempos loucos que correm, só o bom e velho Sigmund.

À qual Grillo invariavelmente redarguia:

– Que Freud que nada, meu! Freud é o último positivista. O lance é Jung. Jung.

– Ora, é apenas um novo opiáceo popular, já que as velhas religiões estão todas falidas.

– Quer saber de uma coisa? Marx era outro positivista!

Às vezes, a conversa ainda se arrastava pelos paralelepípedos escorregadios de uma Travessa Nestor de Castro deserta, onde, longe de ouvidos alheios, o foco podia se voltar com mais segurança para a política:

– Não sei, cara... Pra derrubar a ditadura só com movimento de massas. Guerrilha a esta altura é canoa furada.

– Sei não, bicho – suspirava Grillo. – Trancaram todas as portas. E além do mais, as massas não estão nem aí pro babado: só pensam em futebol, quermesse e televisão. O jeito é cair fora. Foda-se o povo! Não quer fazer revolução? Que se dane!

Péricles ajeitava o chapéu sobre o crânio ossudo e, com suas escleróticas amareladas, encarava Grillo do alto de sua autoridade de ex-membro do Partidão:

– Grillo, você tem que comer ainda muita farinha pra superar esse seu anarquismo de butique.

Enquanto isso, lá no alto, a lua, apática testemunha, era uma foice de prata num campo de estrelas – ou então um fantasma, um clarão, uma evocação sob as nuvens...

Na verdade, entre um polo e outro, entre os malditos de ontem e os marginais de amanhã, entre os heróis do bas-fond e os pioneiros do underground, entre os boêmios de antanho e os bichos-grilos de alguns anos depois, circulavam seres híbridos, ambíguos, anfíbios, em que essas duas gerações se interseccionavam, fundidas e confundidas: por um lado eram *booze*, como Péricles e Saul (*Debout! les damnés de la terre!*), por outro *pot*, como Bira e Grillo (*Turn on, tune in, drop out!*).

– Mas, afinal, que mal tem em unir Taiguara e Yardbirds? – perguntava o primo do Bira, aquele mesmo que me emprestara o smoking. – Posso muito bem ser vidrado em Stones e apreciar meu Lukács. Aliás, vocês já ouviram "Street fighting man?"

* * *

– Agora, trabalhando, tudo fica mais fácil.

– Ainda mais num jornal – disse Clara.

– Bem melhor que numa lojinha de bugigangas.

Definitivamente, não era mais Clarinha, quieta sob as tranças, a irmã pirralha de Adrian. Era outra, plenamente desabrochada. Os olhos cinzentos, aliás, eram os mesmos do irmão, assim como a suave arrogância de quem se sabe bela e inteligente. E, não sei por que cargas d'água, arrastava a asa para o meu lado. De minissaia, não era fácil desviar os olhos daqueles pernões morenos. Para disfarçar, eu brincava com Marx, coçava o queixo de Engels (o novo membro da família: um gato meio persa, meio angorá). Estávamos na sala de sua casa, ouvindo Simon & Garfunkel:

People who matter don't mind,
they don't need all of my time.
Somebody told me to light up every room...

ter uma festa na casa do Maneco essa noite.

, é? Ele não me convidou.

ixe de frescura. Ele nem sabe que você chegou. E tem mais: neu convidado.

ho que não tenho alternativa.

m não. À noite você passa aqui e vamos lá.

ue horas?

s sete. Aí você janta com a gente.

ão quero abusar da hospitalidade de vocês...

ra, faça-me o favor! Amanhã você já vai embora e vamos ficar sem nos ver.

rometo aparecer mais.

– Há, há. Conta outra!

Oh hey now, hey now,
growing up can be amazing
but it can even break your heart...

– Está servida a comida – anunciou a mãe de Clara, chiquérrima dentro das calças cigarretes.

Levantamos e fomos para a cozinha, onde logo depois entrava seu Steiner, afrouxando o colarinho da camisa.

– Olá, tudo bem, rapaz? – disse ele, apertando-me a mão.

– Sim, tudo. E o senhor?

– Vou bem, graças a Deus. Mas o país podia estar melhor, não é? – E depois que nos sentamos: – Então, temos a honra de almoçarmos com um jornalista?

– Que nada, um mero aprendiz – respondi, com (falsa) modéstia.

– E seu pai, aceitou bem a mudança?

– Melhor que nada, né?

Com meu pai eu celebrara, por meio da intensa mediação diplomática de minha mãe, uma espécie de concordata, uma *détente.* Interagíamos o mínimo possível e ele deixava seguir minha vida, contanto que eu não lhe pesasse um centavo no bolso. Acordo muito vantajoso – para ele, claro.

– Melhor um jornalista com vocação que um rábula frustrado – acrescentou seu Steiner. (Mais tarde fui conferir o sentido da palavra *rábula*: advogado chicaneiro ou trapaceiro; homem muito falador que não chega às conclusões de seu arrazoado...)

A conhecida toalha de algodão com motivos florais recebeu novas travessas recendentes: arroz soltinho, feijão preto com paio, couve-flor refogada com bacon, bife acebolado, salada de alface e tomate. Para beber, dessa vez guaraná Antártica. Tive que me conter para não comer mais do seria recomendável à minha educação. Depois das amenidades, o assunto girou, como era inevitável, sobre política.

– Olha, tudo indica – disse seu Steiner – que o caldo vai entornar. O governo, sob o fogo da linha dura, vai fechar ainda mais o regime. Quem disse que a presença deles seria passageira errou redondamente.

– E o que o senhor acha, dá pra resistir?

– Resistir sempre. Mas tem hora de avançar, hora de recuar. Agora estamos numa hora que é necessário um recuo estratégico. Temos que estar alertas. Eles querem justamente que botemos a cabeça pra fora da toca. Cautela e caldo de galinha não fazem mal a ninguém.

Depois do almoço, só nós dois na sala de estar, tomando um licor de anis, com a voz ligeiramente mais baixa, ele quis saber qual era o grau de envolvimento do Adrian com organizaçãoes clandestinas. Eu, que suspeitava que o Adrian estava metido até o pescoço, não quis preocupá-lo mais ainda: adiantaria alguma coisa?

– Ele tem alguns amigos, recebeu alguns convites, mas não pretende aderir.

– Sim, sim, bom. Aconselha ele a ficar de fora. O mar não está pra peixe. E você também: se cuide!

Passei a tarde em casa, jogando conversa fora com minhas irmãs, que estavam virando moças, praticamente desconhecidas para mim, brincando, jogando, desenhando com Robson, que se transformara num piá robusto e que ainda estava na fase de achar o máximo tudo aquilo que o irmão mais velho fazia. Alegremente surpreso, descobri que eles me veneravam: eu era não apenas o primogênito mas aquele que, prometeicamente, ousara desafiar a tirania paterna. Além disso, morava na "longínqua" capital, enfrentara a polícia, trabalhava em jornal e já tinha visto mais coisas neste mundo do que eles podiam imaginar. Conversei também com minha mãe, que, apesar de gentil comigo, o filho desgarrado, a ovelha tresmalhada, continuava a mesma: definhando silenciosa no quartinho de costura, repetindo eternamente os mesmos gestos e as mesmas ações: cosendo, cerzindo, lavando, varrendo, escovando, polindo... Deitado na minha velha cama (que agora era de Robson), contemplando o meu velho quarto, as lombadas do *Tesouro da juventude* na prateleira, chegava à conclusão de que não somente a infância jazia distante quanto a adolescência em breve seria um território inteiramente abandonado... Antes de retornar à casa dos Steiner, ainda dei um pulo na mercearia, surpreendendo meu pai – que com certeza pensava que eu tinha ojeriza àquele lugar. Troquei algumas palavras com o novo funcionário: outro polaco magro e banguela, pois João tinha se mudado para a cidade vizinha.

Cheguei a tempo da janta: torradas, presuntos, ovos mexidos e suco de laranja. O senhor e a senhora Steiner, como sempre, extremamente amáveis comigo. Se aceitassem, juro que me mudava para lá. Enquanto Clara se arrumava, permaneci na sala, ouvindo o disco *Highway 61 Revisited*, do Bob Dylan, que eu ainda não havia escutado inteiro. Hoje sabemos que é um clássico mas na época era um álbum de que mal suspeitávamos a importância. Lembro que me impressionou, além da já clássica primeira faixa, a última, em seus quase intermináveis onze minutos. Meu péssimo inglês não me permitia compreender a letra, mas eu pescava aqui e ali uma "Cinderela chorando", um "Caim e Abel", um "Fantasma da ópera", além do "corredor da desolação" do título, e compunha em minha mente uma história tão surrealista quanto vim a descobrir mais tarde que a original era. Clara chegou: olhos marcados com muito lápis e rímel; coque, lenço e franja desfiada; tubinho justo, sapatilhas e decote ousado. A noite prometia. Tomamos uns goles de uísque escondidos de seu pai, chupamos uns drops de hortelã e saímos.

Eu não podia pretender que fosse uma festa de embalo como as que eu estava acostumado em Curitiba. Mas não estava ruim. Os imberbes e impúberes ficaram sacolejando até o horário de virarem abóboras. Depois, com a debandada deles, a música melhorou. Saiu José Feliciano e Simonal, entrou Iron Butterfly, com o seu recente sucesso "In-A-Gadda-Da-Vida", John Mayall, The Animals e Mamas and Papas. Tocou também, como não podia deixar de ser, Miriam Makeba, com seu "Pata Pata", outra febre da época. O disco que mais me encantou, no entanto, foi o eclético *Álbum branco*, recém-adquirido do importador por salgados 44 cruzeiros novos, explicou-nos Maneco: "Back in the USSR", "Dear Prudence", "Ob-La-Di, Ob-La-Da", "The Continuing Story of Bungalow Bill", "While My Guitar Gently Weeps", "Martha My Dear", "I'm So Tired", "Blackbird", "Piggies", "Rocky Raccoon", "Don't Pass Me By", "I Will", "Julia", "Birthday", "Yer Blues", "Mother Nature's Son", "Sexy Sadie", "Helter Skelter", "Revolution 1", "Honey Pie", "Savoy Truffle", "Cry Baby Cry"... Claro que pularam "Revolution 9". A cannabis ainda não tinha chegado à cidade em quantidades suficientes.

Encontrei nosso Dante Negro.

– Daí, continua escrevendo?

– Aqui é um deserto de ideias, você sabe. Gostaria de ir pra Curitiba, estudar, participar da história que está acontecendo. Mas não posso. Tenho que ajudar meus velhos. Não importa, aqui ou no fim do mundo serei um grande poeta – disse Alex, sorrindo, os seus dentes brancos luzindo na semiobscuridade da sala.

Cumprimentei Ana Flávia, troquei duas ou três palavras com Roberta, que estava com seu namorado, um cara simpático de uma cidade próxima. Mas a maior parte do tempo passei com Clara, com quem dancei, de rosto colado, duas ou três vezes – o suficiente para que o meu coração batesse feito o de um pré-adolescente. Depois, ficamos lá fora, bebendo muito e conversando pouco – eu clamando aos deuses da birita as forças que me fugiam. Uma hora, Clara recostou o rosto no meu peito e eu, muito a medo, me pus a cariciar-lhe os cabelos. Quando, depois de intermináveis minutos de hesitação, fui baixar o rosto para tocar-lhe os lábios, ela foi sacudida por fortes convulsões: estava chorando.

Depois de deixá-la em casa, sem que ela me desse uma explicação do que tinha acontecido, peguei sorrateiramente minha velha Monark, que enferrujava na garagem, e pedalei até arderem-me as coxas e as panturrilhas. De repente me vi diante de um casarão familiar, com seus lambrequins e seu luminoso vermelho.

– Ora, ora, quem é vivo sempre aparece! – exclamou detrás do balcão dona Filó, sempre exuberante em seu rouge, em seus "erres" e em seus peitos colossais. – E vejo que o nosso menino virou homem! E que pão de homem!

– Hoje a bebida é por minha conta. Filó, dois gins com Crush! – bradou alguém.

Virei-me e João, no tamborete ao lado, abria-me um sorriso em que eu via todas as falhas de sua dentição.

– João, você por aqui?

– Eu que pergunto! Veio matar as saudades?

Abraçamo-nos e, atropeladamente, começamos a pôr a conversa em dia. João trabalhava agora numa selaria ali perto e ganhava o dobro do que recebia antes.

– Também, pudera, com meu pai!

– O país está melhorando, guri.

– Melhorando? Ilusão, cara. Espera só pra ver!

– Vão até construir uma ponte de verdade no lugar do pontilhão.

– Grande bosta!

O garçom nos trouxe os drinques.

– À sua saúde, guri!

– À nossa! À saúde geral da nação!

Bebemos. De minha parte, dei um longo gole: estava sedento.

– Mas e daí, João, e as minas?

– Tem uma nova aqui, gringa, que é um filé! Vou te mostrar depois.

Em seguida ao gim, é claro, veio a pinga – porque ninguém estava nadando em dinheiro. Na radiola, os velhos boleros foram substituídos por sucessos mais recentes. Mas nada de rock ou coisas como "Viola enluarada". Preferiam Agnaldo Rayol, Gigliola Cinquetti ou até o impudico Serge Gainsbourg, com a gemeção escandalosa de Jane Birkin:

Je t'aime, je t'aime,
oh, oui, je t'aime,
moi non plus.
Oh, mon amour!
Tu es la vague, moi l'île nue.
Tu vas, tu vas et tu viens
entre mes reins...

Depois nos instalamos nas poltronas, onde as moças costumavam abordar os clientes. Diante daqueles pares de coxas, axilas e seios, paguei alguns drinques, caríssimos, conversei com uma ou outra, conheci a gringa, na verdade uma argentina filha de russos ou poloneses, mas não me aventurei a subir ao andar de cima. A fumaça dos cigarros de palha, o cheiro de umidade, de coito e de perfume barato, somados ao álcool (na terceira ou quinta fase, não lembro), me nausearam. Uma hora depois já estava de novo sobre a minha desmazelada bicicleta.

Com o suor me empapando a camisa, cheguei à praça, saltei e sentei-me no espaldar de um banco. Acendi um cigarro e deixei minha cabeça vagar vazia. Desolation row, recordei. Desolation row. Não sei quanto tempo passou. Esfriava. Ao longe assobiou um urutau. O sino da igreja badalou quatro horas.

– Às vezes a solidão é nossa melhor companheira.

Assustei-me. Era seu Melquides que, sem que eu o percebesse, sentara-se na ponta do banco.

– Opa! É você?

– Pensou que fosse quem a essa hora?

– Ah, sei lá... A voz da minha consciência.

– Há, há.

– Aceita um cigarro?

– Como não?

Bati o maço, ele puxou um cigarro e lhe acendi, com uma mão em concha. Peguei outro para mim. Depois de uns minutos em que ficamos fumando em silêncio, perguntei:

– Me diga uma coisa, seu Melquides: como o senhor lida com a solidão?

– Não tenho problemas nenhum com ela. Tenho problemas isso sim com alguns indivíduos. Antes só que mal acompanhado, não é?

– Sim, toda vida. Mas é difícil, não é? Uma coisa é ficar umas horas sozinho, um dia, dois... Mas e a vida?

– Olha, estou acostumado, amiguinho. Converso aqui e ali com alguém mas minha grande companhia é a solidão. Ela é que me permite conversar comigo. Quem não conversa consigo, não sabe de nada.

Sorri.

– Você tem razão, seu Melquides. Sabe que tem um poeta que disse o seguinte: “Quem não sabe povoar sua solidão, também não sabe estar sozinho em meio a uma multidão atarefada”?

– Ele que estava certo, guri.

Terminamos o cigarro. Uma forte cerração descia sobre a praça, dissolvendo os contornos duros que as coisas têm durante o dia.

– E o Adrian?

– Não veio, envolvido com as coisas lá dele.

– Política?

– Sim, política.

– Ele tem que tomar muito cuidado. Não sabe que estamos numa ditadura?

– Aquele bicho é teimoso, seu Melquides. O senhor sabe.

* * *

Quando foi que o sonho acabou? No comecinho de 1971 John Lennon afirmou numa famosa entrevista à revista *Rolling Stone*: "The dream is over." Na verdade ele estava retomando a letra de uma canção, "God", lançada um mês antes em seu primeiro álbum solo após os Beatles. Depois de enumerar uma série de itens em que não acreditava mais ou nunca acreditara – magia, I-Ching, Bíblia, tarô, Hitler, Jesus, Kennedy, Buda, mantras, Bhagavad-Gita, yoga, reis, Elvis, Zimmerman, Beatles – e afirmar que só acreditava em si e em Yoko, ele declara: "O sonho acabou. Ontem eu era um tecelão de sonhos, mas agora eu renasci. Eu era a morsa, mas agora eu sou o John."

Talvez o sonho tenha terminado um pouco antes, no ano anterior, com a dissolução dos Beatles, em abril (quando, para divulgar seu primeiro disco solo, Paul McCartney anunciara que não pretendia mais gravar com os colegas), e as mortes de Jimi Hendrix, em setembro, e Janis Joplin, em outubro, mortes precedidas um ano antes pela de Brian Jones e seguidas um ano depois pela de Jim Morrison. No entanto, talvez precisemos recuar um pouco mais para determinar o fim do sonho: o Festival de Altamont, promovido pelos Rolling Stones em dezembro de 1969, onde quatro pessoas morreram: duas atropeladas, uma afogada e uma esfaqueada, esta última um jovem negro, assassinado pelos Hells Angels, que faziam a segurança do evento em troca de cerveja. Quem sabe seja preciso retroceder ainda mais para detectar as primeiras sementes de violência no coração do sonho: os assassinatos de Sharon Tate e mais seis pessoas em agosto sob a liderança de Charles Manson. Ou, então, no ano anterior, a tentativa de assassinato de Andy Warhol. (Andy nunca mais seria o mesmo, com as portas de seu estúdio abertas para junkies, drag queens e outsiders em geral.)

Não sei, não sei. Fazer profecia *ex eventu* é sempre cômodo. Só sei que no Brasil o sonho virou pesadelo na sexta-feira de treze de dezembro de 1968, com a promulgação do Ato Institucional Número Cinco.

* * *

Adrian agendara comigo e mais dois amigos uma entrevista com um dos dirigentes da tal organização. O local era a insuspeita Confeitaria das Famílias, na Quinze, entre a Barão do Rio Branco e a Monsenhor Celso. Cheguei cedo, não sei se mais apreensivo ou curioso, abanquei-me junto ao balcão e pedi o famoso madrileño – o dono, aliás, era um velho espanhol. Ainda estava apreciando aquele apetitoso folhado com doce de leite quando me aparece, com o nariz adunco, o gogó saliente, mais magro que nunca, advinhem quem? O Lessa. Sim, o professor Lessa.

– Olha o sumido aí! Que é feito de você? – ele perguntou.

– Não tinha mais como pagar o cursinho!

– Seu sacripanta!

Mal começamos a colocar a conversa em dia quando entrou Adrian. Atrás da gente, numa mesa de canto, folheando a Gazeta do Povo, estava o outro rapaz, um quartanista de ciências sociais. Adrian fez as devidas apresentações e nos sentamos à mesa do rapaz. Minutos depois aproximou-se um indivíduo de chapéu de feltro e óculos de aro grosso, aparentando quarenta e poucos anos. Era ele.

– Gente, esse aqui é o professor Honório – disse Adrian.

O sujeito apresentado como professor Honório não tinha, a despeito do chapéu (afinal, na geração anterior à nossa todos ainda usavam chapéu), a menor aparência de agente da subversão a serviço de Moscou, Pequim ou Havana... De fato, parecia muito mais um professor – digamos, de álgebra – ou um pastor protestante. Regalando-se com uma bomba de creme, discorreu sobre a gravidade da situação nacional – nada muito diferente do que já sabíamos – e expôs a história, a orientação política, os objetivos e os métodos da organização. Não havia condições de combater a ditadura no terreno dela, evidentemente. Ações na cidade ou focos guerrilheiros eram temerários. O caminho era a guerra popular prolongada. Em vista disso era preciso que membros da organização fossem deslocados para o campo, em distantes regiões rurais empobrecidas, e começassem lentamente um trabalho de base com os camponeses. Enfim, se estivéssemos dispostos a dar um passo, e a colaborar mais de perto com a luta que se fazia necessária e premente, era só nos manifestarmos em duas ou três semanas, por meio do Adrian, que a organização nos mandaria em seguida as orientações.

– Agora, pessoal, boca de siri – emendou Adrian. – Ninguém sabe o que aconteceu aqui.

Finalizamos com um cafezinho e nos despedimos na manhã clara, cada qual para o seu lado. Eu queria conversar mais com Lessa mas as normas de segurança – que naquela ocasião me pareciam exageradas – nos impediu. Nunca mais o vi.

* * *

Estava trabalhando, vivendo bem, trepando (melhorzinho) com Joana... Na verdade, não tinha motivo nenhum de queixa. Acordava tarde – pegava o batente só depois do almoço –, tomava um banho, fumava o primeiro cigarro do dia e escapulia para a rua: evitava topar com Joana e ser convidado para um café. Depois dava umas voltas pelo bairro: caminhava por ruas tranquilas, que muitas vezes lembravam uma vila alemã ou italiana, com suas casinhas de madeira, suas nonas varrendo a calçada, suas hortas e pomares singelos. Às vezes subia pela Rua São Sebastião até os pavilhões da Prisão Provisória de Curitiba, na Avenida Anita Garibaldi (a visão daquele presídio sempre me despertava maus augúrios), ou então descia pela Brasilino Moura, passando pelo Colégio da Divina Providência, o antigo Cassino do Ahú, com sua imensa área verde sombreada por altivas araucárias. Descia então até a Churrascaria do Erwin e virava pela Mateus Leme, às vezes esticando até a gigantesca Fundição Mueller e retornando pela Cândido de Abreu. Cruzava a Praça Nossa Senhora de Salete, diante do imponente Palácio Iguaçu, marco da arquitetura modernista na cidade e sede do governo estadual, e voltava pelas margens do Rio Belém, em meio a chacrinhas e matagais, ladeando o vasto terreno da Fábrica de Velas Estearina Paranaense, com seu bosque repleto de pitangueiras, ciprestes e mais araucárias.

Não poucas vezes permanecia no Centro e almoçava por lá mesmo, fazendo hora até entrar na redação. Já com meu dinheirinho suado, ousava frequentar ora o Restaurante Zacarias, na praça de mesmo nome, onde às terças-feiras tinha uma deliciosa dobradinha à espanhola (feijão branco, costelinha defumada e linguiça frita), ora o Restaurante Gruta Azul, na Marechal Deodoro, que servia um excelente vatapá às sextas-feiras. O Restaurante Rio Branco, na avenida homônima, ou o Bar Paraná, na Quinze, também eram alternativas. Nos dois ou três dias que seguiam ao pagamento, ainda me dava ao luxo de uma coalhada na Confeitaria Schaffer ou – cúmulo da autoprodigalidade – uma banana split nas Lojas Americanas. De pança cheia e vontade de tirar um cochilo, me arrastava até o Diário do Paraná, na José Loureiro, entre a Praça Carlos Gomes e a Doutor Muricy, e, depois de um caneco reforçado de café, perguntava pela pauta. O trabalho muitas vezes avançava noite adentro e terminava não raro em boemia, discutindo (mais ouvindo que falando) política, literatura e mulheres nos inferninhos da Cruz Machado, ou saboreando, novamente na Barão, o famoso churrasco do Bar Palácio: um contrafilé grelhado, temperado com sal, vinagre, água e alho abundante. Sem que eu falasse, parece que Péricles adivinhava meus problemas.

– Sabe qual é o segredo pra prolongar a trepada e não queimar a largada? – perguntou ele uma noite, quando estávamos num dancing decadente da Saldanha Marinho.

– Qual? – perguntei, tentando demonstrar a maior naturalidade.

– Na hora que o troço estiver ficando bom, pensa nas contas a pagar ou no seu pai te levando à missa – e riu.

– Mas aí, qual é a graça de brochar o tesão? – indagou Grillo.

– Brochar não, equilibrar. Quando enche muito o pneu, a câmara estoura, não é verdade? É o preço pra não morrer na praia, meu amigo. Satisfazer a mulher pra se satisfazer melhor.

Quanto a mim, por conta da paciência de Joana, não morria mais na praia. Mas estava longe de navegar em alto mar – daí que o conselho do Péricles até que me foi útil: pensar na grana curta (no meu pai não, Deus me livre, preferia ficar celibatário). Depois que aprendi a me controlar, começamos a variar as posições. Até o Kama Sutra, best-seller do ano, nos auxiliava quando a imaginação faltava: as posições mulher de Indra, par de tenazes e união do corvo (a tradicional 69) eram as nossas preferidas. Mas, como a boa literatura oitocentista advertia, o êxtase do início foi logo sendo substituído pela rotina e pelo tédio. Joana começou a ficar crica, ciumenta, possessiva. Fiscalizava meus horários, examinava meu quarto, cheirava meu colarinho.

– Tem cheiro de mulher aqui!

– É uma amiga do Péricles, que toma banho de perfume.

– É bonita?

– Tem oitenta anos de janela...

Descobriu as cartas de Clara – que, agora, vinham rareando. Tive que jurar que não havia nada, embora não houvesse entre nós, eu e Joana, nem podia haver, nenhum compromisso explícito de exclusividade. Perguntava-me insistentemente de Vera. Se eu ainda a via, se me encontrava com ela, se fodia bem. Por isso eu preferia, cada vez mais, pular da cama e me escafeder – e ficava aliviado quando Saul estava na cidade.

* * *

Tardinha. Eu e o Adrian caminhando pelas ruas tranquilas do Alto São Francisco.

– E então?

– Então o quê?

– Pensou?

– Estou pensando. Há tempo.

– Que acha?

– Você acredita mesmo que podemos derrotar na marra a ditadura?

– Não sei. Mas guerra é guerra. A gente nunca entra sabendo se vai ganhar ou não. Apenas com a vontade de lutar. E vencer.

– Tem falado com Elisa?

– Sim, um pouco.

– Que ela pensa disso?

– Ela está fora. Quer colaborar, mas sem se envolver muito.

– E o Saul?

– Também.

Subíamos a Rua Carlos Cavalcanti. À nossa direita a Padaria América, onde uma vez eu viera tomar uma Crush e comer um chineque com Vera. À esquerda, o Colégio Martinus e a Igreja do Redentor, de confissão luterana.

– Eu entendo – continuou Adrian. – Saul é casado. Acha que o caminho não é por aí. E Joana é contra, claro. Elisa, também. Pensa que é uma aventura.

– Mas não deixa de ser.

– Toda revolução tem um quê de aventura, de risco. Faz parte do jogo. Veja o Che. Deu certo em Cuba. Não deu na Bolívia.

– Talvez ele não tenha feito uma leitura adequada da realidade.

– Com certeza. Mas no calor dos acontecimentos isso nem sempre é fácil. Se os camponeses aderiram em Cuba, por que não iam aderir na Bolívia?

Cruzamos a Almirante Barroso.

– Sei lá, Bolívia não é Cuba. Barrientos não é Fulgencio Batista.

Adrian não retrucou. Não porque não tivesse argumentos – ele sempre os tinha – mas porque provavelmente já estava pensando em outra coisa. Cruzamos a João Manoel e a Rua Portugal, passamos pelo convento das Filhas da Caridade, com sua Capela da Medalha Milagrosa, e chegamos à Jaime Reis, onde viramos à esquerda. À direita o primeiro reservatório d'água da cidade e, em seguida, a Igreja São Vicente de Paulo. Em silêncio, passamos pelo Clube Operário e alcançamos a Praça João Cândido. Adrian, de cabelo curto, um bigodinho ridículo e calças de tergal, num processo evidente de "autoproletarização", só não parecia operário pelo tom da pele e pelos olhos claros. Aqui no Paraná, pelo número de polacos e carcamanos pobres, até podia enganar.

– Você não tem medo de morrer não? – perguntei.

– Sim, tenho – ele respondeu depois de alguns instantes.

– E de ser torturado?

– Claro, tenho pavor. Mas não estou entrando nesse jogo desconhecendo as regras. Posso matar, posso ser morto, posso ser torturado. Mas nunca vou torturar. Essa é a diferença entre nós e eles, entende?

Sentamos num banco.

– E você, tem medo? – agora foi a vez de Adrian perguntar, depois de acender um cigarro; eu também acendi o meu.

– É óbvio. Não aguento nem a dor do Merthiolate – respondi, balançando o fósforo. Rimos. – Mas tenho mais medo de matar – continuei. – Acho que se tivesse alguém na mira de uma arma eu hesitaria.

– Você não precisa ficar na linha de frente. Tem muitas outras funções.

– Eu sei. Mas na hora do bicho pegar vai sobrar pra todo mundo.

– E mesmo pra quem ficou de fora.

Calamos. Uma brisa morna balançava de leve os ramos acima. Eu fiquei olhando as ruínas atrás do Belvedere. Quem as teria construído? Por que as abandonara? Conforme o nome – Ruínas de São Francisco –, foram os franciscanos. Do outro lado, os últimos raios do sol incendiavam as nuvens barrocas que se recortavam atrás dos telhados já escuros. Adrian fitou o relógio.

– Preciso ir, bicho. Tenho um "ponto" a cumprir.

– Até mais.

– Até.

(*Ponto*: encontro marcado entre dois militantes em um local e horário determinados, para acertar ações ou trocar informações.)

Levantamos, lançamos fora nossas bitucas. Por um momento – dentro da timidez e reserva masculinas – nossos olhares se cruzaram. Nossos caminhos, que haviam se encontrado três anos antes numa bolorenta sala de aula de uma cidadezinha do interior, agora se bifurcavam: entendi isso nos olhos cinzentos e tristes e meigos do meu amigo. Sempre dentro da timidez e reserva masculinas, nos abraçamos. Abraço rápido, porém algumas frações de segundo mais demorado do que o que seria conveniente. Foi o último abraço – dentro daquela década, dentro da adolescência, dentro daquele mundo.

– Lembra de Maiakóvski? – perguntei. – "Nesta vida morrer não é difícil. O difícil é a vida e seu ofício."

– Como não?

– Ó, Adri, vê se se cuida. Não dê mole não.

– Não se preocupe. No final, tudo vai dar pé.

– Espero.

- Ah!
- O quê?
- Cuida bem dos meus selos, hein!
- Há, há. Pode deixar.

Não fazia uma semana eu tinha recebido um embrulho em casa: toda a coleção de selos de Adrian! E um bilhete: "Eu acho que nunca te dei um presente. Então aqui vai. Se puder, aumente. Saudações socialistas, Adrian Steiner."

Eu ainda o veria - encontros rápidos - duas ou três vezes antes que ele fosse tragado definitivamente pelo sorvedouro daqueles dias. Não sei quanto tempo depois permaneci sentado naquele banco. Cheguei a cochilar. As estrelas tremiam no céu quando acordei. Lembrei-me de um poema de que gostávamos muito, do García Lorca: "Hoy siento en el corazón un vago temblor de estrellas." Lembrei também de uma anotação que havia feito por aqueles dias: "No fundo, o desamparo é a nossa maior herança."

* * *

Ainda guardo comigo alguns dos cadernos daquela época. Como eu pensava que um dia seria importante ("um dia a gente ia ser Homero", não é?), alguém poderia se interessar por essas minhas anotações. Há de tudo: observações aleatórias, reflexões cheias de presunção juvenil, impressões de leituras, citações, glosas, listas, desenhos, esboços de poemas, de contos, roteiros de romances que eu nunca escrevi e que não consigo mais decifrar, muitas vezes com as datas em que foram escritos... Agora eles me servem de inspiração, ou melhor, de deflagradores da memória - como madeleines de tinta e papel - para essas minhas linhas tortas.

Aqui, a anotação inteira: "No fundo, o desamparo é a nossa maior herança. Nascemos sós, morreremos sós. Bastardos, trânsfugas, párias, não sabemos para onde vamos, não sabemos sequer por onde vamos. Impossível se fazer entender, tentar explicar, articular qualquer palavra coerente. Ninguém nos ouviria: nem entre os anjos, nem entre os homens. Aliás, não há em lugar algum alguém velando por nós, alguém zelando por nossos passos, pronto a nos socorrer em caso de queda ou pânico. Se, ao sairmos de casa, alguém ainda nos acenava, não há a menor garantia de que, ao regressarmos um dia, ainda esteja lá nos esperando. O jeito é estender a mão e tocar os outros que, igualmente desamparados, igualmente extraviados, vagam ao nosso lado. E quem sabe, assim, de braços dados, tentar chegarmos juntos a algum lugar seguro."

* * *

Curitiba e seus personagens e tipos reais: Baltasar Carrasco dos Reis, barão do Serro Azul, Emílio de Menezes, Dario Vellozo, João Itiberê, a beata Nhá Perpétua, Maneco Facão, Romário Martins, João Turin, Bento Mossurunga, Remo de Persis, Didi Callet, Erbo Stenzel, Bataclan, Hercílio Maes, Paulo Wendt, Alceu Chichorro, Alfredo Gottardi, Nhô Belarmino & Nhá Gabriela, Ney Traple, Irmãos Queirolo, Túlio de Lemos, Helena Kolody, Lala Schneider, Emir Calluf, Waltel Branco, Mestre Chicão, Efigênia Rolim, Odelair Rodrigues, Aramis Millarch, Alice Ruiz, Maritza Fabiani... Para não falar das sete Marias, das quais a mais famosa ficou sendo a primeira, santa de devoção dos curitibanos, disputando a primazia com Nossa Senhora da Luz: Maria Bueno, Maria Balão, Maria Sete, Maria Pelanca, Maria Desenhista, Maria do Cavaquinho e Maria Polenta – benzedeira das boas, que fazia sumir qualquer verruga e botava imediatamente de pé qualquer atleta contundido.

* * *

Um dia, eu estava deitado na cama do casal, nu como vim ao mundo, com meu sexo ainda esporrado, quando Joana, que fumava, igualmente nua, exibindo os orgulhosos seios, disse de supetão:

– Estou grávida.

Fiquei sem reação.

– Estou grávida – ela repetiu.

– Como assim?

– Simples: eu estou grávida – ela escandiu bem as sílabas. – Eu estou esperando neném.

– Tem certeza?

– Menstruação atrasada mais de mês.

– Às vezes atrasa.

– Lá vem o especialista em menstruação. Nunca atrasou tanto.

– E a pílula?

– Deve ter falhado.

– Meus parabéns então! – foi o que consegui dizer, após uma pausa.

– Oh, muito obrigado. Uma criança, uma mãe, dois pais.

– Hã? Não entendi.

– Não faço sexo com Saul faz muito tempo.

Nas semanas seguintes vivi um pesadelo: primeiro o baque, o susto, o pavor. Depois, parcialmente refeito do choque, a procura urgente por um médico e pelo respectivo dinheiro para a curetagem. Não foi muito difícil encontrar o médico, sempre há um disposto a renegar o juramento de Hipócrates – no caso, um velho figurão da sociedade. Reunir o valor do serviço, que dava cinco ou seis meses de meu salário, também não foi custoso: homens são sempre solidários em suas mazelas. Eu, que me achava um modelo moderno (menos ortodoxo que o Adrian) de materialismo histórico, via minha velha formação cristã – reprimida, denegada – retornar: não com a percepção da graça e da misericórdia divinas e sim com o espectro terrível da condenação eterna. Infanticida, carniceiro, réprobo – me lançava em rosto o diabo. Durante alguns dias até pensei em me confessar, mas recuei ante a imagem de um padre a me lançar impropérios: tá vendo aonde leva o comunismo ateu?

No entanto, outro imprevisto – mais grave ainda – impediu que eu acompanhasse o desenlace clandestino daquela história. Perto já do Natal, estávamos outra vez na cama, nus, depois de mais uma sessão de sexo desesperado e acusações inúteis. Saul devia estar em Apucarana. Telefonara um pouco antes confirmando que só voltaria no dia seguinte. Tomamos vinho, fumamos maconha, discutimos feio por conta de picuinhas. De repente, ouvimos barulho de passos na sala: a porta do quarto – que não estava trancada – se abriu. Estremecemos. Era Saul.

* * *

Passei o Natal em casa. Vi Clara. Mas não foi a mesma coisa. A conversa foi fria, superficial: o encanto se perdera. Por precaução ou culpa, não apareci na casa deles. No decorrer do novo ano, eu viria a saber que estava namorando o Maneco, com quem se casaria um ou dois anos depois.

Quinta-feira eu já estava de volta à redação, acostumando-me agora, junto de meus temerosos colegas, à presença do sorumbático coronel que no final da tarde vinha dar uma checada nas matérias e reportagens do jornal. Como muita gente então, no começo eu pensei que o AI-5 era só mais um dos tantos atos institucionais que os milicos nos enfiavam goela abaixo. Era e não era: censura prévia institucionalizada, Congresso fechado por tempo indeterminado, um novo rol de cassações e exonerações, inúmeras prisões... Agora não eram apenas pessoas distantes ou desconhecidas que entravam em cana ou desapareciam: eram amigos, companheiros do movimento estudantil, conhecidos com quem você bebera ou discutira na noite anterior, colegas do jornal, como o congresso dos estudantes paranaenses o demonstrou.

Com efeito, depois da queda dos estudantes em Ibiúna, ficara decidido que cada estado realizaria pequenos encontros regionais para retomar e aprofundar as questões que por força das circunstâncias haviam ficado suspensas. O nosso fora marcado para dezessete de dezembro, com 42 delegados, na chamada Chácara do Alemão, lá para os lados do Boqueirão. Todavia, mal iniciado o congresso, que para todos os efeitos era apenas uma confraternização de estudantes, com churrascada e bate-bola, ouve-se o espocar de um rojão – o aviso de que tinham sido descobertos –, mas já não havia tempo de fuga. Ao contrário das outras ocasiões, quando os detidos eram apenas fichados e liberados após uma ou duas noites no xadrez, quinze estudantes permaneceram presos – e viriam a ser condenados mais tarde, por um tribunal militar, a penas que iam de dois a quatro anos. Por sorte o Adrian não participou do congresso – estava em São Paulo, parece. Antes tivesse participado e sido preso. Teria penado menos depois.

* * *

Se o Ocidente é um acidente, a contracultura é um fenômeno tipicamente ocidental: filho pródigo do Ocidente que dá as costas à casa paterna e parte em busca de um Oriente ao oriente do Oriente. "Se oriente, rapaz", daria a dica Gilberto Gil. Meditação, yoga, mantras, alimentação macrobiótica – e hordas e hordas de mochileiros no caminho de Marraquech, Goa e Kathmandu. O alvo era o autoconhecimento, a iluminação, o satori, além, é claro, de haxixe e ópio a preços módicos. Quando eu via, nas revistas importadas que folheava na casa do Grillo, aquelas reportagens com americanos, holandeses, britânicos e escandinavos, sujos e barbados, perdidos em aldeias quase miseráveis que talvez um ano antes nem soubessem localizar no mapa, eu me perguntava o que é que fazia com que tanta gente assim resolvesse abandonar as benesses e o conforto da civilização ocidental.

Aos jovens que, como eu, não aderiram à luta armada, por temor, prudência ou discordância, mas não queriam abrir mão da rebeldia, não restava outra alternativa senão mergulhar, ainda que de leve, na contracultura. Para variar, na periferia do Ocidente, tais notícias só chegaram tardiamente. Primeiramente tivemos contato com elas através de *sons*: ao ouvirmos "Day Tripper" ou "Satisfaction", intuíamos que alguma coisa nova e poderosa, que não sabíamos ainda precisar, estava sendo gestada. Depois foram as *imagens*: as fotos nas revistas, os pôsteres californianos e os filmes no cinema, especialmente *Woodstock* e *Easy Rider*, dois petardos em nosso provincianismo. Assistir Jimi Hendrix detonando "Star spangled banner" era uma experiência catártica quase transcendental. Finalmente, os *discursos* por trás das imagens e dos sons: um amálgama que ia de Marshall McLuhan a Timothy Leary, de Allan Watts a Gary Snyder, de Abbie Hoffman a Norman O. Brown, de Carlos Castañeda a Jorge Mautner. O veículo inicial dessas ideias foi a coluna – intitulada "Underground" – que Luiz Carlos Maciel assinava no *Pasquim*. Só mais tarde é que viriam *Flor do Mal*, *Presença*, *Verbo Encantado* e, em sua primeira dentição nacional, *Rolling Stone*.

No entanto, para os que assaltavam bancos e sequestravam embaixadores, éramos bundões, ou melhor, "desbundados": abandonáramos a luta justo no momento mais crítico para recair em narcisismos pequeno-burgueses. Para os desbundados – que assumiram positivamente este termo – de nada adiantava mudar as instituições se não se modificasse a cabeça antes.

– Esse negócio de fumar maconha e dar a bunda, além de viadagem, é contraproducente para a revolução – sentenciava Péricles, ou Saul, ou Lessa, ou Adrian.

– Corta essa, amizade. A luta não é só contra o capital, mas também contra o patriarcado, o falocentrismo e o supermacho – retrucava Grillo, ou Bira, ou a Morena, ou Elisa.

E arrematava (agora, só o Grillo), citando Oswald de Andrade:

– "Contra a realidade social, vestida e opressora, cadastrada por Freud, a realidade sem complexos, sem loucura, sem prostituições e sem penitenciárias do matriarcado de Pindorama."

Eu ficava dividido. Por um lado, estava cônscio de que a burguesia jamais entregaria os anéis se não tivesse medo de perder os dedos. Por outro lado, de que valia derrubar um déspota para colocar no seu lugar outro, só que invertido? Você fala isso porque nunca passou fome – acusavam-me pessoas que também nunca tinham passado fome.

Ainda que eu nunca tenha me tornado um típico bicho-grilo, tive meus tempos de cabelos nos ombros, camisetas tie-dye e casaco de general. Fui de carona de Belo Horizonte a São Tomé das Letras, procurei *flying saucers in the sky* na Ilha do Mel e tive uma disenteria braba depois de um chá de cogumelo na Estrada da Graciosa.

Como tudo, sarou. É difícil superar o Ocidente.

* * *

Tal qual uma cebola, a memória da gente é feita de camadas. E cada camada traz outras embaixo, e assim sucessivamente, até atingir o âmago. Qual é a primeira lembrança de alguém? A mais antiga, a mais ancestral, a primordial? Pois bem, essa lembrança, soterrada debaixo de tantas lembranças, é o nosso núcleo afetivo. Da mesma maneira, a memória das cidades. Um prédio, por exemplo, esconde sob sua fachada atual todas as fachadas que o recobriram ao longo dos anos. A Casa Vermelha, digamos. Agora, neste momento em que escrevo, o que vemos é um bar – aliás, uma extensão do Bar do Alemão –, mas já foi loja de ferragens, já foi armazém de secos e molhados, já foi sede da União Comercial e da empresa Burmester, Thon & Cia., construída no final do século XIX pelo alemão Wilhelm Peters.

Mas por trás de tantos prédios, e casas, e logradouros, qual é o núcleo original da cidade? Sob que lage, que pedra ou que jardim pulsa o seu coração primitivo? O marco zero, ali na Praça Tiradentes, antigo Largo da Matriz, próximo ao local onde teria sido erguido o pelourinho que elevou o povoado à categoria de vila? Não, o núcleo está perdido em algum lugar, inapreensível, indevassável, irrecuperável, e a alma da cidade se dissemina e se multiplica atrás de suas múltiplas manifestações temporais: a fábrica de pianos Essenfelder, o Armazém Demeterco, a Farmácia Stelffeld e seu relógio de sol, as Lojas Prosdócimo, as Casas Lorusso, a Casa Feres, a Casa Edith, a Casa Sade, a Casa Oriente, a Capital das Modas, as Lojas Tarobá, o Hermes Macedo, a Charutaria Lima, a Joalheria Woller, o Mate Leão, a Casa de Porcelana Schmidlin e Tamm, o Buraco do Tatu, o Vagão do Armistício do pai do Poty, o Pavilhão Carlos Gomes, o Hotel Johnscher, o Grande Hotel Moderno, o Hotel Eduardo VII, o Banco de Curitiba, o Banestado, o Bamerindus, ou, recuando ainda mais no tempo, a antiga Igreja Nossa Senhora do Rosário dos Homens Pretos de São Benedito... Hoje, esse espírito ainda se deixa revelar em prédios que resistem à sanha autofágica do tempo: o Paço Municipal, na Praça Generoso Marques, a Casa Heitor Stockler de França, na Rua Marechal Floriano, ou a Igreja Presbiteriana, na Comendador Araújo. Há lugares, todavia, em que a presença desse espírito se faz sentir de modo ainda mais sensível: o Templo das Musas, na Vila Isabel, ou a Igreja da Ordem Terceira de São Francisco das Chagas, no Centro Histórico, com suas seteiras, que serviam de proteção contra índios em caso de sítio. (*Seteira*: abertura estreita nas muralhas das antigas fortificações, por onde se atiravam setas contra os inimigos; abocadura, flecheira, frecheira, precheiro, portilha.)

Todavia, o espírito de Curitiba não se concentra apenas em edificações de tijolo e cal ou em negócios singulares, mas também em coisas ou eventos menos concretos, como os banhos no Tanque do Bacacheri, a pesca de lambaris-de-rabo-vermelho no Rio Ivo, o jogo de búrica (no turco ou à ganha), as raias empinadas nos descampados azuis, o Chá Dançante de Engenharia na Sociedade Duque de Caxias, os bailes da Sociedade Beneficente Protetora dos Operários, sobretudo o disputado Gala Gay, a orquestra do Genésio, os cinejornais da Produtora Guaíra, a gasosa de framboesa da Cini, a briosa bandinha de Tiro Rio Branco desfilando aos domingos pela Rua Quinze, o apito da Fábrica Lucinda, as carrocinhas com as polacas de lenço colorido na cabeça, a relva dura e branca de geada se espedaçando sob as solas das crianças encapotadas a caminho do grupo escolar – para não falar da sociedade Tulipas Negras, uma confraria secreta que reunia, com periodicidade semanal, no início dos anos cinquenta, cerca de quinze "entendidos", muitos dos quais circunspectos pais de família, que, na semi-clandestinidade de um apartamento próximo à Praça Osório, dedicavam-se ao complexo ofício de travestir-se...

E mais: as pessoas que, no entrudo, debruçadas nas sacadas da Quinze, assistiam à passagem dos carros alegóricos; na mesma rua, o tradicional footing dos domingos, onde rapazes de meio-fraque, cartola e luvas de pelica flertavam com raparigas de chapéus emplumados e vestidos de musselina, de braços dados com suas vigilantes mamães. Tempos depois, o Senadinho, ali no Café Alvorada, entre a Monsenhor Celso e a Marechal Floriano, reduto de intelectuais, jornalistas e políticos, antes que este ponto migrasse para a "Cinelândia", atual Boca Maldita, onde hoje sobreviventes de outras eras se reúnem no Café Avenida para jogar palitinho – último café nesse local que já foi guarida de cafés. Na mesma altura da Quinze, o espírito da cidade se encarnava na pedra da Gazeta, um bloco de mármore negro onde eram afixadas com goma arábica, defronte da antiga sede do matutino, as novas recém-chegadas pelos cabogramas das agências de notícias, além de anúncios, avisos e notas de falecimento que os próprios transeuntes ali colavam. Mais adiante, na Praça Zacarias, esse espírito pairava sobre o velho Cine Luz, com seus cartazes de *Sansão e Dalila*, pintados a mão pelo investigador Maciste. Pulem-se os anos e se veem, na mesma praça, com seus produtos expostos no chão, os primeiros hippies da cidade, observados com desconfiança por homens de paletó e senhoras de calças de helanca, filhos dos cavalheiros de cartola e das damas de chapéu dos princípios do século. Ou então, o trotoir das travestis, com seu festival de coxas vigorosas dentro de meias de seda com cinta-liga, nas adjacências da Praça João Cândido, logo acima do Largo Coronel Eneas, o famoso Largo da Ordem, point da juventude esperta, e onde, agora aos domingos, acontece uma das maiores feiras de artesanato do Brasil, a mesma que começou com os cabeludos da Praça Zacarias... Hoje os filhos daquela juventude frequentam, não muito distante, as ruas Trajano Reis e São Francisco, onde não é difícil descolar o já tradicional ácido lisérgico, agora sob a nova alcunha de "doce", ou, então, uma droga dos anos noventa, o ecstasy, mais conhecida como "bala"...

No entanto, o espírito da cidade já se deixava entrever, lá nos primórdios, na sua denominação tupi-guarani: *kur* (pinhão), *yt* (árvore), e *iba* (sufixo para grande quantidade), ou seja, "pinheiral", "floresta de araucárias". Curitiba, com efeito, é uma cidade de sujeitos isolados, altivos e jactanciosamente conservadores – como a *Araucaria angustifolia* que, ao crescer, não se desvia para os lados e tem extrema dificuldade de se adaptar fora de seu habitat natural. No entanto, se esse espírito se manifesta preferencialmente em sua versão apolínea, urbana, pacata, com seu apreço pela ordem e seu respeito pela autoridade, além de seu orgulho das origens europeias, há momentos, poucos todavia, em que ele irrompe anarquicamente: foi o caso da Guerra do Pente em 1959, ou os eventos do período que acabei de relatar, ou ainda, no começo do ano em que escrevo, a ocupação das escolas estaduais pelos estudantes secundaristas contra a reforma do ensino médio.

* * *

Cenário: alguma confeitaria. Pode ser a Iguaçu, pode ser a Schaffer, pode ser a Holandesa. Digamos que fosse a Holandesa, que ainda não entrou nesta história. Das janelas, via-se o intenso trânsito do cruzamento da Doutor Pedrosa com a Brigadeiro Franco. Horário: alguma coisa entre quatro e cinco da tarde. Personagens: eu e Elisa.

– Notícias do Adri?

– Não, nenhuma. Nem a família dele tem. A última foi lá por junho. Ele estava em São Paulo.

– Eu sempre achei muito precipitado isso.

– Por um lado, ele não tinha alternativa. Se não sumisse, seria preso. Volta e meia tem campana na casa dos pais dele, na casa do Saul...

– É verdade que eles estão se mudando para cá?

– Já se mudaram. Alugaram uma casa ali no Cristo Rei. Seu Steiner parece que já conseguiu emprego numa corretora.

– Que bom. – E depois de um instante em que beberiquei meu café e mordisquei minha fatia da torta holandesa: – É, não tinha jeito de continuarem lá, depois que ele foi mandado embora.

– E estava muito visado, com pecha de comunista...

– Cidadezinha de bosta.

– Como milhares de outras no Brasil. E agora que está todo mundo comprando geladeira e financiando a casa própria, não se importam mais com a ditadura.

Não me lembro em que mês do ano nós estávamos. Só sei que o grosso do frio já tinha passado e a floração dos ipês amarelos da Praça Tiradentes já tinha acabado e os flocos de paina também já tinham sido levados pelo vento. Eu já era um acadêmico, morava numa república no Centro com outros acadêmicos e inclusive recebera um aumento no jornal. (Em janeiro dera a boa notícia para o meu pai: a aprovação no vestibular da Universidade Federal do Paraná, com direito a trote na Quinze e tudo. Obviamente, não era direito, mas jornalismo. Mas menos mau, não é, pai?) Conversamos mais sobre Adrian, sobre os tempos da escola, nossa então ingênua rebeldia, rimos e sorrimos.

– Parecemos velhos com essa nostalgia, não é?

– Nem vinte anos e já somos velhos.

– "O tempo não chegou de completa justiça" – citei.

– "O tempo é ainda de fezes, maus poemas..." Como é o resto?

– "Alucinações e espera".

– Pois é. Alucinações e espera.

– E aquela Remington que você ganhou?

– Você ainda lembra?

– Claro.

– Ainda está comigo.

– Continua escrevendo?

Ela estacou, o garfo a meio caminho dos lábios. Os olhos castanhos, tendentes ao mel, esplendiam verdes.

– Só às vezes. Bem menos do que gostaria.

– Poemas?

– Não. Pensamentos, ideias minhas... Nada com muita pretensão. E você?

– Escrevi ontem mesmo...

– É?

– Um conto policial...

– Sério?

– Sobre aquele cara que foi estripado no Santa Cândida. Foi publicado hoje no jornal.

– Ah, seu bobo. Não é sobre isso que estou falando.

– Não, não estou escrevendo. Estou sem tempo.

– Tempo a gente sempre arruma quando quer.

– Você tem razão. É difícil admitir que a literatura não era tão essencial pra mim, que eu não morreria sem escrever, como dizia Rilke.

– Talvez ainda seja. Vai ver é só uma fase ruim.

– Fase ruim geral, né? Maior bode. Quando vai acabar? Será que se fecharmos os olhos ainda estaremos na pracinha querendo mudar o mundo?

Sem querer, eu já estava fazendo literatura. Ou: *ainda* estava fazendo literatura.

– Parecia fácil...

– Ao menos não tão difícil. Acho que no fundo nossa revolução tinha muito de literatura...

– Como assim?

– Efeito de leituras...

– Sim, mas toda revolução começa assim. Nos livros, nas ideias. É depois que ela vira, ou não, realidade. Mas ainda é cedo pra dizer que perdemos. Tem muita água pra rolar no rio da história. Não está vendo os americanos levando a maior baile no Vietnã?

Calamos. De fora vinha o ruído dos automóveis populares que a ditadura punha cada vez mais na rua, que se misturava ao suave rumorejo das conversas no salão. Tive uma breve epifania: de que aquela conversa já tinha acontecido, de que tudo aquilo já tinha acontecido, aquela tarde, eu, Elisa, o café, a torta, o burburinho – e era só escrever.

– Ah, vai ter uma festa amanhã do diretório – eu disse, quando nos preparávamos para sair – Quer ir comigo?

* * *

Você sabe o que é uma ressaca para valer? Uma rebordosa das boas? Assim foram, para muitos de nós, os anos 70, sobretudo no começo. Voltar à sobriedade, voltar à realidade não foi nada fácil: a cabeça explodia, os globos oculares latejavam, o estômago embrulhava. Tornar-se adulto nunca foi fácil. Mas foi pior nos anos 70. O clima era de fossa, sufoco geral, baixo-astral – gíria esta que começou a circular justamente nessa época. A canção "Como dois e dois", de Caetano Veloso, na voz de Roberto Carlos – um estratagema para burlar a censura? – estourava em todas as rádios e dava o tom: "Tudo em volta está deserto, tudo certo, tudo certo como dois e dois são cinco." Mais tarde, foi o segundo álbum de Belchior que melhor traduziu esse estado de espírito: "Se você vier me perguntar por onde andei no tempo em que você sonhava, de olhos abertos lhe direi: amigo, eu me desesperava." "Tudo poderia ter mudado, sim, pelo trabalho que fizemos – tu e eu –, mas o dinheiro é cruel e um vento forte levou os amigos para longe das conversas, dos cafés e dos abrigos, e nossa esperança de jovens não aconteceu." "Tenho ouvido muitos discos, conversado com pessoas, caminhado meu caminho – papo, som dentro da noite – e não tenho um amigo sequer que ainda acredite nisso." "Por isso cuidado, meu bem, há perigo na esquina. Eles venceram e o sinal está fechado pra nós, que somos jovens." Há outras canções, também, que expressaram admiravelmente esse nosso desencanto, como esta, de Milton Nascimento, Márcio Borges e Fernando Brant: "O que foi feito, amigo, de tudo que a gente sonhou? O que foi feito da vida, o que foi feito do amor?" Ou então esta outra, dos Secos & Molhados, já sem o Ney Matogrosso, cujo refrão, na sua simplicidade hipnótica, repetido oito vezes, apenas indagava: "Que fim levaram todas as flores?"

Depois do choque inicial com o monstro que havia criado (vai que aquele povaréu do Woodstock resolvesse levar a sério a ideia de revolução), a indústria cultural tratou, primeiro, de domesticar o rock, e, em seguida, jogá-lo para escanteio. As mensagens de protesto foram logo substituídas por letras novamente anódinas. O rock experimental, com fortes raízes no blues, se transformou em hard rock e heavy metal, com estruturas padrões e letras novamente adolescentes (*"Way down inside, honey, you need it, I'm gonna give you my love..."*) ou de um satanismo capaz de horrorizar as avós (*"Satan's sitting there, he's smiling..."*) mas inócuo diante de um sistema diabólico que continuava a despejar napalm sobre o Vietnã e o Camboja. O rock psicodélico, por seu turno, também se padronizou no rock progressivo, com suas intermináveis exibições de virtuosismo e seu misticismo clean. Festivais mambembes como Monterrey e Woodstock se repetiram apenas como farsa ou caricatura, com seus banheiros químicos e seus estandes de fast-food. Na segunda metade da década, até o rock saiu do proscênio, substituído pela disco music, versão branca do soul e do funk, já sem nenhuma conexão com a luta pelos direitos civis. Caetano traduziu muito bem essa viragem em "Tigresa": "gostava de política em 1966 – e hoje dança no *Frenetic Dancing Days*." Quem como eu viu na tela grande *Easy Rider* e *Woodstock* jamais engoliria *Embalos de sábado à noite* ou *Grease*... (*Hair*, quando virou filme, já era retrô, além de inofensivo – afinal, a Guerra do Vietnã já tinha virado história.) Os adolescentes voltaram a tosar os cabelos e a meter as camisas para dentro das calças, mantendo relativa distância em relação a seus primos mais velhos, hippies vistos agora não mais com glamour mas como junkies e vagabundos.

No entanto, para mim, o que mais exprime o ânimo daqueles tempos foi uma cena que vivi. Lá fora, inúmeros carros com o adesivo *Brasil, ame-o ou deixe-o*. Nos rádios ainda nos infernizava a infame música de Dom & Ravel, cuja única coisa boa foi uma paródia que fizeram: "A maconha no Brasil foi liberada, lá, lá, lá, lá..." A euforia do milagre econômico, que ainda não virara vinagre, se misturava à lembrança do tricampeonato conquistado no México. E, trancados num moquifo abafado, quatro ou cinco cabeludos como eu, sem trocar uma única palavra entre si. No ar, odor de suor, incenso barato e cannabis. Na vitrola, rolando sem parar, o segundo álbum do exílio londrino de Caetano Veloso:

> *I hear my voice among others*
> *In the break of day.*
> *Hey, brothers,*
> *say, brothers,*
> *it's a long, long, long, long way...*

Sim, foi um longo, longo caminho até os anos 80, quando de repente me dei conta de que eu e meus colegas estávamos todos na faixa dos trinta anos – e a juventude era um território definitivamente abandonado.

* * *

(Pressinto os resmungos de um eventual leitor e me vejo obrigado a abrir aqui uns parênteses. Sim, é verdade que no final da década de 70 houve uma reação com o movimento punk, que, pela lógica de Heráclito, era a antítese do flower power, com seus coturnos, seus blusões de couro, seus cabelos espetados: ao contrário dos hippies, filhos da era de ouro do capitalismo global, eram frutos da recente depressão econômica decorrente do choque do petróleo. Esta reação bateu aqui no começo dos 80 e causou certo estupor nesta ainda acanhada metrópole. Eu, agora um pacato pai de família, passava em frente ao Lino's Bar, na esquina da Alameda Cabral com a Augusto Stellfeld, e não me atrevia a entrar. Sentia que havia – olha a ironia! – um choque de gerações.)

* * *

Não adianta partir em busca de Curitiba perdida. Não existe uma Curitiba perdida. Existem muitas. Já no meu tempo, as pessoas que hoje têm a minha idade, já reclamavam que não encontravam mais sua velha Curitiba. Nunca encontrariam. Nunca encontraremos. A Curitiba por ventura encontrada hoje é a Curitiba perdida amanhã. Como tudo. Nada volta do rio do tempo. Nem as águas, que são sempre outras. Nem as lágrimas, que são sempre poucas. E a memória, tão parca, tão frágil, tão pobre, não tem o condão de recuperar o tempo perdido. Nem a literatura, coitada, essa senhora tão pretensiosa. Este livro não é uma tentativa de recuperação de nada. Não é uma tentativa de salvação de nada. Este livro é só um testemunho, afônico, agônico, de que tudo passa: as amizades, as lutas, os medos, os sonhos.

* * *

Vou pela Alameda Júlia da Costa, rumo à Rua Clotário Portugal, onde moro agora num pequeno apartamento de quarto e sala. Levo um litro de leite, um queijo minas e meia dúzia de pães d'água. A tarde está tépida, um cachorro ladra ao longe, corruíras trinam e na calçada em frente um amolador de facas, com sua velha bancada, afia a faca de uma mulher de robe e bobes no cabelo. É sábado. Quase fim de ano. Estamos no Centro, mas é como se não estivéssemos – tal é o apelo suburbano do lugar. Alcanço os degraus da portaria de meu prédio e, de repente, chegam-me aos ouvidos as escalas do exercício de piano da vizinha do andar de cima. Todo final de tarde ela se exercita uma ou duas horas. Paro um pouco e fico escutando, por um momento esquecido de tudo. Agora ela está treinando Chopin, creio que o "Noturno em mi bemol maior". É uma adolescente de uns quatorze anos, ruiva, com sardas, que sempre que cruza por mim está com o rosto baixo. Outro dia era “Pour Elise”. Seu pai, um comerciante palrador, que numa conversa comigo certa feita elogiou o presidente Ernesto Geisel, anda taciturno ultimamente. Súbito, irrompe, abafado, o choro de uma criança. Apuro os ouvidos: ah, é minha filha.

* * *

Mansuetude: mansidão; qualidade ou condição do que é manso; brandura de gênio ou de índole; doçura, meiguice, suavidade; ausência de agitação, de pressa, de inquietação. Acabei não fazendo nunca um poema com a palavra mansuetude. Mas usei neste romance – será mesmo um romance? – a palavra. Quatro vezes. Agora seis.

III. LUA DA MEMÓRIA

"Eles sabem que é mentira. Eles sabem que nunca mais se verão. Que nem sequer deviam ter se reencontrado."

Ele entra no Bar Stuart e senta-se a uma mesa de canto, de lado para a Alameda Cabral. Olha o relógio: pouco mais de cinco e meia. Ainda está cedo. Marcaram para as seis. A temperatura está amena, mais para o frio. Uma leve, invisível garoa envolve com um halo de névoa cintilante os globos da iluminação pública: com efeito, já está escuro, embora ainda seja possível divisar no céu grandes nesgas de nuvens violáceas. Depois de acomodar-se, um garçom se aproxima e ele pede o cardápio. Nem é necessário. Já sabe o que vai querer: chope. Deixa o lanche para mais tarde, quando chegar o amigo. Agora basta o chope, chope escuro, um caneco grande. Olha em volta: dezenas de fotografias nas paredes ostentando as glórias daquele que é o bar mais antigo de Curitiba ainda em funcionamento. Políticos, artistas, empresários, entre outras celebridades mais ou menos obscuras, acotovelam-se dentro dos caixilhos das molduras. Atrás do balcão, as prateleiras de mogno, muito simétricas e alinhadas, exibem miríades de garrafas de todas as cores e tamanhos, com seus rótulos os mais variegados. Tem de tudo ali: vodca, rum, gim, conhaque, tequila, uísque, absinto, vermute, cachaça, licores e uma honesta carta de vinhos. Nos refrigeradores, um bom sortimento de cervejas, incluindo as artesanais, além de refrigerantes, sucos e energéticos. Para não falar do chope, é claro, sempre bem tirado, com o colarinho do tamanho exato: nem muito, nem pouco. Apesar do horário, o estabelecimento está praticamente às moscas: três ou quatro garçons entediam-se atrás do balcão, teclando seus celulares ou observando sem muito interesse a partida de futebol transmitida nos televisores de tela plana. Sinal da depressão econômica que assola o país ou da decadência do lugar? Assim como as pessoas, os bares nascem, os bares crescem, os bares amadurecem, envelhecem e morrem. Alguns duram mais, resistem, tentam renovar-se (como a tela plana o demonstra), mas o destino inelutável de todos é a morte: fechar as portas, ser vendido, mudar de nome ou de atividade. Mas aquele bar, com seus fleumáticos garçons e seus testículos de touro, resiste bravamente. Talvez por isso eles tenham marcado o encontro – depois de anos, ou melhor, depois de décadas – naquele bar. Também eles, de alguma forma, resistem. Estar vivo, depois de certa idade, é resistir. Bravamente.

Atrás dele, só agora percebe, há alguém que tudo leva a crer tratar-se de um morador de rua. Sentado à sua mesa, à frente de um quadro que reproduz a fachada do bar (artista: Ruben Esmanhotto), faz com toda a dignidade sua refeição, cercado de sacolas plásticas que devem conter provavelmente todos os seus pertences. Só em botecos isso ainda é possível. Consegue-se imaginar um mendigo sentado tranquilamente na praça de alimentação do Shopping Mueller? Este sim resiste: velho, em molambos, dormindo quem sabe em bancos de praça ou em pútridas pensões, vivendo da caridade alheia e da venda de material reciclável, mas com a sua majestade intacta – como se depreende de seus gestos altivos. Um Diógenes moderno.

Antes de entrar no bar, vindo a pé da Praça Rui Barbosa pela Desembargador Westphalen, deparou-se com o Museu de Arte Contemporânea do Paraná, à sua esquerda. Há quanto tempo não o visitava? Não pretendia entrar, evidentemente, mas um quadro vislumbrado pela porta de repente o atraiu. Recuou, galgou os poucos degraus do velho casarão cuja origem remonta aos anos vinte, e o que experimentou ali talvez não tenha sido propriamente uma iluminação, mas foi algo que de certa forma lhe devolveu a si um bocado de si mesmo – um bocado que estava parcialmente perdido, soterrado, alienado –, num choque ao mesmo tempo doce e amargo, como costumam ser os choques retrospectivos. Com certeza, a expectativa do encontro corroborava aquela sensação: desde que fora marcado, não fazia uma semana, ele intuía que chegara a vez de confrontar o seu passado, ou ao menos uma fatia dele, que, ainda que curta – como é curta e cruel toda juventude –, fora crucial em sua formação.

Era uma mostra dos anos 60/70. Topara com muitos daqueles artistas na Cocaco, galeria que durante muito tempo reuniu a nata das artes visuais da cidade. Todavia, não foi a lembrança de seus autores, mas as obras (mais o seu espírito do que elas propriamente ditas) que o atingiram e o levaram de volta à atmosfera daqueles anos. Sobretudo o quadro "Brasiliana III", de Antônio Henrique Amaral, de 1968, e os dois "The Jimi Hendrix Experience", do Roberto José, de 1970. Por incrível que pareça, a província estava bem antenada com as tendências contemporâneas: o neofigurativismo com base em elementos pop ou populares e a op art. O primeiro, por exemplo, imensas bananas verdes sobre um fundo azul, era uma típica pop art tropicalista.

Como não tinha muito tempo, logo retornou à Westphalen. Atravessou a Rua Emiliano Perneta e cruzou a Travessa Oliveira Bello, ao lado da Praça Zacarias. Aqueles lugares, pelos quais passava quase todas as semanas e não lhe diziam quase nada, agora estavam como que reencantados: traziam sob o fosco do presente o ouro e a aura do passado. À esquerda um pipoqueiro, à direita um ambulante negro – haitiano? angolano? senegalês? – vendendo gorros e echarpes de crochê. Ao lado do bondinho da Rua Quinze de Novembro, relíquia de um tempo anterior ao dele (os bondes sumiram de Curitiba em 1952), um rapaz cantava, com o violão ligado a uma pequena caixa amplificadora, Raul Seixas:

Todo jornal que eu leio
me diz que a gente já era,
que já não é mais primavera.
Oh baby, oh baby,
a gente ainda nem começou...

Virou a esquina do Palácio Avenida, agora a sede de (mais) um banco. Seguiu pelo calçadão, na Avenida Luiz Xavier, no sentido da Boca Maldita – calçadão que só foi implantado em 1970, ajudando a sepultar a imagem da velha Curitiba. Passou pelo já antigo McDonald's, o primeiro da cidade, por outras lojas de fast-food, as Livrarias Curitiba, o Café Avenida e, na esquina da Voluntários da Pátria, o Edifício Garcez, que, com seus oito pavimentos, já foi o mais alto da cidade e o terceiro do país – e onde, na sacada do primeiro andar, tremulou por muitos anos, até o Brasil declarar guerra ao Reich, a bandeira de cruz gamada. Alguns artistas de rua expunham rostos de famosos e anônimos em crayons: um deles era Keith Richards, reconheceu, lanhado de rugas. Cruzou pelo relógio no topo do pedestal – réplica do antigo relógio de 1914. Quem precisava de relógio público hoje em dia? Era mil vezes preferível o coreto que existira ali nos anos 80 (o segundo deles, o primeiro fora derrubado na década de cinquenta), palco de tantos eventos e campanhas – inclusive o primeiro comício das Diretas Já em 1984, de que participara novamente esperançoso. Estava agora na tradicional Praça General Osório, com seu playground cercado, seus bancos de madeira e ferro fundido, testemunhas de tantas transações obscuras, suas árvores centenárias – jerivás, paineiras, guapuruvus – e seu piso de petit-pavé de rosáceas paranistas. Topando com as sereias e o cisne art nouveau do chafariz, virou à direita. Sabia que mais à frente, logo à direita, estaria a herma do poeta Emiliano Perneta. Curioso, foi até ela, lembrando o quanto folgaram ao descobri-la numa memorável noite de pileque. Era o famoso poeta de *Ilusão*! Leram então em altos brados o que ele agora lia em silêncio no pedestal do busto:

> Homem, levanta e vem para a campanha rude,
> Ergue-te para a luz, ergue-te para o bem,
> Tu que ainda sentes n'alma o ardor da juventude,
> A sede desse azul, a fome desse além...

A seguir, prosseguiu seu caminho, cruzando os sanitários fétidos à direita e um quiosque de pão de queijo à esquerda. Atravessou a Rua Cândido Lopes e agora está aí, sentado, bebericando um chope escuro, enquanto espera a chegada de Adrian Felipe Steiner, o amigo com quem descobrira a herma.

* * *

Tem pessoas que envelhecem e você nem se dá conta. São geralmente aquelas que, por proximidade ou convivência, você viu envelhecer pouco a pouco, dia a dia, fotograma por fotograma – e o rosto delas ostenta hoje, como sucessivos palimpsestos, os traços de todos os rostos anteriores, que foram sendo substituídos, um após outro, por rostos ligeiramente diferentes: é aquela pequena ruga que não estava ali, aquela marca de expressão que se acentua, a bolsa de gordura sob os olhos que aumenta, a mecha de cabelos brancos que cresce de quadro para quadro. Como Keith Richards, por exemplo, aquele mesmo cujo rosto amarrotado viu há pouco num desenho. Ruy conheceu os Rolling Stones lá por volta de 1965, e assim foi acompanhando não só a evolução musical da banda como as transformações fisionômicas de seus integrantes, reportagem após reportagem, álbum após álbum, vídeo após vídeo, até o advento da internet, quando foi possível cotejar todas essas mudanças, preenchendo as eventuais lacunas, de modo que entre aquele rapazinho de vinte e poucos anos, de cabelos bastos e pretos, e este septuagenário, cujo rosto mais parece um pergaminho, com os cabelos brancos e ralos, não houve um grande choque. O mesmo não se deu com Mick Taylor. Em 1969, Mick Taylor era o garoto de 21 anos que entrou na banda com a responsabilidade de substituir Brian Jones, recentemente falecido, e permaneceu como seu segundo guitarrista por cinco anos até sair por desavenças com Mick e Keith. Então aquele jovem de vinte e poucos anos, de cabelos loiros e cacheados, desaparece de cena e só retorna 38 anos depois, nas efemérides do cinquentenário do grupo, como um senhor grisalho e gordo – e você não vê relação alguma entre um e outro. É mais ou menos isso que Ruy experimenta agora quando avista um respeitável sexagenário, com os cabelos que lhe restam totalmente encanecidos, adentrar o recinto e, depois de um breve instante de hesitação, dirigir-se em sua direção com os braços semierguidos. Nos olhos do outro é perceptível a mesma perplexidade, talvez ainda mais forte: não obstante uma vida com maiores tribulações, Adrian (será mesmo Adrian?) está mais bem conservado.

– Ruy?

– Adrian?

– Desculpa o atraso!

– Que nada! Cheguei não faz muito tempo.

Abraçam-se, olham-se de volta, entre interjeições e exclamações de alegria e surpresa.

– Sente-se, sente-se.

– O que está bebendo?

– Chope. Chope escuro.

– Ah, neste friozinho de Curitiba vai bem. Vou te acompanhar. – Adrian, já acomodado, ergue o braço. – Veja um pra mim também – diz para o garçom, apontando o caneco do colega.

Se o tempo lhe acrescentou uns bons quilos, imprimiu-lhe rugas e desbotou-lhe os cabelos, não roubou a sua antiga elegância: jaqueta com forro de pelo, suéter azul listrado, as velhas calças jeans desbotadas, botas de camurça. No rosto, óculos de grife e – Ruy repara mais tarde – furos nos lóbulos das orelhas. Detrás das lentes, os olhos, sim, os olhos cinzentos são os do velho amigo que entrou e saiu de sua vida feito um turbilhão. Adrian se ajeita na cadeira de madeira maciça e dá uma rápida olhada no moderno – e caro – smartphone, metendo-o em seguida no bolso da jaqueta. Depois de mais algumas frases protocolares, pergunta, com um franco sorriso:

– E então, rapaz, aprontando o quê?

– Ah, nada. Tocando o barco, empurrando a vida com a barriga...

As primeiras falas são sempre assim, banais, perfunctórias, uma tentativa de reconhecimento – ou recuperação – de território.

– Trabalhando?

– Aposentado, graças a Deus. Mas às vezes faço uns frilas pra reforçar o orçamento. E espantar o tédio.

– Ah, é necessário. Se aposentou como jornalista?

– Sim, depois de trabalhar em quase todos os veículos da província.

– Me lembro daquele primeiro... Qual era mesmo o nome?

– *Diário do Paraná*.

– Esse.

– Depois passei pelo *Estado do Paraná*, *Revista Panorama*, *Voz do Paraná*, *Correio de Notícias*, *Gazeta do Povo*...

– Olha só, hein, pra quem ia ser advogado!

– Pra você ver... Colaborei também na imprensa alternativa local: *Aldeia*, *Scaps*, *Outras palavras*... E tive uma breve temporada em São Paulo, trabalhando na *Ícaro*, da Varig. Lembra?

– Como não? Marcou época. Quando foi?

– Em 84.

– Ainda não morava lá.

– Fiz também assessoria de imprensa, relações públicas, trabalhei para alguns políticos. Meti a mão na merda. Mas só um pouco, senão teria ficado rico.

– Ah, não há como não se sujar um pouco. É o sistema, meu velho, como nós dizíamos.

– Pois é, lutamos tanto contra... Depois fomos trabalhar pra ele. Irônico, o sistema.

– Esperto, digo eu. Pegou os melhores.

– No que me diz respeito, não estou muito certo...

– Ora, não seja modesto.

O garçom retorna com o chope de Adrian. Num gole, Ruy termina o seu e ergue o caneco vazio.

– E em que áreas você trabalhou? – reenceta Adrian.

– Tudo. Policial, política, cidade... Mas fiquei mais tempo em cultura, a editoria mais estimulante e a que dá mais encrenca. Todo mundo se acha um Da Vinci, um Shelley, um Mozart. Ninguém é Salieri. Você não pode fazer uma ressalva a um livrinho de merda que lá vem o autor, em pessoa, tomar satisfações. Fui ameaçado de porrada, me chamaram de vendido, de tosco, pediram minha cabeça, encheram-me de presentes. Hoje ninguém mais se lembra de mim. Tem uns, que inclusive receberam matérias elogiosas, que quando me veem na rua viram o rosto. Enfim, cansei. Deu pra mim. E o meio jornalístico, já faz um bom tempo, não é mais o mesmo. Sumiram os boêmios, os malucos, os literatos... Os comunistas, então, nem se fala. Ficaram só os baba-ovos.

– Os tempos são outros, Ruy. Não dá pra se dar murro em ponta de faca.

– Eu sei, eu sei. Na nossa época pensávamos que o tempo andava pra frente. Agora sabemos que se move em círculos.

– Ou em *ciclos*.

– É, ou em ciclos. Mas, enfim, como você vê, fugi das letras, as jurídicas, mas não escapei das outras, as da imprensa. Mas as letras que eu queria mesmo, as literárias, necas. Fiquei fazendo cera, me aquecendo na beira do gramado, sem nunca entrar no jogo. Quando vi, já não sabia mais jogar. E você, tem escrito?

Adrian dá uma risada e abre os braços:

– Literatura? Nem sei mais o que é isso, rapaz. Dei uma de Rimbaud: abandonei a escrita depois dos vinte. Não que eu tenha produzido grande coisa antes, pelo contrário – explica, apanhando seu caneco e sorvendo um grande gole; em seguida prossegue, agora sério: – Na verdade, escrevi na prisão. Era uma forma de organizar as ideias e tentar manter a sanidade. Escrevi depois também. Pensei em dar ordem nesses escritos e publicar um livro sobre a nossa geração. Mas depois que foram saindo os relatos sobre o período, o do Renato Tapajós, que ainda acho o melhor, o do Gabeira, o do Alfredo Sirkis, o do Alex Polari, eu vi que não tinha nada de muito original a dizer. A história de garotos que entram na política pela porta do movimento estudantil, se empolgam, enfrentam a ditadura, pegam em armas, são presos, torturados, exilados, e depois da abertura tentam fazer um balanço das ilusões perdidas, é muito manjada.

– É verdade. Como literatura, rendeu pouco. Como memória, é quase sempre o mesmo ramerrão.

– Por um lado, é gente repetindo o eterno *mea culpa*, o que eu até acho válido, mas inócuo. Por outro, é gente que ainda se considera iluminada e se pudesse faria a mesma coisa, só que com melhor pontaria. Saiu livro até de neguinho se gabando de execuções, elogiando armas... Enchi o saco. É mais do que hora de virar a página, de pôr uma pedra sobre esse assunto.

– Será? Não estou tão certo disso...

– Chega, meu Deus! Eta ano que não acaba nunca!

– Mas tem anos que são assim, Adrian. Não adianta passar um apagador. Vão ficar pra sempre gravados. É o caso de 1917, de 1848, de 1789...

Calam-se por um momento, como que sob o impacto da Revolução Russa, da Primavera dos Povos e da Marselhesa. O garçom renova o chope de Ruy, que beberica a espuma bege e, pousando o caneco na mesa, emenda:

– E a poesia? Você tinha muitos poemas... Preencheu vários cadernos, eu me lembro.

– A mesma coisa. Até o final dos 70 eu ainda me iludia que era poeta. Depois vi que nessa seara também não tinha nada de novo a acrescentar. Aí a vida, a vida real, com seus problemas e suas contas a pagar, me chamou e eu tive que abandonar essas veleidades.

– Veleidades? Mas e aqueles poemas da nossa época? – Ruy insiste. – Alguns eram muito bons. Pra não falar dos contos...

– Se perderam em alguma mudança. Mas, te garanto, meu, não foi nenhuma tragédia. Todo mundo é poeta aos dezessete anos. Ainda mais naquela época. Não éramos muito diferentes. Hoje, quando me lembro, chega a me dar vergonha. Quanta pieguice! Quanta ilusão!

– Que isso! Se todo mundo fosse se envergonhar das coisas que fez na juventude... E olha que fizemos coisas heroicas! Mais você que eu, é claro.

– Ah, que nada, eu fui mero joguete de forças maiores, que mal compreendia. Mas levei no lombo por causa disso.

– Não seja tão severo consigo, Adrian, agora sou eu que te digo.

– Severo, não, honesto. Mas de toda forma, passou. Está lá enterrado na história. Deixa que os historiadores se encarreguem desses monturos, façam suas triagens, selecionem o que deve ser transmitido às gerações futuras.

Calam-se novamente. No ar, agora, como que ficam ecoando as expressões monturos, triagens, gerações futuras...

– Sabe de uma coisa? – retoma Ruy, após alguns segundos. – Os historiadores vão se surpreender com um detalhe: apesar de tudo, de toda a água que rolou debaixo da ponte de lá pra cá, o mundo mudou muito pouco nesses cinquenta anos. Gente de verde e amarelo de um lado, gente de vermelho do outro. Gente chamando os outros de comunistas, gente chamando os outros de fascistas. Cuba ainda é usada pra assustar as criancinhas. E a Coreia do Norte? Continua sendo um calo no sapato dos Estados Unidos. Até a Guerra Fria, que tantos festejaram seu fim, voltou. Só que agora, em vez de União Soviética, é a velha Rússia. Se Putin não é Lênin, muitos o pintam com traços de Stalin. Só a China mudou. Mas não muito. O maior exportador de bugigangas e capitais do mundo. Sob o braço forte do velho Partido Comunista. – Ri. – Talvez a única diferença significativa seja que hoje todo mundo tem o seu smartphone – fabricado na China. Imagina a gente tomando a Reitoria e transmitindo ao vivo a queda do busto do reitor!

– Seria massa! Multiplicaria por mil o impacto.

– Ou não. Poderia ser visto como mais um simulacro, uma pantomima virtual.

– Lá isso também é. Os tempos são outros. Sem falar que facilitaria em muito nossa identificação. No dia seguinte, lá estariam os homens da lei batendo na nossa porta.

– Taí a maior mudança: o real deixou de ser real. A sociedade do espetáculo, prevista em nossos dias, se materializou agora. Se você foi ao Japão e não postou as fotos, você não foi ao Japão. Fora isso, meu chapa, pouca coisa mudou.

– Ah, tenho minhas dúvidas, Ruy. Não foi coisa pequena não o fim de nossas referências: a União Soviética, a China de Mao... Até Cuba não tem mais o charme que tinha: não dá pra comparar o Raul Castro de hoje com Fidel e Che na flor da idade. E quanto à Coreia no Norte, ninguém quer se identificar com aquela capitania hereditária. Pelo menos, malucos assim acabaram.

– Sei não. Esses dias conversei com um rapaz que jura de pé junto que os crimes de Stalin são invenção do Ocidente. Ele reconhece que aconteceu alguma coisa, fuzilamentos, deportações, mas aqueles milhões é papo da CIA.

– Ah, sempre tem um ou outro assim. Mas hoje são poucos, insignificantes. No nosso tempo, não, eram hordas que tomavam o *Livro vermelho* como Bíblia.

– Inclusive a gente.

– Hê, hê, inclusive a gente. Pra você ver como a coisa era séria!

Ruy toma um novo gole, meio atordoado. Está difícil conciliar este Adrian à sua frente com aquele de sua memória. Até o sotaque é diferente, apaulistado, os grandes "ee" finais transformados em "ii". O tempo é um grande filho-da-puta.

– Mas fanatismo por fanatismo, continua o mesmo – torna Ruy. – Quem diria que em pleno século XXI ainda seríamos assombrados pelo fascismo? Pra não falar do fundamentalismo do mercado, com seus ídolos e dogmas inquestionáveis e raramente comprovados...

– Dos males, o menor, eu penso. Apesar de todos os pesares, o mercado é um meio de regulação melhor que a cabeça de meia dúzia de burocratas.

– Estou vendo que o velho revolucionário virou conservador...

– Conservador? Não, não. Realista.

– Você sabe que realista muitas vezes é eufemismo pra cínico.

– Palavra muito forte, esta. Cético, digamos.

– Que seja, cético. Mas, como você vê, o mundo que surgiu depois, longe das promessas do livre mercado, mais parece um pesadelo. Só que um pesadelo sem esperança. Vivíamos um pesadelo nos anos 60. Mas tínhamos esperança de um dia acordar.

– E acordamos. Só que acordamos no mundo real, no mundo como ele é. A queda do muro de Berlim foi o grande despertador. Veja só: 68 acabou em 89. É só virar de ponta-cabeça os números.

Adrian saca do bolso uma caneta e escreve 68 num guardanapo. Depois vira-o.

– Há, há. É mesmo – consente Ruy. – Mas se acabou, acabou mesmo em 1991. O século XX, que começou com a Revolução Russa, terminou no Natal de 1991, com a bandeira vermelha sendo arriada do mastro do Kremlin. Lembra?

– Como não? Assisti na televisão. Apesar de achar que a União Soviética já estava esclerosada há décadas, não deixou de me impactar.

– Na redação, muitos colegas vieram festejar, zoar da minha cara... Eu disse: bonito, né, agora não precisamos mais de álibi pra lamber as botas do Tio Sam.

Sorriem os dois. Um sorriso amargo? Nostálgico? Irônico? (*Amargo*: de sabor áspero, desagradável, como o absinto, o fel, a quássia ou o quinino; acre, amaro, amarescente, amargoso.) Adrian chama de novo o garçom e pede outro chope.

– Ah, e me vê o cardápio. Vamos comer alguma coisa?

– Opa, vamos.

Minutos depois, o garçom está de volta, com dois cardápios.

– Testículos de touro?

– Dispenso. Não estou precisando ainda – responde Ruy, em alusão às alegadas propriedades afrodisíacas do prato mais célebre do bar.

– E que tal uma carne de onça?

– Boa!

Pedem carne de onça: carne moída sem nervo ou gordura, cebola branca, cheiro verde e alho bem picadinhos, pimenta calabresa, sal, azeite extra-virgem e uma dose de conhaque. Servida com broa de centeio e mostarda escura. Prato tipicamente curitibano, nada melhor para celebrar, depois de quase cinquenta anos, o reencontro de dois curitibanos por adoção: um que ficou, outro que partiu.

* * *

Por que não vemos na escuridão? Atrai a lua as águas do mar? Onde está o vento quando não sopra? Por que nossa sombra fica, às vezes, maior que nós mesmos? Por que a fervura amolece as batatas e endurece os ovos? Por que é que nem todas as flores cheiram bem? – Ruy, não sabe bem por que, se lembra dos velhos dezoito volumes do *Tesouro da juventude*. Recorda-se das intermináveis tardes de chuva, ele debruçado na cama, lendo aqueles verbetes inocentes. Onde está o vento quando não sopra? Ele não se lembra da resposta. (Para os gregos, no saco de couro de Éolo.) Mas é como a pergunta, que não estava na coleção: onde estão aquelas tardes agora? Aquela cama, aquela chuva, aquela gripe? O tique-taque sem fim do relógio de pêndulo na parede da sala, onde está?

* * *

– Pois é, eu fui até a borda, vi o precipício e recuei – diz Ruy.

– Você que estava certo. Na época eu te odiei.

– Mesmo?

– Claro! Meu melhor amigo! E na hora do pega-pra-capar, dá pra trás!

– Obrigado pela honra do melhor amigo.

– Verdade, meu.

Dois homens estão entrando agora no bar. Homens de meia-idade, grisalhos, bem-apessoados, porém mais novos que eles, agora dois anciãos. (*Ancião*: que ou o que tem idade avançada; velho, idoso, vestusto, longevo, provecto, antigo, antiquado; anacrônico, obsoleto, superado.) O mendigo continua ao fundo e Ruy nota que a presença do avatar do seu Melquides não chama a atenção do amigo. O garçom traz os pratos e os talheres.

– E você – retoma Ruy –, o que exatamente te aconteceu depois que perdemos o contato?

– Bom, no começo de 69, como eu estava muito visado, saí da cidade. Fui pra São Paulo, orientado pela organização. Ali deixei de ser um estudante pequeno-burguês – ele ri – e virei operário, de mão calejada e tudo, eu que nunca tinha pego no batente. Mas antes penei meses sem emprego, saindo da pensão onde morava às sete da manhã e só voltando à noite pra não levantar suspeitas, já que tinha dito que trabalhava. Passava os dias perambulando pelas ruas, lendo nas bibliotecas, fazendo hora, muitas vezes faminto. À noite, pra enganar o tempo, ficava com o ouvido grudado do radinho de ondas curtas, ouvindo a Rádio Havana, a Rádio Tirana, me iludindo que a revolução avançava a passos largos no mundo inteiro. Foi então que descolei um trampo numa fábrica de laminados. E me vi, da noite pro dia, coberto de óleo e farpas nas mãos. Mais tarde fui deslocado pra Goiás, onde trabalhei como peão numa fazenda, carregando fardos mais pesados que eu. Você precisava ver os muques com que fiquei! Depois, me mudei pra Belo Horizonte e voltei a bater perna em busca de trabalho. Aí, os companheiros começaram a cair feito frutos maduros. Instalou-se a paranoia. Eu dormia com meu três-oitão na mão. Um belo dia, num ponto, o contato não apareceu. No ponto seguinte também não. À noite fiquei sabendo que ele tinha caído. Segundo as normas de segurança, eu devia ter picado a mula na mesma hora. Vacilei. Pensei que dava pra esperar mais um dia. Aí, na noite seguinte, ao voltar pra casa, o que eu vejo? Os homens, de campana. Quando me toquei, dei no pé, pulando muro, saltando cerca. Os gorilas vieram atrás, atirando. Enfim, fui salvo do pau porque fui parar num hospital militar com duas balas no couro. Claro que depois de recuperado não escapei da minha quota de torturas.

– Putz... Muita coisa?

– Teve de tudo, meu: pancadaria, telefones, pau-de-arara, afogamentos, choque elétrico... Nos testículos, nos mamilos, no ânus.

Nessas horas você descobre o quanto o ser humano é uma bosta: de um lado, um saco de excrementos, pus e sangue; de outro, uma besta estúpida incapaz da menor empatia. Agora não pense que o carrasco é um monstro. Não, pode ser uma besta quadrada, mas não um monstro. O carrasco leva flores pra mulher no aniversário do casamento, passeia com os filhos no parque aos domingos e até vai à missa nos dias santos. O monstruoso é que esse mesmo sujeito, com seus vícios e afetos, como todos nós, se transforma numa máquina de maldade quando investido do poder de um Estado autoritário.

– Mas ou menos aquilo que Hannah Arendt diz.

– Exato.

– Sabe o Heydrich, um dos mentores do Holocausto? – pergunta Ruy. – Era capaz de se comover até as lágrimas ouvindo Brahms, como aliás vários outros nazistas. Hitler amava cães e, quando ele e sua amante se suicidaram, fez questão que sua cadela fosse morta junto, para não sofrer nas mãos dos bárbaros russos – ajunta, dando um acento irônico à palavra *bárbaros*.

– Pois é. Isso que nos espanta, que nos choca. O monstro tem um rosto humano.

– Talvez porque todo homem tenha um lado monstro...

Nova pausa. De repente – efeito do álcool ou do teor da conversa? – é como se naquele afável e inocente recinto tenham se congregado todos os algozes do mundo, sob as figuras anódinas dos três ou quatro garçons, do mendigo, dos dois senhores grisalhos, e de mais dois pares que surgem agora: dois homens com cerca de trinta anos, um loiro e um moreno, vestidos de forma casual porém elegante, com sapatênis (que nome horrível!) e calças jeans de marca; um outro com cerca de cinquenta, com cabelos ainda abundantes, se bem que inteiramente brancos, e uma senhora que devia rondar a mesma idade e com toda a pinta de ser sua esposa, com saltos altíssimos, calças de sarja justas, além de pingentes compridos, anéis com pedras enormes e pulseiras de strass. Os mais idosos continuam sendo ainda os dois, Ruy e Adrian, os mais comprometidos, os mais culpados.

– E a estadia na prisão, como foi? – indaga Ruy, depois de alguns segundos de silêncio.

– Uma ciranda de presídios, tormento e tédio. O Doi-Codi em São Paulo. Aqui em Curitiba, o quartel da Polícia do Exército e o Presídio do Ahú. No Rio, a Base Naval, na Ilha das Flores, o Presídio da Marinha, na Ilha das Cobras, e o Presídio da Ilha Grande. Depois fui condenado, peguei seis anos e voltei pro Ahú. Mas em 72 os advogados conseguiram uma redução da pena e eu fui solto.

– Foi aí que nos vimos na Quinze?

– Um pouco depois talvez.

– Que você fez daí em diante?

– Olha, aí foi a fase do desbunde. Como a revolução política não tinha dado certo, por que não tentar a revolução cultural? De cabelo nas costas, sandálias e calças remendadas, fui fazer artesanato e morar numa comunidade rural na Lapa. Virei macrobiótico, fiz yoga, meditação... Todo o pacote também. Sabe o Bira?

– Sim, claro. Vi ele em 71 ou 72, na Praça Zacarias, bandana na testa, cheio de colares. Sentado no chão, vendia seus badulaques.

– Há, há. Fomos companheiros nessa fase odara.

– Ele já tinha uma tendência – graceja Ruy. – E daí, deu certo a comunidade?

– Claro que não. Tinha uns que só queriam fumar maconha e tomar chá de cogumelo. Quem ia plantar, colher, labutar? Olha, se o comunismo já é complicado, o anarquismo é inviável. Depois de seis meses, caí fora. Aí dei um giro pelo mundo, conheci quase todos os países da Europa, testemunhei a Revolução dos Cravos e terminei em Israel.

– Fiquei sabendo. Eu perguntava pros amigos: notícias do Adrian? Está em Oslo, está em Copenhague, está em Milão...

– Foi um bom tempo. Há, há. Me diverti, aprendi muito. Mas sem grana, tive que voltar pra Curitiba e retomar o curso de Ciências Sociais. Mas como meu pai tinha começado alguns empreendimentos na área da construção civil, mudei pra Engenharia. No começo dos anos 80 eu já era o pacato burguês que eu detestava antes. Casei com uma moça de Ribeirão Preto e assumi umas obras por lá, onde terminei a faculdade, onde fiz minha vida. Mais tarde, separado, fui morar em São Paulo. Mas de uns tempos pra cá, os negócios degringolaram. Ninguém vende, ninguém compra. Estou com um prédio inteirinho concluído só com dois apartamentos vendidos.

– Sempre que este país ameaça dar certo, o futuro vira passado.

– Acho que não tem solução não. Somos condenados a viver eternamente em berço esplêndido.

– Isso é fatalismo, Adrian. Vira-latice. Há sempre as tais "forças ocultas", nem sempre tão ocultas, que nos sabotam. Você mesmo me disse isso várias vezes.

– Há, há, eu sei. Eu sempre fui o radical do pedaço.

– Você e Elisa.

– Primeiro era a Elisa, depois eu superei ela. Esse foi até o motivo porque brigamos. Ela me acusava de "militarista", eu chamava ela de "massista". Ninguém mais entende essas discussões hoje em dia. Eu dizia pra ela: as massas estão nem aí. É preciso uma vanguarda pra chacoalhar o país. No fundo, ela estava certa. Ela e você.

Vem o garçom com a carne de onça: sobre uma travessa de louça, duas fatias de broa cobertas de uma pasta de carne rosada sob dezenas de rodelinhas de cheiro verde. Os dois servem-se em meio a expressões da satisfação.

– Agora, me conta sua história – disse Adrian. – O que aquele Ruy, que foi meu melhor amigo na adolescência e o primeiro a me dar atenção naquela bosta de escola, fez da vida, fora jornalismo. Aliás, soube que casou com minha primeira namorada.

– Há, há. Velha paixão adolescente que eu tive que adiar por um tempo!

Risos – levemente constrangidos. O garçom volta e renova os canecos de chope.

– Nos casamos no meu segundo ano da faculdade – prossegue Ruy. – Mas não deu certo. Ficamos juntos nem três anos. Eu era muito imaturo. Pulava o muro o tempo todo. Hoje ela está em Londrina, casada com um professor. Seguiu carreira acadêmica, publicou um ou dois livros. Nada de literatura. Estudos sobre as oligarquias paranaenses. Hoje, aposentada, se não me engano, cuida de uma sociedade de defesa dos animais.

– Sim, é isso. Vive cercada de cães e gatos. Conversamos alguns anos atrás.

– Ah, é?

– Ela me procurou. Acertamos velhas contas. Falou bem de você. O tempo não foi cruel com ela. Continua bonita. Agora, claro, de uma beleza madura, distinta.

– Eu não vejo Elisa acho que vai fazer mais de vinte anos... Na última vez, tirando os efeitos da idade, ainda era a mesma, com aquela "íris cor de mel"...

– Há, há. Essa música do Caetano parece que foi feita pra ela.

Sorriem. Talvez já estejam na terceira fase da bebedeira. Talvez não. (Não sei se suspiraram, o narrador não percebeu.)

– E aí, e depois da separação? – torna Adrian, após um momento. – Não creio que você tenha ficado monge.

– Antes fosse! Jurei pra mim mesmo que não reincidiria nesse erro. Ilusão. Pouco depois estava casado de novo. Com uma colega do jornal. Tivemos uma filha, nos separamos anos depois. Hoje tenho uma neta na Catalunha, uma linda mocinha com síndrome de Down – que não conheço pessoalmente.

– Puxa... Bom, quanto a mim, eu tenho quatro filhos, sete netos. Cresci e multipliquei, não é? Um é engenheiro, outro dentista, outro procurador público. O caçula ainda está no ensino médio. Este é meu xodó, filho da minha atual mulher. Ele só tem um defeito, há, há: foi se meter no grêmio e participou das ocupações das escolas ano retrasado. Conversamos muito, contei pra ele como foi no nosso tempo. Disse que são épocas diferentes, não dá pra comparar. Mas o bicho é teimoso.

– Tem a quem puxar.

– Pois é, não posso negar. – E abrindo os braços, Adrian acrescenta: – Acho que no fundo eu me tornei o que mais temia, não é? Um burguês. Um burguês respeitável!

– Há, há. Está na cara isso. Um burguês próspero e respeitável.

– Não tão próspero assim quanto eu gostaria.

– Até nisso você é igual: nenhum burguês próspero admite que é um burguês próspero. Pelo menos eu nunca conheci nenhum. Estão sempre se queixando: das leis trabalhistas, dos impostos, do governo...

– Não sem razão, não é?

– Queria ver você na Suécia.

– Mas lá não ia me preocupar com escola particular, segurança, plano de saúde...

– Não estou falando? Um burguês próspero, respeitável e choramingas! Só falta o abdômen avantajado.

– Ah, aí já seria demais! – Adrian ri. – Só faço pilates pra não ficar assim. Como a revolução não deu certo, meu amigo, nem uma nem outra, fui cuidar da vida.

– No fim nós todos fomos cuidar de nossas vidinhas. Como nossos pais. E adiamos para outro século, mais uma vez, a felicidade coletiva.

– Que adianta um infeliz lutar pela felicidade alheia? A felicidade é sempre egoísta.

– Não necessariamente. Há sim uma felicidade egoísta, quase sempre espalhafatosa, que adora se mostrar. E uma outra, mais discreta, que quer se espalhar, se doar...

– O poeta pelo jeito não morreu.

– Fui jornalista, meu chapa, fiz das palavras meu ofício. Alguma coisa ficou.

– Sempre fica no que somos um pouco do que fomos. Viu? Ainda sei falar bonito.

– E o que ficou do jovem Adrian? Do poeta, do revolucionário, do porra-louca?

– Do porra-louca acho que ficou alguma coisa. Olha, eu não sei se continuo materialista... Minhas viagens de ácido me mostraram que há mais mistérios entre o céu e a terra do que possa sonhar o nosso vão materialismo. Mas eu sou epicurista. Aliás, Marx era fã de Epicuro, não era? O que temos de certo é o dia de hoje, Ruy. Só o dia de hoje. Mais nada.

– No nosso caso, a noite.

– Há, há. A noite, este chope e esta estupenda carne de onça!

Calam-se mais uma vez. Em poucos minutos terminam os respectivos pratos. Os pratos e os canecos – estes prontamente renovados pelo expedito garçom.

– Ah, Ruy, e os meus selos?

– Hã?

– A coleção de selos que eu te dei. Lembra?

– Ah, sim, claro. Pois é, sumiram.

– Sumiram?

– Sumiram. Um belo dia não achei mais os álbuns. Acho que foram por engano com as coisas de Elisa, na separação.

– Ah, então está em boas mãos.

– Ou foram vendidos pra ajudar os gatos.

– Há, há. O que não deixa de ser uma boa causa. Ali tinha selo que hoje devia estar valendo uma nota.

* * *

(Reza o *Zohar*, o livro do esplendor, que dois mil anos antes da criação do mundo já existiam as letras e o Altíssimo as contemplava e se regozijava com elas. Um belo dia, quando ele achou por bem criar o mundo, as letras todas compareceram diante de sua presença, mas em ordem inversa. A letra *Tav* foi a primeira a se manifestar e alegou em seu favor que era a última letra da palavra *Emet*, que significa *verdade*. Aquele-Que-Tudo-Vê respondeu: "Com efeito, *Tav*, tu és digna, mas não é conveniente que eu me sirva de ti para a criação do mundo, pois estás destinada a ser gravada na fronte dos homens fiéis." Desse modo, ele recusou uma a uma as letras que foram se apresentando e expondo suas razões, até que se deparou com a letra *Aleph*, que, sozinha no seu canto, parecia amuada. Quis saber então por que ela não havia se oferecido como as outras, ao que *Aleph* redarguiu: "Senhor do Universo, ao ver que todas as letras compareceram em vão diante de ti, por que eu haveria de fazer o mesmo?" Aquele-Que--Tudo-Sabe replicou: "Oh, *Aleph*, *Aleph*, ainda que a letra *Bet* me sirva para a criação do mundo, tu terás a primazia entre todas as letras e em ti eu terei a unidade." E acrescentou: "Serás a base de todos os cálculos e de todos as ações produzidas no mundo e ninguém poderá alcançar a unidade senão a partir de ti." Por isso, as primeiras palavras da *Torah* têm por inicial dois *Bet* e dois *Aleph*, para assinalar desse modo o que acontece no mundo celeste e no mundo terreno.)

* * *

– E então, apareceu no nosso colégio em 82? – pergunta Ruy.

– Hã?

– Não lembra? O acordo que fizemos, inspirados no *Encontro marcado*, de Fernando Sabino, de nos reunirmos quinze anos depois na porta do colégio.

– Ah, é mesmo! Me esqueci completamente!

– Relaxe, eu também esqueci.

– Como aconteceu no próprio livro.

– Exato, como no livro.

Novos risos – risos menos constrangidos agora.

– É verdade. E os amigos daquela época? Tem notícias?

– De alguns – respondeu Ruy. – Maneco está no Canadá. Há tempos. Se não me engano até conseguiu cidadania. Pedrão teve um AVC alguns anos atrás. Soube pelo meu irmão, que ficou amigo dele. Seu Melquides desapareceu no mundo, ainda nos anos 70, depois de amargar uma prisão de meses por conta daquele filho-da-puta do delegado.

– Sério?

– Sério. E o Bira, teu companheiro de comunidade hippie, se regenerou e hoje é um burguês padrão, empresário do ramo da tecnologia ou coisa que o valha?

– Esse eu perdi de vista, meu. Deve ter caído na estrada e parado em Arembepe.

– E o nosso professor, o Lessa?

– O Lessa? Você não sabia? Consta entre os desaparecidos da repressão.

– Meu Deus! Às vezes a gente até esquece que a ditadura não foi nada branda. O Alex, lembra o Alex, o nosso Cruz e Sousa? Pois foi morto também.

– Na repressão?

– Não deixa de ser. Anos depois ele veio pra Curitiba. Fez Letras na Federal, se engajou no movimento negro. Uma noite, depois de uma reunião, foi abordado pela polícia, aqui perto da Osório. Dizem que reagiu.

– Que merda...

– E o Grillo, sabe o Grillo?

– Como não? Andava sempre com o Bira, com uns baseados desse tamanho. Perdi o contato com ele.

– Virou publicitário, teve agência e tudo, trabalhou na televisão... Publicou duas ou três plaquetes de poemas visuais. Nos anos 80 foi um dos principais ativistas do movimento gay.

– Não diga! Há, há. Levava jeito. Este deve ter feito um pé-de-meia. Era muito criativo.

– Morreu de AIDS nos anos noventa.

– Meu Deus! – Adrian suspira. – Que coisa, hein! A AIDS fudeu com a nossa revolução sexual. Foi bom enquanto durou. Quem comeu, regalou-se.

Baixam o rosto. Os nomes de Pedrão, Lessa, Alex e Grillo giram no ar, como flâmulas roxas. A gente sabe que está chegando a nossa hora quando, entre os amigos da juventude, há mais mortos que vivos. De repente os dois se dão conta que os canecos estão secos. Não há tempo a perder. A vida é curta. Mais chope, garçom.

– E Vera? – indaga Adrian.

– Que Vera?

– Aquela tua namoradinha...

– Ah, a Vera. Perdi de vista. A última vez que eu soube dela morava em Brasília, casada com um figurão. Mas já faz tempo.

Os dois grisalhos saem. Outros entram: um novo casal, este de jovens, ele de espessa barba e ela de cabelos e vestido curtos; e dois senhores trajados de forma ligeiramente antiquada. Ao contrário de Adrian, não pretendem parecer modernos. Aceitam a idade ou simplesmente não estão nem aí para a moda? Aliás, devem emparelhar com a idade deles. Adrian e Ruy já não são os únicos anciãos.

– E seus irmãos? – torna Adrian.

Robson assumira a mercearia do pai. Resistiu até quando pôde. Liquidou-a, veio para Curitiba, tentou outros negócios, ficou rico, quebrou, voltou. Hoje cria galinhas e está feliz com os filhos doutores. As irmãs casaram-se e foram cuidar da vida, uma no Rio, outra em Porto Alegre. Nenhuma se formou. Hoje eles só falam no Natal e nos aniversários, por mensagens. Ruy nem mesmo sabe o número exato de sobrinhos e sobrinhos-netos que tem.

– E Saul e Clara? – Ruy se sentiu no dever de perguntar.

– Bom, Saul morreu num acidente de carro. Não sabia? Na Régis Bittencourt. Ainda no tempo do Geisel. Clara está viúva. Mas está muito bem, curtindo os netos. Ah, olha aqui uma foto dela.

Adrian puxa o celular do bolso e depois de alguns segundos mostra a tela. Ali se vê uma simpática matrona de queixo duplo e cabelos tingidos, rodeada de netos rechonchudos e sorridentes. A cara da felicidade. Se não fossem pelos olhos, Ruy não a reconheceria. Adrian, agora, deixa o celular sobre a mesa.

– E Joana, tem ainda contato com ela?

– Sumiu depois que se separaram. Saul sofreu pra caramba. Deu pra beber. Nunca mais foi o mesmo. Onde quer que Joana esteja, quero que o diabo a carregue.

– E o filho deles? – pergunta Ruy, após segundos de hesitação.

– Está em São Paulo. É jornalista também. Tem um filho que é ator. Fez umas pontas numas novelas.

O mendigo, por sua vez, volta e meia lança olhares em direção a eles. Aliás, seu rosto não é de todo estranho. De onde o conhece? Ruy mora num apartamento de quarto e sala próximo à rodoferroviária (aliás, o único bem que lhe sobrou). O local, já de si perigoso, tornou-se ultimamente reduto de sem-tetos, vagabundos e bêbados – por sinal, o número de pedintes, nos último três anos, aumentou exponencialmente em Curitiba. Sempre que Ruy sai à noite, é abordado inúmeras vezes por essa malta de deserdados. Será que é daí que ele lhe parece familiar?

Pachorrentamente, Adrian confere mensagens no celular, responde a uma ou outra. Na televisão, agora, vê-se um telejornal – com mais notícias de escândalos de corrupção: malas de dinheiro, áudios comprometedores, prisões espetaculares. Nas mesas as pessoas conversam animadamente, lançando vez ou outra olhares de esguelha ao televisor, mas sem lhe dar muita atenção – a não ser quando o tema é futebol. No mais, os rostos, os quadros, as garrafas perderam sua nitidez, seu caráter de objetos opacos. Quantas fases tem mesmo a bebedeira? Três, cinco, sete? Já não se lembra. Lá fora a garoa engrossou: seus pingos, invisíveis, ganham súbita luminosidade quando cortam, oblíquos, as áreas de luz. Poucos vultos se aventuram na rua. Entre eles, o mendigo, que, debaixo de um grande saco plástico, acabou de sair. Quem afinal será ele? Apenas um estranho? Aquele rosto, aqueles olhos, aquelas mãos de dedos compridos... Bira. Sim, Bira, o mendigo é Bira! Só pode ser!

– Viu aquele mendigo que estava ali atrás da gente?

– Sim, vi. Por quê?

– Não parecia o Bira?

– Bira? Não, cara, nada a ver. O Bira deve estar longe daqui. Se é que está vivo. Na última vez que eu vi ele, em Itajaí, estava injetando heroína.

Ruy arregala os olhos.

– Final dos anos 70 – continua Adrian. – Estava pele e osso. Só os olhos pareciam vivos. Grandes, injetados. Aqueles olhos pediam, imploravam um trocado pra mais uma picada. Sabe de uma coisa? Por mais que hoje tenha o crack, essa desgraceira, acho que nunca se usou tanta droga como nos anos 70. Você ia num terreno baldio e via uma porção de seringas usadas. De minha parte, escapei ileso. Depois de sobreviver à repressão não ia dar bobeira e morrer na mão das drogas, não é? Faz mais de vinte anos que não sei o que é um baseado. E não sinto falta. Até o cigarro eu deixei.

– Eu também.

– Meus filhos são todos caretas. O promotor é até crente, daqueles que rezam em línguas e acreditam na intervenção divina. Não curto esse tipo de religião, muito simplista, mas respeito. Só me preocupo com o mais novo. Com certeza já deu uns pegas.

– Coisas da adolescência. Passa. Passou na gente.

– Espero. Concessões: só o álcool, de que nunca abusei, e o rivotril, que ninguém é de ferro.

– Ninguém vive sem uma droguinha no Ocidente, a começar por nossas vidas.

– Ah, rapaz, tem coisas boas nessa vida e o Ocidente não é tão ruim assim. Não seja tão apocalíptico. Não gostaria de viver no Irã ou em Bangladesh. Somos herdeiros de Sócrates e de Cristo. A razão e a fé. Que, aliás, sempre brigaram. A solução talvez seja uma harmonia entre as duas. Por falar nisso, vou rezar por Bira esta noite. Foi bom me lembrar dele. Foi o primeiro cara que me acolheu quando eu saí da prisão.

– Hã? Você também virou religioso?

– Há, há. Ainda sou agnóstico, eu acho. Mas um agnóstico com saudades de Deus...

– E eu que era o carola!

– Quer saber de uma coisa? Embora meus filhos todos, por conta do casamento, tenham sido batizados na Igreja católica, eu me voltei um pouco pra Cabala. A Cabala autêntica, não essa cópia pasteurizada que está aí. É uma forma, sei lá, de reatar com as minhas raízes. Todos nós precisamos de raízes, de um chão, de uma base. Minha leitura de cabeceira hoje é o *Zohar*, embora eu não entenda muita coisa. É como ler Joyce...

– Deve ser mais parecido com Borges.

– Que seja! Eu, que durante muito tempo tentei ler *O capital*, gosto de ler uma coisa que, me parece, tem camadas profundas que eu não consigo atingir.

– Quem diria, hein! Pois então reze por mim também.

– Não brinca, rapaz. É sério.

– Estou falando sério. Reze por mim, reze por todos nós... Pelo Saul, pela Joana, pelo Alex, pelo Lessa, pelo Grillo, pelo seu Melquides... Até pelo filho-da-puta daquele delegado. Ah, e por aquele outro fiho-da-puta também, o diretor da escola. E não se esqueça também do professor Ermelino, aquele que estava dando aula quando você entrou pela primeira vez na sala.

– Há, há! Lembro! Figuraça! Pode deixar, Ruy, rezarei...

Calam-se outra vez. Mas agora o silêncio é mais longo, arrastado, pesado.

* * *

Bem-vindo ao fim do mundo. Aqui quase não há vida inteligente. Vamos dar um jeito nisso. A escola tem grêmio? Tem centro literário? Você vai dar murro em ponta de faca. Então vamos começar por nós mesmos. Opa! Como é que vocês estão? Estamos bem. Já agitando na cidade. E você, está bem instalado? Numa pensão não muito longe. Não tem pulgas. Olha, aconteça o que acontecer, vamos ficar juntos. Se alguém cair em apuros, corre pra ajudá-lo. E cuidado para não serem cercados. Sai daí, piá! Se você escorrega, como eu vou fazer de você meu ministro da cultura? Não dá pra enfrentar esses filhos-da-puta em campo aberto. O jeito é ir pras montanhas, cara, formar núcleos com os camponeses. Daqui a dois ou três anos a gente desce. Lembra de Maiakóvski? "Nesta vida morrer não é difícil. O difícil é a vida e seu ofício." Como não? Ó, cara, vê se se cuida. Não dê mole não, viu?

* * *

– Vou te contar uma coisa. Sabe aquele romance sobre a nossa geração que você disse que não quer escrever?

– Hum, sei...

– Acho que estou escrevendo ele.

– É?

– Na verdade, já estou quase no final. E vou contar tudo: os dias do colegial, a Casa da Filó, as intermináveis conversas na praça... E mais: a vinda pra Curitiba, os discos que ouvimos, os livros que lemos, as manifestações, as passeatas, a ocupação da Reitoria... Até esta noite aqui no Stuart estou pensando em colocar.

– Que loucura! Não vai deixar de ser curioso...

– Estou até fazendo anotações mentais pra ver como eu descreveria este ambiente: "Lá fora a garoa engrossou: seus pingos, invisíveis, ganham súbita luminosidade quando cortam, oblíquos, as áreas de luz..."

Adrian, pelos vidros embaçados da janela, relanceou a rua.

– E não é que é isso mesmo?

– Eu até entrei numa oficina literária pra ver se encontro forças pra ir até o fim.

– Não creio que você precise. Você fez da escrita sua vida. Quando estiver pronto, manda uma cópia pra mim. Faço questão de ser o primeiro a ler.

– Mandarei sim. Afinal, você é um dos personagens principais.

– Eu? Olha lá, hein!

– Há, há. Fique tranquilo. Só contarei a verdade, nada mais que a verdade: que é uma malha cheia de furos que preenchemos com pequenas mentiras. Na literatura e na vida.

Pedem a última rodada. O senhor de cabelos brancos e a mulher de pingentes compridos acertam a conta com o garçom.

– Você volta quando?

– Amanhã cedo. Meu voo sai às oito. Vim só resolver umas pendengas aqui e aproveitei o ensejo.

– Está hospedado onde?

– No Sheraton, na Sete de Setembro, perto do Shopping Curitiba.

– É um bom hotel, não é?

– Sim, muito bom. Hoje não economizo com meu conforto. Podendo pagar, eu pago. Só quem já mofou numa solitária sabe valorizar o conforto.

– Um epicurista. Um epicurista cheio da gaita!

– Pois é, senão teria que ser estoico.

– Como eu.

– Há, há. Não seja trágico.

– E um epicurista cabalista. O mundo dá voltas e a gente sempre volta pro mesmo lugar. Pois é, meu amigo, nossa geração não soube envelhecer bem. Quisemos assaltar os céus e nos contentamos com o inferno, desde que tenha ar-condicionado.

– Purgatório, rapaz.

– Sonhadores do absoluto, aceitamos facilmente o precário, o feijão com arroz, o papai-mamãe.

– É o que temos pra hoje, Ruy. O absoluto? Se existir, só em outra dimensão.

– A imaginação no poder? Sejamos realistas, exijamos o impossível? *Paradise now*? Não, o bom senso. Ou pior ainda: o senso comum.

– Ah, Ruy, vai te catar. Assuma teus cabelos brancos, tuas rugas, tua barriga... Aquela época acabou. Ficaram só as lembranças, aliás um ótimo material para a literatura.

– Um baú inesgotável. Ou quase.

– Você falou da Filó, não foi? Antológica, aquela nossa primeira ida lá. Antológica e patética. Lembra?

– Como não? Aquele trajeto sem fim de bicicleta, o leão de chácara, o cheiro de perfume barato...

– E você correndo assustado.

– Eu?

– Sim, você. Você entrou, olhou todas aquelas mulheres seminuas a nossa volta... E de repente, sem aviso prévio, deu no pé. Há, há. Eu não tive outro remédio senão correr atrás.

– Não me lembro desse detalhe...

– A memória é uma malha cheia de furos, como você diz.

– Põe furo nisso. Mas, sério, não me lembro disso.

– Pois foi assim como eu disse. Ponha no teu livro também, pra dar um tom quixotesco. – Adrian ri, sacudindo a cabeça, complacente. – Ai, meu Deus, cada coisa que fizemos, cada coisa que passamos! Mas, afinal, foi o que tivemos de melhor! Todas essas aventuras inocentes antes que as coisas ficassem sérias.

– Sim, quem sabe...

Calam-se novamente e dessa vez o intervalo de silêncio é maior, mais denso, mais fosco, mais plúmbeo, como uma parede de cimento que vai se erguendo entre os dois, uma trincheira, uma vala, uma montanha. Ruy chega a se arrepender de ter concordado com esse encontro – foi Adrian quem o localizou e que o propôs. Permanecem, no entanto, mais uns instantes, pois pediram uma porção de mandioca frita. O movimento de automóveis na Alameda Cabral e na Cândido Lopes diminuiu sensivelmente. A temperatura caiu e a garoa agora se transformou em chuvisco. Chove em Curitiba, pensa Ruy – como se escrevesse. Chove no presente. Mas chove também no passado. (Sempre chove no passado: chovia, chovia muito, chovia sem cessar...). No presente dois senhores de cabelos brancos e olhos cansados estão sentados à mesa de um bar tradicional. Falam pouco, olham ora a televisão, ora seus celulares. Estão levemente ébrios, mas não se percebe. No passado dois jovens peregrinam pela mesma praça ali em frente, bêbados, contemplando os bustos das celebridades da província. Mijam nos postes, recitam poemas, entoam loas à revolução. É temerário isso. Há policiais e alcaguetas por toda a parte e eles podem a qualquer momento ser abordados para averiguação – afinal, estão sob uma ditadura. Mas eles não ligam. No presente, os dois senhores se importam sim: com as bexigas cheias de urina, com o horário, com as conveniências, com o frio. Sim, está frio agora, no passado e no presente. Mas no passado está mais frio. No passado sempre é mais frio – sobretudo em Curitiba, sobretudo naquela Curitiba que é um cão ladrando para a lua da memória. Mas os dois jovens não estão nem aí para isso. O que é uma gripe para quem tem que fazer a revolução? Os dois senhores se levantam agora. Um de cada vez, para evitar constrangimento, vão ao banheiro. Depois dirigem-se ao caixa. Ruy quer pagar a sua conta mas Adrian não deixa: paga as duas. Nos celulares cada um chama sua condução. Adrian quer pedir uma só e deixar o amigo em casa no caminho. Ruy diz que não precisa, vão para lados opostos. Então se despedem. O abraço é forte, mas não muito. Trocam as últimas palavras: vamos marcar outro encontro, apareça lá em São Paulo, dê sinal de vida... Eles sabem que é mentira. Eles sabem que nunca mais se verão. Que nem sequer deviam ter se reencontrado. (O passado é tão sagrado – afinal, é o único bem de que dispomos antes do oblivium definitivo – que deveria permanecer inviolável.) Os carros chegam em poucos minutos – milagre da tecnologia – e os dois senhores, após um último aceno, somem de cena. Fica só o bar, vazio agora, com os garçons entediados: as prateleiras com as garrafas e seus rótulos, as paredes com os quadros e seus mortos. Mas lá na praça ainda estão os dois garotos, 49 anos atrás, na bruma, na chuva, na noite gélida, bradando a plenos pulmões o poema de Emiliano Perneta: "Tu que ainda sentes n'alma o ardor da juventude..."

* * *

Sonho que se sonha dormindo é só um sonho. Sonho que se sonha acordado é devaneio. E agora, quando são muitos que sonham acordados? Alucinação coletiva? Universo paralelo? Utopia real? O problema é quando esse sonho acordado acaba ou soçobra. Como voltar a sonhar sozinho? Como voltar para a cama, se você nem estava deitado? Depois do sonho não veio a vigília, mas o pesadelo, que para muitos foi um pesadelo refrigerado. Para ele também, de certa forma. Mas ele foi despertando aos poucos e voltando à realidade. Depois que se torna adulto, a realidade até que não é tão terrível. Dá para engolir – é apenas um remédio amargo. Chegou um tempo em que eles até duvidaram que tivessem sonhado. Aquelas fotos eram deles, aqueles gestos, aquela petulância, aquela urgência toda? Parece difícil acreditar inclusive que um dia eles tenham sido jovens. Mas foram. E sonharam acordados, muitos deles sonharam. Este livro é para contar isso. Contar não: testemunhar, registrar, exarar. Com a objetividade da paixão e da saudade. E para consignar, no meio de tudo isso, a história de uma amizade. De um encontro, de uma confluência – como o encontro das águas. E dos desencontros que se seguiram nas corredeiras da vida, inelutáveis, incontornáveis. Ao fundo, uma grande e jovem nação golpeada, uma cidadezinha estagnada na história natural e uma capital provinciana ainda bastante retrógrada. Mas foram os tempos das mudanças mais vertiginosas ocorridas no Ocidente desde a queda de Império Romano.

Curitiba, 11 de março – 15 de novembro de 2017.

* * *
* *
*

Com encontros semanais e intervalo em julho, a oficina durou nove meses – o tempo de um parto. Afinal, escrever romances exige fôlego de maratonista. De nada adianta você largar como um velocista e antes da metade do percurso – digamos, 150 páginas – ficar com os bofes de fora. É melhor você largar com menos velocidade e manter até o final um ritmo uniforme. De uma coisa eu sei: se existe inspiração, ela não é faculdade do romancista. Quem sabe do poeta, ou até mesmo do contista, gêneros que exigem mais explosão que constância. Mas o ofício do romancista não: para ele é preciso, antes de mais nada, teimosia, persistência, azáfama humilde e cotidiana. É como o ditado latino: *nulla dies sine linea*. Não é à toa que o romance é um gênero burguês, o primeiro gênero genuinamente burguês. De resto, não me atrai o exemplo de um Camilo Castelo Branco, que teria escrito *Amor de perdição* em quinze dias, ou de um Jack Kerouac, cuja primeira versão de *On the road* lhe custou apenas três semanas. Admiro muito mais um escritor como Gustave Flaubert que, não sendo especialmente dotado de talento, revolucionou o romance ocidental ao investir cinco anos – seis dias por semana, oito a doze horas por dia, praticamente sem intervalos, como um padeiro, um estalajadeiro, um dono de quitanda – em *Madame Bovary*.

Enfim, ao final da oficina, os alunos deveriam me mandar, além de uma sinopse completa do livro, uma amostra de cerca de quinze páginas, as quais seriam analisadas e discutidas em sala. Dos dez ou doze que iniciaram a oficina, vieram sete – alguns ficaram pelo caminho, talvez por falta de fôlego, talvez por incapacidade do professor em suscitar esse fôlego – e Ruy não compareceu. Eles haviam me enviado, uma semana antes, por correio eletrônico, um arquivo com o material. Ruy, não só me enviou a sinopse, muito bem elaborada, por sinal, com quadros e diagramas, mas um texto de setenta mil palavras: o romance inteiro! Claro que eu leria só o começo. Imprimi as primeiras trinta páginas – já uma concessão – e uma bela tarde de novembro sentei-me num café do Mercado Municipal, caneta em punho, para ler seu trabalho. Embora já conhecesse as linhas gerais da história, por conta de fragmentos apresentados e discutidos ao longo da oficina, aquilo me arrebatou. Quando dei por mim, já tinha devorado as trinta folhas e, impaciente, voltava para a casa a fim de imprimir o restante. Passei a noite e todo o dia seguinte imerso na narrativa. Aquela mescla de bildungsroman com crônica de costumes, de romance de memórias com reportagem política, *cum grano salis* metaficional, me conquistou. Confesso: gosto de história e gosto de "estórias". Mesmo com todo Foucault, Derrida e Deleuze, me apraz acompanhar uma trama com início, meio e fim (não necessariamente nessa ordem), com personagens mais ou menos redondos, que pensam, que falam, que agem como pessoas reais. Acontece que depois de Joyce, Kafka & Borges, não dá para simplesmente voltar ao velho romance oitocentista, a não ser que o retorno se dê como um "desrecalque do oprimido", isto é, uma retomada do desgastado modelo sob um viés irônico/paródico/crítico: você conta uma história e ao mesmo tempo conta como se conta a história e ao mesmo tempo também questiona a história que se conta. E isso eu encontrei de certa forma em *Que fim levaram todas as flores* (aliás, bem sacado o título), a começar por aquele incipit em que apareço como personagem: "meio pedante, é verdade, citando autores e obras a torto e a direito, como se aquela metralhadora de referências fosse uma credencial que justificasse o valor da oficina." Em outras palavras, no romance de Ruy eu me deparei não só com uma historinha bem contada, com o clássico triângulo amoroso ao centro, com doses bem equilibradas de narração e descrição, diálogos (inclusive com os tradicionais verbos dicendi) e monólogo interior, mas também com os dois tipos básicos de *aventura*: a aventura dos personagens, que no caso está superposta à aventura de uma geração heroica e de uma nação traída, e a aventura da linguagem, isto é, o livre jogo dos elementos textuais e narrativos.

Como se viu, o romance, depois de uma breve abertura à guisa de moldura ou exórdio, estrutura-se em três grandes painéis, sendo que o maior é o do meio – como um tríptico. (*Tríptico*: códice feito de três placas enceradas sobre as quais se escrevia com um estilete; pintura, desenho ou escultura, composta em três painéis, um central e fixo e os outros dois laterais e móveis, ligados ao primeiro por dobradiças ou gonzos. Aliás, adorei esses verbetes espalhados pela obra!) O primeiro painel – "Território abandonado" –, de dezessete mil palavras, é ambientado numa pequena cidade inominada, e transcorre entre 1965 e 1967. Não consegui identificar a cidade. Algo me diz que é perto de Faxinal. Borrazópolis? Bom Sucesso? Kaloré? Não sei. O painel central – "Quem sabe faz a hora" –, com 44 mil palavras, é evidentemente o núcleo expandido do romance: o cenário é Curitiba, uma Curitiba que não tinha então um terço de sua população atual, e o ano é o *annus mirabilis* de 1968, avançando rapidamente pela década seguinte nas páginas finais. O último painel – "Lua da memória" –, uma espécie de coda, para se servir agora da nomenclatura musical, tem nove mil palavras e se passa também em Curitiba, mas em algumas horas de uma única noite do inverno de 2017. (Os títulos, não muito originais, são de minha inteira responsabilidade; no original vinha apenas "primeira", "segunda" e "terceira parte".) Não logrei também determinar a data, mas é algum dia de semana do começo de julho. O interessante é que a primeira e a segunda seções são narradas em primeira pessoa, ao passo que a última, sem nenhum motivo aparente, passa para a terceira. É como se, ao chegar ao tempo da narração, fosse preciso um deslocamento pronominal para encontrar o ângulo mais adequado, embora o foco narrativo continue recaindo exclusivamente sobre o narrador dos capítulos anteriores. Ou seja, sabemos o que Adrian fala, mas não o que ele pensa. Outra coisa: não fica muito claro quem é o verdadeiro objeto da narrativa. Se é Ruy, e então ele se constituiria em narrador-protagonista, ou se é Adrian, Ruy não passando assim de mero narrador-testemunha, à maneira de um Doutor Watson, um Nick Carraway, um Serenus Zeitblom... O mais provável é que oscile entre um e outro – e essa irresolução não é o menor de seus méritos. No entanto, o que mais me encantou no livro de Ruy é esta fusão entre uma radiografia temporal e uma cartografia espacial (perdoem-me o pleonasmo): 1968 em Curitiba, um tempo bem específico e um espaço igualmente específico – mas raramente associados entre si.

O romance, porém, não deixa de apresentar alguns problemas: certo preciosismo de linguagem e o excesso de informações históricas sob o peso das quais a narrativa às vezes parece sucumbir, mal de alguns livros que exigiram muita pesquisa. Tem coisa aí completamente inútil para um não-curitibano ou mesmo para curitibanos nascidos depois de 1960. Mas, a meu ver, o maior problema talvez esteja em certa inverossimilhança do personagem Adrian: um guerrilheiro urbano que é ao mesmo um poeta metafísico? Não vivi essa época, não sei se esses amálgamas eram plausíveis. Sei que hoje abundam poetas metafísicos (sofríveis), mas já não há nenhum guerrilheiro.

Ao final da leitura, eu me sentia transportado para a atmosfera daquela Curitiba perdida, em meio a palavras de ordem, barricadas e cheiro de gás lacrimogêneo, cúmplice daquele trio de Quixotes juvenis, Ruy, Adrian e Elisa. Um dia, inclusive, ao passar pela Rua General Carneiro, resolvi conferir o famigerado busto do reitor Flávio Suplicy de Lacerda. E lá estava, ao lado do mesmo ficus, não o busto, mas o pedestal vazio: recolocado em fins de 1968, fora novamente arrancado em 2014 por uma nova geração de estudantes. (Até agora o Conselho Universitário não resolveu o que fazer com o busto.) Outra coisa que me chamou a atenção era a mórbida semelhança entre aqueles tempos e os nossos – semelhança que só aumentaria desde então. Meu Deus, a roda do tempo emperrou? Emperrou ou deu para andar para trás, ao contrário do que pensavam Heráclito, Hegel e Marx? Não era sem ansiedade, portanto, que eu esperava o autor para lhe transmitir minhas impressões. Frustrado, à noite escrevi: "E aí, Ruy, não pôde vir hoje? Gostei muito do seu romance. Mesmo. Tem que publicar isso aí." Passou um dia, dois, três, uma semana – sem resposta alguma. Depois de um mês, com novas e reiteradas mensagens, igualmente sem respostas, já preocupado, parti em busca de notícias suas. Pergunta daqui, vasculha dali, por meio de um conhecido em comum confirmou-se o que no fundo eu já temia: o seu falecimento. Segundo o porteiro do prédio onde morava, só foram dar por sua falta vários dias depois, isto porque Lennon, seu gato, provavelmente faminto, não parava de miar. De minha parte não quis saber de mais nada.

Eu já me acostumara com Ruy, todo sábado, cabelos brancos, olhos fundos, silencioso mas atento, intervindo pouco mas sempre apropriadamente. E depois que li o seu livro, me sentia de certa forma seu cúmplice. Agora me julgava na responsabilidade de, em sua memória e em memória de seus companheiros, publicar seu romance. Procurei seus parentes – o que não foi fácil. Foi então que comecei a desconfiar de que, o que a princípio me parecia um relato de memórias, tivesse o seu quê (ou muito) de ficção. Em primeiro lugar ele não tinha uma filha, mas sim um filho, que não morava na

Espanha nem lhe dera uma neta com Down. Esse filho, no entanto, não me deu muita atenção e em breve deixou de responder aos meus emails. Robson, seu irmão (este, sim, existia), que eu também localizei, ignorou meus insistentes apelos, não sem antes me ameaçar judicialmente caso eu publicasse algo que comprometesse a família.

Não vi outro remédio senão assinar o livro. Embora desconfie que – no caso de ser realmente uma narrativa memorialística – ele tenha alterado os nomes, também renomeei, por precaução, os personagens principais. Assim, Adrian não é Adrian, Elisa não é Elisa, Saul não é Saul. Mas Ruy é Ruy, ainda que não Dalla Costa. No mais, não fiz senão correções ligeiras ou então preenchi as orientações deixadas por ele em trechos que não estavam inteiramente acabados. Por exemplo, havia uma seção vazia com a seguinte rubrica: "excertos de *O livro vermelho* de Mao Tsé-Tung". Então fui atrás do tal livro, de preferência de uma edição a que o Ruy pudesse ter tido acesso à época. Depois de algum trabalho, consegui de um ex-militante da Ação Popular uma edição de 1967, lançada pela José Álvaro Editor – que ostentava a seguinte frase, bem significativa por sinal, na contracapa: "Este livro é sucesso de livraria em Nova York, Londres e Paris e maldito em Moscou." Havia outras partes, igualmente inacabadas ou incompletas, com indicações semelhantes: jogos infantis típicos do Paraná; lista de produtos de uma mercearia do interior; trecho de um livro ufanista sobre o Brasil (e eu não pude me furtar ao clássico de Affonso Celso); letra de bolero; eventos políticos mais significativos do ano; fragmento de algum livro obsoleto sobre Curitiba; matéria de jornal sobre a tomada da Reitoria; sinônimos de maconha; outros participantes da Passeata dos Cem Mil; grandes personalidades do ano; rios e córregos de Curitiba; lojas, comércios e galerias da época; reportagem sobre o Congresso de Ibiúna; rol de organizações que aderiram à luta armada; personagens típicos de Curitiba; comentário sobre o livro *Zohar*... Para preencher essas lacunas, retificar ou ratificar alguma informação, além dos livros, revistas e jornais a que recorri às pencas, me socorreu uma série de pessoas, entre as quais gostaria de deixar registrado aqui os escritores Chico Lopes e Luiz Manfredini, além de Magnus Pereira, Juca Zaramelho, Ewaldo Schleder e principalmente Helio Puglielli, com sua prodigiosa memória – e que já havia entrado também como personagem no livro. Como se vê, é um livro repleto de listas. Quem leu *Jaboc* sabe que eu tenho uma obsessão por listas, enumerações, catálogos e inventários.

Servi-me de muitos excertos de livros, estudos e matérias de jornal; alguns utilizei-os *ipsis litteris*, outros com algum grau de intervenção, como a fábula das letras na criação do mundo. (Luiz Carlos Maciel, por exemplo, me foi de extrema importância para reconstruir o clima underground da época.) Nem sempre dei os créditos. Se quiserem, vão atrás. Ao final, coloquei como apêndice a matéria que Ruy escreveu sobre os hippies, com a entrevista com Grillo – resgatada da divisão de documentação paranaense da Biblioteca Pública. As epígrafes, por sua vez, são inteiramente da responsabilidade de Ruy; de minha parte eu retiraria a de Dickens e a de Lawrence, muito manjadas, e acrescentaria esta aqui, de Ricardo Piglia: "Vivemos no engano de pensar que nossos velhos amigos estão conosco."

Reconheço que não deixou de ser fascinante – apesar de ligado a um período tão aziago de nossa história – sair em busca desses itens ou então (re)ler alguns dos muitos livros citados, como *O existencialismo é um humanismo*, de Sartre, ou *Tempo sujo*, de Jamil Snege... Tendo minha adolescência transcorrido uma década e meia depois, sempre nutri uma admiração extática pelos anos 60, que já em meu tempo soavam como uma época mágica, espécie de idade do ouro da rebeldia e da criatividade. Daí que revisitá-los foi uma viagem ao mesmo tempo nostálgica e reveladora. No entanto, não custa frisar que, se eu fiz algum retoque, preenchi algum hiato ou corrigi alguma referência, o grosso da obra e todo o seu mérito são exclusivamente de meu aluno, a quem dedico o resultado final. Espero que Ruy, no lugar onde esteja – ou não esteja – aprove esta minha atitude.

Curitiba, 14 de maio de 2018, 50º aniversário da ocupação da Reitoria da Universidade Federal do Paraná.

* * *
* *
*

APÊNDICE

Lindo sonho delirante

"Se você estiver indo para São Francisco, não se esqueça de levar flores no cabelo", cantou Scott McKenzie no começo do ano passado. Então, quando chegou o verão, a cidade se viu invadida por uma turba de rapazes e moças de aparência insólita e posturas pouco convencionais. Com suas batas indianas, seus colares de contas e flores nos cabelos, eram os chamados hippies. Provenientes de todas as partes dos Estados Unidos e até de fora, tomaram conta da cidade. Podiam ser vistos em todo canto, mas sobretudo no distrito de Haight-Ashbury, tocando violão, cantando mantras orientais, vendendo seus jornaizinhos nos sinaleiros ou simplesmente sentados pelo chão, como pacíficos Budas.

Mas quem afinal são os hippies? O que eles pretendem? O que eles pensam? Herdeiros dos beatniks, trocaram apenas seus trajes escuros por roupas coloridas. São radicalmente contra a guerra no Vietnã. Questionam os valores do *american way of life*. Defendem o amor livre, uma vida em contato com a natureza e o uso de drogas para a expansão da mente. Em pouco tempo eles brotaram, como cogumelos depois da chuva, nas principais cidades americanas. Em Londres, em Amsterdã, em Hamburgo consta que já existem comunidades hippies. Inclusive aqui no Brasil alguns deles já podem ser vistos em cidades como Rio de Janeiro e Salvador.

E em Curitiba? Nossa reportagem saiu às ruas e foi conferir se – depois de no ano passado a cidade ter sido visitada por um deles – algum já havia se criado aqui. Depois de algumas andanças, topamos com um jovem poeta, de 21 anos, que se não é literalmente hippie, nem quer ser rotulado como tal, se aproxima bastante da filosofia do movimento: Aluízio Damázio dos Santos, ou, como é conhecido pelos amigos, Grillo Flowers.

Reportagem: Grillo, você é hippie?

Grillo: Olha, bicho, não acredito em rótulos e etiquetas. Eu sou apenas um cara em busca de aprimoramento e iluminação, contra as convenções vazias de nossa sociedade, sacumé? Se isso é ser hippie, então eu sou. Não sou de levantar bandeiras, só a da liberdade.

Reportagem: Parece que você já esteve em São Francisco, no bairro hippie de Haight-Ashbury.

Grillo: Pode crer, bicho, ano passado. Passei uma temporada lá.

Reportagem: E qual foi a sua impressão?

Grillo: Tá pintando um lance diferente por aquelas bandas, maneiríssimo. Os jovens da sociedade mais industrializada do planeta estão dando as costas pro materialismo e pro consumismo. Pra mim o que está acontecendo é o experimento de um mundo futuro, calcado em novos valores, não mais a competição de todos contra todos mas a cooperação, não mais a acumulação de capital mas a acumulação de experiências autênticas.

Reportagem: E o que são experiências autênticas no seu ponto de vista?

Grillo: Tudo aquilo que te arranca do teu ego, que abre a tua mente e a percepção do mundo, que te ajuda a rasgar o véu de *maya*, este mundo de ilusão, segundo o hinduísmo, tá sabendo?

Reportagem: As drogas podem auxiliar nesse processo?

Grillo: Sim e não. Depende de você. Da tua capacidade de andar na beira do abismo sem se sentir atraído por ele, sem ser arrastado pelos encantos de Tanatos. Se você não tiver essa capacidade, é bom ficar longe dessa transa, meu camaradinha, senão você dança e o bode é certo.

Reportagem: Muita gente da esquerda, inclusive do movimento estudantil, diz que isso é uma nova forma de alienação, uma forma de fugir às questões mais urgentes de nosso tempo. Que você tem a dizer sobre isso?

Grillo: Papo furado. O caminho da paz é a harmonia universal. Você não muda o mundo exterior se antes não mudar a si mesmo, mora? É como dizia o apóstolo Paulo, se o homem velho não morrer, neca de pitibiribas.

Reportagem: Por falar nisso, o que você pensa de Jesus Cristo?

Grillo: Um cara cuca fresca, ligadérrimo na vida, sem preconceitos, que pregou que não devemos nos amarrar nas coisas desta vida terrena. Pena que os cristãos não sacaram qual era a dele.

Reportagem: E esse assunto de Era de Aquário de que fala o musical *Hair*?

Grillo: Barra limpíssima! Estamos saindo da Era de Peixes, que foi marcada pelo cristianismo, e entrando numa nova era, de superação das dualidades, das hierarquias, uma era onde as pessoas estarão mais interessadas em buscar sua realização espiritual. Afinal, Aquário é um signo aéreo e Urano, seu planeta regente, é ligado à intuição.

Reportagem: E qual é o som que você curte?

Grillo: Beatles. Beatles são incontornáveis na cultura contemporânea. Exercem um papel que noutras épocas foi exercido por Beethoven e Mozart, só que num outro nível, num nível cósmico, que religa Ocidente e Oriente, Yin e Yang, Primeiro e Terceiro Mundo, arte de vanguarda e cultura de massas. E Bob Dylan, o poeta dos novos tempos: “How does it feel to be on your own, with no direction home, a complete unknown Like a rolling stone?” É da pá virada, não é? Ouço também The Byrds, Canned Heat, Contry Joe, Grateful Dead... Com excessão dos Byrds, ainda desconhecidos no Brasil. Ah, e o Ravi Shankar, o cara que ensinou cítara pro George Harrison. E entre os nossos, Mutantes, é claro. E todos os tropicalistas.

Reportagem: E Roberto Carlos?

Grillo: O Rei já era. Encaretou.

Reportagem: Muito obrigado pela entrevista, Grillo.

Grillo: Agradeço eu. Falou e disse.

Diário de Notícias, 10 de novembro de 1968.

Legenda da foto: Ubiratan de Souza (Bira) e Aluízio Damázio dos Santos (Grillo Flowers), na Praça Zacarias.

KOTTER
EDITORIAL

Impresso em papel pólen 80g/m²,
tipologia Playfair 10 / 14, na primavera de 2019.